KB263382

이상과 김수영 시의 아이러니

이상과 김수영 시의 아이러니

신주철

도서출판 박이정

 신주철

충남 태안군 안면도 출생
한국외국어대학교 한국어교육학과 졸업
동대학 대학원 국어국문학과 석·박사
논문 '김수영 시의 아이러니 연구' 외 다수
시집 『밤새 뒤척이는 뼈』(영언문화사, 2001)
현재 한국외국어대학교에서 강의

| 이상과 김수영 시의 아이러니 |

2003년 7월 10일 초판 인쇄
2003년 7월 15일 초판 발행

지은이 신주철

펴낸이 박찬익

편 집 홍현보 김숙영

영 업 이화표 박찬일

펴낸곳 도서출판 **박이정**

130-070 서울시 동대문구 용두동 129-162
전화 922-1192~3 팩스 928-4683

http://pjbook.com, e-mail/book@pjbook.com
온라인계좌 국민576037-01-001536 우체국010447-02-011581
등록 1991년 3월 12일 제1-1182호
ISBN 89-7878-652-9 93800

ⓒ신주철, 2003   **값** 12,000원

*잘못된 책은 바꾸어 드립니다. 인지는 저자와 협의하여 생략합니다.

머리말

　그 동안 한국문학 연구자들에 의해 아이러니는 대체로 수사법의 하나로써 논구되었다. 필자는 일찍이 작품에 구현된 수사법은 그것을 구사하는 사람의 세계관과 밀접한 상관성을 가진다고 생각했다. 수사를 단지 기교로서 쓰게 될 때 그것은 멋부림이나 관습적인 모방으로 그치기 쉬우나 그 본질을 이해하고 쓰게 될 때 그것은 효과적으로 세계를 열어 보여주는 열쇠가 된다고 본다. 이와 같은 수사법 중에서도 아이러니는 복잡다단한 현대를 구상화해내는데 있어서 상당한 의의를 지니는 것으로 보인다.

　아이러니에 대한 가장 일반적인 이해는 '표현된 것과는 상반되는 의미'를 드러내는 수사법이라는 것이다. 하지만 이러한 이해는 아이러니에 대한 그야말로 소박한 견해에 그치는 것이다. 아이러니는 변화하는 시대에 따라 그 의미가 새로이 탐구되면서 그 시대에 걸맞게 재해석되고 확장되어 왔다. 이를테면 독일 낭만주의자들은 세계를 주관과 객관, 절대적인 것과 상대적인 것, 유한한 것과 무한한 것 등의 모순으로 인식하면서, 이와 같은 반대명제의 끊임없는 종합이 예술작품의 실체가 된다고 하였다. 이때 아이러니는 유한한 존재로서 무한한 이상을 추구하는 시인에게 현실을 부단히 초월하는 기제가 된다. 아이러니는 단지 예술의 내면적인 유희형식이거나 양식적 수단 이상인 것으로서 유한한 인간을 넘어서 유한 너머의 어떤 것을 지시하게 되는 것이다.

또한 신비평가들에게 아이러니는 상충되고 모순되는 것처럼 보이는 현실적 삶의 관계를 아울러 인식하려는 태도와 상관된다. 아이러니적 세계인식 태도를 지닌 작가는 문학이 단순한 주관적 발화의 양식이어서는 안 된다는 것을 깊이 이해해야 한다. 그는 상충되고 모순되는 세계를 아우르는 가치를 의식하고 있다는 점을 작품에 제시해야 한다.

비유적 텍스트는 자연언어의 관습적 사용을 거부하고 새로운 제약을 가하면서도 마지막까지 기호와 의미 혹은 기호와 기호간의 의미론적 유연성을 포기하지 않는다. 그에 반해 이른바 포스트모더니즘 또는 해체의 시대로 일컬어지는 오늘날에 아이러니적 텍스트는 그러한 유연성 자체를 파기함으로써 새로운 기호-의미의 체계를 세운다. 아이러니적 텍스트는 기의의 측면에서 상반성을 드러낼 뿐 아니라 기표의 측면에서 이산적(離散的)인 면을 드러내고 의미를 구성하기보다 해체하는데 주력한다. 텍스트의 모든 요소는 흔히 상호 논리적인 연관성 없이 확산되며, 거기에서 지배소는 언표된 것의 너머에 있기 때문에 어떤 지배 원리나 지배소를 찾기는 힘들다. 하지만 그것이 아이러니로 구현된 한에 있어서 분열과 해체는 파멸을 뜻하는 것이 아니다. 그것은 현재 상태로 고착되려는 존재성을 거듭 부정하면서 자신을 부단한 탐색의 도정에 놓는 것이다. 따라서 독자는 아이러니 텍스트가 던져주는 의미를 성급하게 안정적인 언어로 재진술하기보다는 텍스트가 해체하려던 대상의 허구성을 간파하는데 주력해야 한다.

　필자는 사람살이를 이해하려는 노력으로 책을 읽는 과정에서 세계를 아이러니로 이해하는 논자들의 관점에 동의하였다. 한편으로 이상과 김수영 시의 난해성과 후대에 대한 지속적 영향력의 동력에 대해 오랫동안 궁금해왔다. 그리고 이상과 김수영 시를 나름대로 꼼꼼히 읽으면서 아이러니적 관점에서의 고찰이 기존 연구와는 다른 지점을 보여줄 것이라 기대하였다. 이상과 김수영을 만나면서 안타까움과 연민에서부터 부러움과 화통함까지 누렸지만 필자의 미진함으로 충분히 드러내지 못한 측면이 많다. 처음 책을 펴내는 마음 조심스럽고 두렵기 그지 없지만 앞으로 더욱 노력하겠다는 결심으로 용기를 내어 출판사에 원고를 넘긴다.

　먼저, 부족한 나를 늘 믿고 용기를 준 가족에게 감사한다. 그리고 둔하기 이를 데 없는 나를 학부에서부터 오늘날까지 이끌어주신 한국외국어대학교의 예창해, 김형필, 남성우 선생님과 시시때때로 격려해 주시는 양민정, 허용 선생님께 깊이 머리숙인다. 또한 여러 선배님들과 동학들의 관심과 우정을 잊을 수 없다. 책을 출간하는 데 흔쾌히 받아주신 박이정출판사 박찬익 사장님과 홍현보 편집장님께도 감사드린다.

　힘겨울지라도 길이 남아 있어서 다행이다. 더불어 살아있음에 감사한다.

2003년 6월
신주철 삼가 씀

Ⅰ. 서 론

1. 연구의 취지

한 시대를 살았던 대부분의 사람들은 언제나 자신들이 삶을 영위했던 시대가 급변의 시대였다고 생각할 수 있다. 그러나 어느 정도 시간이 지나 객관적 거리에서 그 시대와 상황을 되돌아본다면, 그러한 가운데에도 보다 획기적인 발견과 사건의 역사가 있음을 시인할 수밖에 없을 것이다. 오늘날 인류는 컴퓨터를 매개로 하여 대단한 변화를 맞고 있으나, 이와 같은 큰 변화가 100여년 전에도 있었다. 데카르트와 뉴턴으로 대표되는 근대적 합리주의와 기계주의의 세계관을 부정하게 되는 아인슈타인의 상대성 이론과 불확정성 이론이 새롭게 대두했던 것이 그것이다.

뉴턴은 고전물리학에서 물질이 공간적으로 특정한 위치를 점하고 있고 물체의 운동은 하나의 연속적인 궤적을 그릴 수밖에 없다고 생각했다. 따라서 그것이 앞으로 어떻게 진행될 지는 예측 가능하였다. 그러나 "양자 개개의 차원에서는 마치 도깨비가 요술을 부리듯이 움직이기 때문에 우리가 여태껏 가지고 있는 상식으로는 양자가 움직여 간 궤적을 도저히 따라갈 수가 없으며, 앞으로의 향방이 어떻게 될지 전혀 예측이 불가능한 비연속적인 운동"[1]을 한다. 또한 뉴턴의 법칙은 광선이 직선으로 진행한다는 가정에 근거해서 도출되었는데, 아인슈타인은 광선이 질량이 있는 곳에 가까이 가면 그쪽으로 구부러진다는 것을 일반 상대성 이론에서 규명하였다.[2]

무엇보다 중요한 또 하나의 이해는 다음과 같은 것이다. 고전 물리학에서는 주체와 자연을 분리하였고 자연(대상)만을 연구 대상으로 다루었기 때문에 의식하는 주체가 없어도 현실적인 대상은 존재할 수 있었다. 이를테면, 뉴턴의 세계상으로는 우리가 관찰하지 않더라도 전자가 입자와 파동으로서 객관적으로 존재한다고 인정한다. 하지만 아놀드 벤츠(Arnold Benz)는 "양자역학에서는 주체와 객체가 측정 과정에서 현실에 대해 어떤 직관적인 것이 진술될 수 있도록 직접적인, 불가역의 접촉을 해야만 하고 분

---

1) 김재희 엮음, 신과학 산책(김영사, 1994), 88쪽.
2) James A. Coleman, 다문독서연구회 편, 상대성 이론의 세계(도서출판 다문, 1990), 152쪽.

리를 극복해야 한다"3)고 주장하였다. 그는 다시 "보어의 코펜하겐 학파와 하이젠베르크는 그 동안 파동·입자의 상호 보완을 통해, 원자와 소립자의 단계에서는 우리가 그것을 관찰하지 않는다면 현실도 존재하지 않는다는 결론을 이끌어냈다"4)고 강조하였다.

대단위 측정에 의한 통계학상으로는 일반적인 경우 고전물리학의 예측과 같지만, 아주 작은 원소들로 구성된 자연이 불확정성의 배후에서 어떻게 작용하는지는 알 수 없다. 이러한 점에서 사람들은 '우연'을 자각하였고, 그것이 어디에나 보편적으로 내재한다는 의미에서 우연성은 하나의 시스템이 되었다. 사실 인간의 존재는 양자 세계의 불확정성 및 우연성과 직접적인 관련을 맺고 있는 셈이다.

이상과 같은 연구와 발견이 세계 구성원리의 절대성에 대한 인식을 변화시켰다. 나아가 그것은 1950년대와 1960년대에 들어서면서부터 소수 민족, 여성 및 동성애자에서 야기된 권리운동, 문화적 다양성 등에 대한 관심을 직·간접적으로 촉발하였다. 그 동안의 경제적 성장과 정보매체의 급격한 발달은 이와 같은 상황 전개를 촉진하는 데 일조하였다. 인류는 그 어느 때보다 타자(他者)를 인식하여 절대성과 일원성보다는 상대성과 다원성을, 안정

---

3) Arnold Benz, 박계수 옮김, 우주의 미래(가람기획, 2001), 103쪽.
4) 위 책, 97-98쪽.

성과 객관성보다는 불안정성과 주관성을 인정하게 되었고, 통일성과 총체적 결합보다는 특이성과 국부적 결합이나 해체에 관심을 가지게 되었다.

이와 같은 시대적 추이에 따라 문학에서도 보다 중층적으로 구성된 작품이 삶의 진실을 담아내고 독자의 상상력을 자극하는 데 합당하다고 파악되기 시작하였다. 그것은 인간의 현실적 삶이 복합적으로 이루어져 있기 때문이다. 우리는 기본적으로 세계를 '절대와 상대', '주관과 객관', '표면과 이면' 등으로 나눌 수 있고, 그 외에도 다양한 층위와 그에 따른 의미를 찾을 수 있다. 이러한 인식은 세계를 동시적으로 바라볼 수 있는 시점의 필요성을 부각시킨다. 모순되는 것으로 보이는 세계를 총체적으로 바라보는 작가가 삶의 리얼리티를 보다 잘 구현할 수 있기 때문이다. 이때 상반적이고 단절적인 이질요소의 상충(相衝)으로 발생하는 갈등의 측면을 인식하는 동시에 그 의미가 무엇인지를 모색하는 것, 그것이 바로 자아와 세계에 대한 아이러니적 인식 태도이다.

본서에서는 전통적인 수사학적 논의의 차원을 넘어 '시인이 세계를 보는 태도'라는 관점에서 아이러니를 파악하고자 하며, 그것이 현대시를 구성하는 특질 중의 하나라는 점을 밝혀보고자 한다. 아이러니를 이처럼 살필 수 있는 것은 18세기 독일 낭만파들에게서 그 단서를 찾을 수 있다. 그들은 세계를 주관과 객관, 절대적인 것과 상대적인 것, 유한한 것과 무한한 것 등의 모순으로 인식하였는데, 아이러니는 이러한 대립물 사이의 중개자로서 기능하고 반대명제의 끊임없는 종합이 예술작품의 실체가 된다고 하였다. 여기에서 주의해야 할 것은 아이러니가 단지 수사학적 개념으로 쓰인 것이 아니라 세계의 구성 자체를 아이러니로 보았다는 것이다. 또한 유한한 존재로써 무한한 이상을 추구하는 시인에게 아이러니는 현실을 부단히 초월하는 기제가 된다. 따라서 아이러니는 유한한 인간을 넘어서 유한 너머의 어떤 것을 지시할 수 있는 것이며 단지 예술의 내면적인 유희형식이거나 양식적 수단 이상의 것이 되는 것이다. 이처럼 일단 세계관—시인이 세계를 보는 태도—으로서 자리매김되기 시작한 아이러니는 계몽주의적인 근대정신의 해체와 함께 20세기의 가장 중요한 정신적 조류로 발전한다.

이렇게 아이러니를 시학의 근본 개념으로 확정짓는 데 선구적인 역할을 한 이론가는 신비평가인 I. A. 리처즈이다. 그는 아이러니를 '상반적인 충동의 균형'이라고 규정하였으며 아이러니적인 독법(讀法)을 견디는 시가 최고의 시라고 주장하였다.[5] 그러나 신비평가들 중에는 아이러니를 종종 다른 개념과 혼동하기도 하고 지나치게 내적 방법으로만 한정하기도 하는 사람들이 있었다. 필자는 세계 구성 원리로서의 아이러니, 즉 세계는 아이러니로 이

---

5) I. A. Richards, *Principles of Literary Criticism*(Routledge and Kegan Paul Ltd, 1964), 197쪽.

루어져 있다는 것을 드러내는 것과 시적 방법으로서의 아이러니, 곧 좋은 시 중의 하나는 아이러니를 바탕으로 하여 구성된 것이라는 점을 종합적으로 정리하여 시작품을 살펴보고자 한다. 아이러니에 대해서 보다 적확하게 이해하는 것은 작품 연구에서 발생할 수 있는 많은 오류를 미리 차단할 수 있기 때문이다.

아이러니가 현대시에 대한 논의에서 중요한 위치를 차지하고 있는 데 반하여 한국문학 연구자들에게 있어서 작품을 통한 본격적이고 구체적인 논의는 아주 미진한 것으로 여겨진다. 이는 D. C. 뮤크가 말한 바처럼 아이러니가 서로 아주 다른 형태를 지니고 개념상으로도 계속 변화하기 때문이라고 할 수 있겠다.[6] 그리고 C. B. 휠러가 말하는 것처럼 아이러니는 설명됨으로 고통받고, 아이러니의 진미를 맛본 자에게는 아이러니 자체 말고는 그 어떤 말도 필요 없기 때문이기도 할 것이다.[7] 이러한 점은 오히려 여타의 다른 시학적 개념에 의한 탐구와 함께 아이러니 개념에 입각한 한국 현대시에 대한 연구가 지속적으로 필요함을 보여준다. 특히 현대 사회가 중층적이고 복합적으로 구성되어 있고, 그러한 현실을 읊어 가는 이가 시인이라면, 사건과 상황에 응전하면서 부단히 세계의 진실을 찾으려는 그들의 노력의 의미를 탐구하는 것은 가치 있는 일이 될 것이다.

---

6) D. C. Muecke, 문상득 역, 아이러니(서울대학교 출판부, 1980), 23쪽.
7) C. B. Wheeler, *The Design of Poetry*(New York, 1966), 96쪽.

이러한 취지에서 필자는 이상(李箱)과 김수영(金洙暎)의 시작품을 아이러니에 역점을 두어 살펴보고자 한다. 작품을 생산한 시기가 다른 두 시인을 함께 살펴볼 수 있는 것은 그들이 공통적으로 모더니즘의 영향 하에 작품활동을 했기 때문이다. 주지하다시피 모더니즘은 현대문명의 위기와 삶의 무의미성에 대한 인식에서 출발하는 것으로 서구에서는 일차세계대전이 큰 분기점이 되었다.[8] 산업화된 생산체계와 과학적 발견들, 인구 증가, 도시 발전, 거대한 사회 조직 등을 통해 촉발된 근대[9]의 결과가 비인간적 잔학과 파괴라는 인식은 이성과 과학을 거부하는 태도를 낳은 것이다.

1930년대 한국 모더니즘의 토대를 실증하기 위해 당시의 서울을 중심으로 사회·문화적 검토를 했던 서준섭은 30년대를 전후한 시기에 서울이 급격하게 변모했음에 주목하였다. 그의 견해에 의하면 서구의 중심적인 대도시만큼은 아니었다 하더라도 서울의 인구가 급격히 증가하고 일제 자본이 생산한 상품이 넘쳐나고 그것을 소비시키기 위한 신시가지가 조성되었다는 것이다. 즉 이상이 활동했던 30년대 모더니스트들은 급변하는 대도시 서울의 체험을 형식상의 새로운 감각으로 결합시키려 했다는 것이다.[10]

---

8) 김명렬, "모더니즘의 양면성"『세계의 문학』, 1982. 가을.

9) 마샬 버만, 윤호병 외 역, 현대성의 경험(현대미학사, 1994), 13쪽.

10) 서준섭, "모더니즘과 1930년대의 서울"『한국학보』45(1986, 겨울), 93-99쪽. 참고로 밝히면, 서준섭은 또 다른 글에서 1980년대를 기준으로 한

김수영이 주로 활동한 시대는 한국사에서 어느 때보다도 격변의 시기였다. 한국전쟁과 4·19혁명이 그 대표적인 것이라 할 수 있다. 그 시기 자본주의에 기반한 한국의 근대화는 종속적인 상태에서 그 변환을 지속하고 있었다. 모더니즘에서 출발한 김수영 문학은 사회와 자신에 대한 끊임없는 변증적 과정을 통하여 매우 독특한 양상을 지니게 되었다.

모더니즘에 기반하여 작품활동을 한 이상과 김수영은 한국 현대시사에서 두드러질 정도로 자의식적인[11] 작품을 남겼다는 공통점도 있다. 이 두 시인의 작품은 한국 현대시사에 지대한 영향을 끼쳐왔는데 그들의 작품에서 세계에 대한 아이러니적 인식을 쉽게 발견할 수 있다. 그리고 그러한 아이러니적 인식이 곧 시적 방

국문학의 모더니즘을 30년대의 전기 모더니즘, 50년대의 중기 모더니즘, 80년대의 후기 모더니즘으로 나눈다. 그 각각의 사회적 기반은 일제 시대, 미국의 원조경제 시대, 한국적 자본주의 시대가 되는데, 모더니스트들이 보여주는 공통점은 서울을 중심으로 한 도시문학을 수행하고 현실의 반영보다는 가공 미학의 세련성, 실험성, 내면성을 추구한다고 본다.("모더니즘과 문학의 신비화" 감각의 뒤편(문학과 지성사, 1995), 119쪽).

11) 모더니즘은 흔히 자의식의 문학으로 일컬어지는 바, 모더니즘의 자의식을 두 가지로 나누어 생각할 수 있겠다. 김명렬은 그것을 "하나는 문학이라는 형식 자체에 대한 회의적·분석적 태도를 뜻하고, 다른 하나는 인간의 삶에 대한 내면 성찰의 태도를 뜻한다. 전자가 언어에 대한 각별한 의식과 다양한 기법을 문학에 가져다 주었다면, 후자는 내면 의식에 대한 깊은 관심과 인생의 의미를 근본적으로 검토하려는 태도를 더해 주었다." (김명렬, "포스터의 인도로 가는 행로" 백낙청 편, 리얼리즘과 모더니즘 (창작과비평사, 1983), 247-248쪽)라고 한다.

법의 근간이 되고 있음도 알 수 있다. 이상과 김수영이 아이러니의 의의에 대해 깊이 이해하고 있었거나 그들의 모든 작품이 아이러니로 구성된 것은 아니다. 그러나 그들의 작품에는 아이러니에 대한 그들의 인식 여부와는 관계 없이 세계에 대한 인식과 시작(詩作) 방법으로 아이러니가 구사되어 있다.

필자는 본서에서 다음과 같은 연구목적을 수행하고자 한다. 첫째, 아이러니의 변천사를 일괄하고, 아이러니의 기본적인 요소를 추출해 볼 것이다. 나아가 아이러니의 시적 기능과 의의도 정리해 볼 것이다. 둘째, 이상과 김수영 시에 구사되어 있는 아이러니의 양상을 살피고 그 의미를 밝힐 것이다. 셋째, 아이러니를 구사하는 시인의 세계관을 탐색할 것이다. 이상과 같은 취지와 목적을 가지고 수행되는 본 연구가 성공적으로 이루어질 경우 아이러니에 대한 이해를 고양하고, 이상과 김수영의 시에 대한 이해와 향유가 더욱 원활해질 것으로 기대한다.

2. 선행연구의 검토

　이상과 김수영의 작품 세계에 대한 연구물을 모두 검토해 본다
는 것이 난감할 정도로 선행 연구들은 산적해 있다. 따라서 그 연
구물들을 일일이 논구하기보다는 연구경향만 정리하고자 한다.
　이상의 시 작품을 중심으로 한 그간의 연구는 크게 네 범주로
나눌 수 있다. 첫째는 다다이즘과 초현실주의를 중심으로 하는 문
예사조적 관점에서의 논의,12) 둘째는 구조주의적 관점에서의 연

---

12) 대표적인 논의로 다음과 같은 것들을 들 수 있겠다.
　구연식, "다다이즘과 이상 문학" 『동아논총』4집(동아대학교, 1968. 4).
　김광수, "이상시의 외래적 요소에 관한 연구" 『경원대학교 논문집』5집(경
　　　　원대학교, 1987).
　김상태, "초현실주의시" 『현대시사상』, 1995. 겨울.
　김은자, "초현실주의의 한국적 변용" 현대시의 공간과 구조(문학과비평사,
　　　　1988).
　박근영, "한국 초현실주의시의 비교문학적 연구"(건국대학교 국어국문과
　　　　박사논문, 1988).
　오유미, "이상문학의 외래적 요소 연구" 『관악어문학연구』제1집(탑출판
　　　　사, 1976).
　윤호병, "한국 현대시에 끼친 초현실주의의 영향과 수용" 『현대시』,
　　　　1994. 10.
　이순옥, "한국 초현실주의 시의 특성 연구"(영남대학교 국어국문과 박사논
　　　　문, 1998).
　조은희, "현대시에 나타난 다다이즘 · 초현실주의 수용양상에 관한 연구"
　　　　(서울대학교 국어국문과 석사논문, 1987).

구[13]이다. 셋째는 정신분석에 의한 심리학적 연구,[14] 넷째는 미적 탐구를 포함하는 근대성의 관점에서 진행된 연구[15]가 있다. 그 이외에도 그간의 단편적이고 주관적인 접근을 벗어나 폭넓은 자

---

13) 고석규, "시인의 역설" 여백의 존재성(지평, 1990).
  김열규, "현대의 언어적 구조와 이상문학"『지성』, 1972. 2.
  김옥순, "이상문학의 은유구조 연구"(이화여자대학교 국어국문과 박사논문, 1989).
  류광우, "이상 문학 텍스트의 구현방식과 의미 연구"(충남대학교 국어국문과 박사논문, 1993).
  이승훈, "이상 시 연구"(연세대학교 국어국문과 박사논문, 1983).
  정효구, "소월과 이상시의 구조분석"(서울대학교 국어국문과 석사논문, 1983).
14) 김종은, "이상의 理想과 異常"『문학사상』, 1973. 7.
  김종은, "이상의 정신세계"『심상』, 1975. 3.
  박진환, "소월시와 이상시의 비교연구"『현대시학』1983. 12.-1984. 1.
  신경득, "이상문학의 심리주의적 연구"(청주대학교 국어국문과 석사논문, 1973).
  이규동, "이상의 정신세계와 작품"『월간조선』, 1981. 6.
  정귀영, "이상문학의 초의식 심리학"『현대문학』, 1973. 9.
  조두영, "이상 초기 작품의 정신분석"『신경정신의학』38호, 1977. 2.
15) 권성우, "1920-30년대 문학비평에 나타난 '타자성' 연구"(서울대학교 국어국문과 박사논문, 1994).
  서준섭, "1930년대 한국 모더니즘 문학 연구"(서울대학교 국어국문과 박사논문, 1988).
  이성혁, "이상 시문학의 미적 근대성 연구"(한국외국어대학교 국어국문과 석사논문, 1996).
  조영복, "1930년대 문학에 나타난 근대성의 담론 연구"(서울대학교 국어국문과 박사논문, 1996).
  한상규, "1930년대 모더니즘 문학의 미적 자율성 연구"(서울대학교 국어국문과 박사논문, 1998).

료와 역량을 바탕으로 전기적 관점을 주로 한 연구16)와 들뢰즈
(Gilles Deleuse)와 가타리(Felix Gattari)의 욕망의 이론을 주로 하
여 진행한 연구17) 등도 있다.

그간의 김수영 시에 대한 연구는 크게 보아 다섯 측면에서 이
루어졌다. 첫째는 그의 시에 빈번히 드러나는 자유, 사랑, 설움,
죽음, 정직 등의 주제어의 분석을 통하여 시세계에 접근하려는 시
도이다.18) 둘째는 김수영의 시와 산문을 포괄적으로 살피면서 시
사적 의미와 위치를 보다 총합적으로 규명하려는 것이 있다.19)

---

16) 김승희 편, 이상, 문학세계사, 1996: 개정판.
   김윤식, 이상연구, 문학사상사, 1997.
17) 신범순, "이상 문학에 있어서의 분열증적 욕망과 우화" 『국어국문학』,
   1990. 5.
   이화경, "이상문학에 나타난 주체와 욕망 연구"(전북대학교 국어국문과 박사
   논문, 2000).
18) 대표적인 논의를 들면 다음과 같은 것들이 있다.
   김종철, "시적 진리와 시적 성취" 『문학사상』, 1973. 9.
   김 현, "자유와 꿈" 『거대한 뿌리』(민음사, 1974), 해설.
   황동규, "정직의 공간" 『달의 행로를 밟을지라도』(민음사, 1976), 해설.
   김인환, "한 정직한 인간의 성숙과정" 『신동아』, 1981. 11.
   유종호, "시의 자유와 관습의 굴레" 『세계의 문학』, 1982. 봄.
   김주연, "교양주의의 붕괴와 언어의 범속화" 『정경문화』, 1982. 5.
   김기중, "윤리석 삶의 밀노와 시의 밀노" 『세계의 문학』, 1992. 서울.
   최동호, "김수영의 문학사적 위치" 『작가연구』5호, 1998.
19) 김현승, "김수영의 시사적 위치와 업적" 『창작과 비평』, 1968. 가을.
   백낙청, "역사적 인간과 시적 인간" 『창작과 비평』, 1977. 여름.
   김흥규, "김수영론을 위한 메모" 『심상』, 1978. 1.

셋째는 작품들을 구조적으로 정치하게 분석하면서 그 시적 효과
를 밝히고, 나아가 시정신을 탐색하려는 시도이다.[20] 넷째는 김수
영이 한국 현대시사에서는 드물게 시 쓰기와 시론의 개진을 병행
한 시인이었다는 측면에서 그 의미를 짚어보려는 것으로 '온몸의
시학', '반시론', '변증법적 시의식' 등이 주로 언급된 경우이다.[21]

유재천, "김수영의 시 연구"(연세대학교 국어국문과 박사논문, 1986).

김종윤, "김수영 시 연구"(연세대학교 국어국문과 박사논문, 1987).

강연호, "김수영 시 연구"(고려대학교 국어국문과 박사논문, 1995).

20) 서우석, "김수영: 리듬의 희열" 『문학과 지성』, 1978. 봄.

김 현, "김수영의 풀: 웃음의 체험" 김용직·박용철 편, 『한국현대시 작
　　품론』(문장사, 1981).

김치수, "'풀'의 구조와 분석" 한국대표시평설(문학세계사, 1983).

이영섭, "김수영의 '신귀거래' 연구" 『연세어문학』제18집(연세대학교 국
　　어국문과, 1985. 12).

이경희, "김수영 시의 언어학적 구조와 의미" 『이화어문론집』(이화여대한
　　국어문학연구소, 1986).

강웅식, "김수영의 시 '풀' 연구" 『경희어문학』7집(경희대학교 국어국문과, 1986.
　　9).

노대규, "시의 언어학적 분석-김수영의 '눈'을 중심으로" 『매지논총』3집
　　(연세대학교 매지학술연구소, 1987).

김혜순, "김수영 시 연구: 담론의 특성 연구"(건국대학교 국어국문과 박사
　　논문, 1993).

김효곤, "김수영의 '사랑의 변주곡' 연구" 『국어국문학』33집(부산대 국어국
　　문과, 1996).

21) 송재영, "시인의 시론" 『문학과 지성』, 1976. 봄.

이상옥, "자유를 위한 영원한 여정" 『세계의 문학』, 1982. 겨울.

김윤식, "김수영 변증법의 표정" 『세계의 문학』, 1982. 겨울.

이승훈, "김수영의 시론" 한국현대시론사(고려원, 1993).

다섯째는 모더니즘이나 근대성의 관점에서 시와 시론에 접근하는
태도이다.[22] 이밖에도 비교문학적 방법으로 라이오넬 트릴링과의
영향 관계를 검토하거나 뢰스케의 고백시와의 관계를 검토한 연
구도 있다.[23] 또한 1990년대 중·후반 이후 유행담론이 된 탈식
민주의 시각에서 연구한 경우도 있다.[24]

이처럼 김수영 시는 그간 여러 측면에서 논구되었으나 앞으로

정남영, "김수영의 시와 시론"『창작과 비평』, 1993. 가을.

정효구, "이어령과 김수영의 '불온시' 논쟁" 20세기 한국시와 비평정신
(새미, 1997).

최두석, "현대성과 참여시론" 한계전 외, 한국현대시론사연구(문학과 지
성사, 1998).

강웅식, "김수영의 시의식 연구"(고려대학교 국어국문과 박사논문, 1998).

[22] 이종대, "김수영 시의 모더니즘 연구"(동국대학교 국어국문과 박사논문,
1993).

이승훈, "1950년대의 우리시와 모더니즘"『현대시사상』, 1995. 가을.

송주성, "전통과 근대성" 정창범 편, 전후시대 우리 문학의 새로운 인식(박이
정, 1997).

하정일, "김수영, 근대성 그리고 민족문학"『실천문학』, 1998. 봄.

김명인, "그토록 무모한 고독, 혹은 투명한 비애"『실천문학』, 1998. 봄.

김상환, "김수영의 역사 존재론"『세계의 문학』, 1998. 여름.

박수연, "김수영 시 연구"(충남대학교 국어국문과 박사논문, 1999).

[23] 조현일, "김수영의 모더니티에 관한 연구"『작가연구』제5호, 1998.

권오만, "김수영 시의 고백시적 경향" 김승희 편, 김수영 다시읽기(프레스
21, 2000).

[24] 김승희, "김수영의 시와 탈식민주의적 반언술" 김수영 다시읽기(프레스
21, 2000).

도 끊임없이 탐구의 대상이 될 것으로 보인다. 그것은 그의 시가 어떤 새로운 방법에 의해 탐구되어도 그에 값하는 의미를 드러낼 만큼 변증적이고 개방된 모습으로 존재하기 때문이다.

이상에서와 같이 주목을 받고 연구가 이미 상당한 성과를 거두고 있는 이상과 김수영의 작품을 다시 살펴보고자 하는 것은 아이러니적 관점에서 고찰할 때, 좀더 다른 결과를 도출할 수 있고, 그에 따라 작품에 대한 이해와 누림의 지평이 한결 확장될 수 있으리라고 기대하기 때문이다.

Ⅱ. 아이러니의 이해

국내에서의 아이러니 연구는 먼저 외국문학 연구자들에 의해 이루어졌는데, 이를테면 강두식의 「F. Schlegel에 있어서의 Ironie 개념의 형성에 관한 연구」(1973)나 문상득의 「Shakespeare 비극의 아이러니 연구」(1976) 등이 그것이다. 비슷한 시기에 국문학 전공자들에 의해서도 상당한 이론적 검토가 이루어지는데, 이승훈의 「아이러니의 시적 논리」(석우논문집 제3집, 1975), 오세영의 「아이러니와 파라독스」(시문학, 1981. 11.) 등이 대표적이라 할 수 있다.

1980년대와 1990년대에는 다양한 분야에서 아이러니 연구가 진행되었고 국문학에서도 소설과 시에 대한 몇 편의 석사논문들이 쓰여졌다. 이처럼 아이러니를 통한 연구의 지평이 꾸준히 넓혀지고는 있지만 몇 가지 문제점이 노정되기도 하였다. 이를테면 아이러니를 전반적으로 충분히 고찰하지 못한 상태에서 그것을 이

론적 기반으로 하는 연구가 이루어져 연구 결과가 오해를 불러오
거나 거의 도로(徒勞)에 그치게 된 점 등을 들 수 있겠다.

　문학작품에 구현된 아이러니를 연구하기 위해서는 우선 아이
러니의 개념에 대한 역사적 변천, 문학적 기능과 의의 등에 대한
개념 정립이 필요하다. 필자는 이번 장에서 먼저 아이러니 개념의
변천사를 살피려고 한다. 아이러니의 어려움은 그것이 시대에 따
라 부단히 변화하는 개념이라는 데에서 기인한다고 해도 과언이
아니다. 따라서 그 역사적 맥락을 살펴보는 것은 아이러니를 이해
하는 데 반드시 거쳐야 할 과정이 된다. 다음은 아이러니의 기본
요소에 대해 탐구할 것이다. 논자들에 따라 다소 상이한 견해를
보이고 있기 때문에 그 기본 요소를 정리해 보는 것이 필요하다
고 생각한다. 이와 같이 아이러니의 개념에 대한 역사적 변천과정
을 살펴본 다음 그것의 시적 기능과 의의를 정리하고 이상과 김
수영 시를 탐구하고자 한다.

1. 아이러니의 개념에 대한 역사적 변천

1) 모더니즘 이전의 아이러니 개념

(1) 전통적 의미의 아이러니

아이러니는 '은폐' 또는 '시치미 떼기'를 의미하는 그리스어 에
이로네이아($\varepsilon\iota\rho\omega\nu\varepsilon\iota\alpha$)에서 파생된 말로, 이보다 앞선 시기에
그리스인들은 실제보다 못난 것처럼 가장하여 남을 속이는 교활
한 사람을 에이론($\varepsilon\iota\rho\omega\nu$)이라고 불렀다.[25] 에이론(Eiron)이라는
말이 기록되어 쓰이기 시작한 것은 B. C. 5세기경의 희극작가들
에 의해서이며, 당시 이 말은 적의를 감춘 채 선한 얼굴의 가면을
쓰고 나타나는 믿을 수 없는 사람이라는 경멸적인 의미로 쓰였다.
이후에 퀸틸리안(Quintilian)이 소크라테스에 대해 "그는 무식한
체하며 사람들에게 접근해서 그들의 지혜를 흠모하는 것처럼 굴
었기 때문에 에이론이라고 불렸다."[26]라고 말한 데서도 초기의
말뜻을 알 수 있다.

---

25) 박경미, "요한복음서의 아이러니 연구"(이화여대 기독교학과 박사논문,
1995), 20쪽.
26) *The Loeb Clasical Library* (Cambridge, Mass. : Havard Univ. Press), ix, ii,
46쪽.

이처럼 그리스인들에게 아이러니는 행동의 유형에 관계된다고 할 수 있다. 그와 같은 점은 그리스 희극에서 에이론의 상대역인 알라존(Alazon)과의 관계에서 잘 드러난다. 알라존은 강하고 고집 세며 허풍스럽게 과장하여 행동하는 인물이고, 에이론은 실제보다 작고 약하게 은폐하여 행동하는 인물이다. 그리스 희극에서는 처음에 패배할 듯이 보였던 에이론이 예상을 뒤엎고 알라존을 이기게 된다.

이와 같은 에이론과 그에서 파생된 아이러니에 대해 그리스 당시의 철학자나 수사학자는 대체로 유보적인 태도를 취했고, 희극에서는 숨김, 은폐, 속임의 행동이라는 부정적 의미가 부각되었다. 데모스테네스(Demosthenes)와 테오프라투스(Theophratus)는 사람들이 아이러니를 통해 진실을 숨기고 책임을 회피하므로 아이러니가 사회적인 부도덕과 연결될 가능성이 있음을 강조하고 부정적인 평가를 내리기도 하였다.[27]

약하고 겸손하며 패배할 듯이 보이던 인물이 승리하면서 허구적이고 과장된 의미가 폭로되는 에이론과 알라존의 관계에는 아이러니의 새로운 의미가 파생될 가능성이 잠재되어 있다. 겉으로는 순진하고 무지한 척하면서 결국에는 상대의 무지와 허위를 폭로하는 소크라테스에게 패배한 사람들[28]이 그를 에이론이라고 불

---

27) 박경미, 앞 글, 21쪽.
28) 소크라테스에게 패배를 당한 사람들은 상식에 자부심을 가진 사람들이라

렀을 때 거기에는 이중적인 시선으로 바라볼 여지가 생긴다. 그것은 소크라테스라는 인물과 그의 행동을 가리킴과 동시에 그 화법을 지칭하는 것이라 할 수 있는데, 이때 소크라테스의 화법은 허위를 드러내고 진실을 추구하는데 있다. 따라서 어원적으로나 그리스 희극에서 에이론(아이러니)이 부정적인 의미로 쓰였다 하더라도 소크라테스의 태도는 진지한 자세로 무지를 고백함으로써 당대인들의 지적 욕구를 환기시키고 질문과 답변의 변증법적 방법에 의해 그들로 하여금 진실을 추구하도록 하는 데 있다. 그가 순진함을 가장하거나 진지하게 무지를 고백하는 것은 속이기 위한 기만이 아니라 진실을 탐구하려는 것이다.[29) 소크라테스는 다

고 할 수 있다. 리처드 로티는 이들에 대해 "상식이 도전을 받게 되면, 그 것을 고수하려는 자들은 (그리스의 일부 소피스트들이 그렇게 했으며, 아리스토텔레스가 그의 윤리적 저술에서 그렇게 했듯이) 우선 그들에게 익숙한 언어 놀이의 규칙들을 일반화하고 명시화하여 반응한다. 그러나 만일에 낡은 어휘로 구성된 어떤 상투적인 말투도 그 논변의 도전에 응하는 데 충분치 못하게 되면, 대답해야 할 필요성 때문에 상투적인 말투를 넘어서려는 자세를 낳게 된다. 바로 그 지점에서 대화가 소크라테스적이게 될 것이"라고 한다.(리처드 로티, 김동식 외 옮김, 우연성 아이러니 연대성(민음사, 1996), 147쪽).

29) 키에르케고르와 헤겔이 소크라테스의 아이러니를 이해하는 차이에 대해 임병덕은 다음과 같이 말한다. "키에르케고르가 보기에 소크라테스의 아이로니는 '시작에 그치는 지식' 이상의 것을 줄 수 없으며, 이 점에서 그것은 부정(否定)의 계기를 나타낸다. 헤겔에 의하면, 소크라테스의 무지는 선(善)의 이데아를 향하여 나아가는 계기가 된다. 이것은 곧 소크라테스의 무지가 긍정적 결과를 위한 부정적 계기가 된다는 뜻이다. 소크라테스의 아이로니를 부정적 계기로 파악한다는 점에서 헤겔의 입장에는 키에르케

음과 같이 강조하였다.

> 내 자식들이 장성해서 여러분, 만약 여러분들 생각에, 그들이 덕성보다도 재산이나 그 밖의 것에 마음을 쓰는 것 같거든, 내가 여러분을 괴롭힌 것과 똑같이 그들을 괴롭혀서 보복을 해주기 바라며, 또 그들이 만약 아무것도 아니면서도 이미 무엇이나 되는 것처럼 생각하는 것 같거든, 내가 여러분을 나무랐듯이, 마음을 써야 할 데에 마음을 쓰지 않고 또 아무 값어치도 없으면서 무엇이나 되는 것처럼 생각하고 있다고, 그들을 꾸짖기 바랍니다.[30]

소크라테스가 강조하는 화법, 곧 아이러니가 수사법과는 다르다는 점은 다음과 같은 소크라테스와 고르기아스(Gorgias)의 대화에서 분명해진다. "나는 수사학의 본질을 '아첨술'이라는 이름으로 간단히 부릅니다. 내가 보기에 이런 일에는 많은 종류가 있는데, 그중 하나가 요리술로서 기술인 것처럼 보이지요… 습관이나 요령에 불과하고… 수사학도 그중의 하나이며, 역시 사사로운 꾸밈이나 궤변일 따름이지요."[31]

고르와 유사한 면이 있다. 그러나 양자가 사용하는 '부정(否定)'이라는 용어에는 의미상 중요한 차이가 있다. 헤겔에 있어서 '부정'은 '긍정'(肯定)으로 나아가기 위한 계기로서의 의미를 가지는 데에 비하여, 키에르케고르에 있어서 '부정'은 철두철미 부정 그 자체를 나타낸다.(임병덕, 키에르케고르의 간접전달(교육과학사, 1998), 38-39쪽).

30) 소크라테스, 소크라테스의 변명(삼성출판사, 1990), 461-62쪽.
31) Gorgias, 463A-B(Loeb, 5:313). I. F. 스톤, 편상범 외 옮김, 소크라테스의

이상에서 알 수 있는 바와 같이 소크라테스는 수사학자가 구사하는 현란한 수사학을 신뢰하지 않았다. 그는 수사학자들이 진리에 대하여 진지한 관심을 가지고 있지 않다고 본다. 수사학자가 자랑하는 수사학의 기술은 기만의 수단이고 안이한 만족감을 낳는 요령으로써 사실을 왜곡한다고 보는 것이다.[32]

그리스와 로마에서 변론술은 극히 중요시되었고 그에 따라 수사법이 발달하게 되었다.[33] 그리스 수사학에서 아이러니는 "이면에 숨겨진 참뜻과는 다른 언어 진술을 통해 상대방에게 의미론적 충격을 주는 언사(言辭), 어떤 것을 말하면서 다른 것을 뜻하거나, 칭찬하기 위해서 비난하고, 비난하기 위해서 칭찬하는 등의 모순된 발언을 지칭하는 것"[34]으로 정의되었다.

아이러니가 수사학적으로 보다 분명하게 인식되고 정리된 것은 로마의 키케로(Cicero)와 퀸틸리안(Quintilian)에 의해서이다. 키케로는 두 종류의 아이러니에 대해서 언급하였다. 하나는 실제로 생각하는 것을 정반대로 언급하는 언어에 의한 익살이고, 다른 하나는 언설의 전체 내용과 분위기를 지배하는 아이러니로 플라

비밀(자작아카데미, 1996), 167쪽에서 재인용.

32) Peter Dixon, 강대건 역, 수사법(서울대 출판부, 1987: 4판), 19쪽.

33) 단순한 설득 이상의 높고 고상한 것으로서의 수사법의 역할을 주장하며, 말을 잘 하는 능력을 건전한 이해력의 확실한 지표로 생각하고, 진실하고 합법적이고 공정한 담론을 선량하고 성실한 영혼의 구원이라고 한 이소크라테스(Isocrates)의 옹호는 면면히 이어졌다.(위 책, 16쪽).

34) 오세영, "아이러니와 파라독스" 『시문학』124호(1981. 11.), 37쪽.

톤의 「대화」 편을 예로 들었다. 퀸틸리안은 아이러니를 겉으로 표현하는 것과는 다른 것을 의미하는 말에 붙여진 용어라고 정의하는 한편, 아이러니적인 분위기와 상황에 대해서 언급하였다.

전통적인 수사학자인 키케로와 퀸틸리안에 의하면 아이러니는 실제 의도와는 상반되게 표현하는 것이다. 이들은 또 언설 전체의 내용과 분위기를 지배하는 아이러니에 대해서도 언급함으로써 수사법적 범주를 넘어서는 의미까지도 감지하였음을 드러낸다. 이처럼 아이러니가 "변용어구(trope)로부터 변용의미(figure)로 확대되는 것은 그것이 단순히 언어적일 뿐만 아니라, 은연중에 의미나 사상에도 적용될 수 있음을 보여준다."[35]라고 할 수 있다.

아이러니는 어원적 의미, 그리스의 희극과 그 시대 사람들의 소크라테스에 대한 지칭에서 은폐하고 속이는 교활한 인물을 나타내기 위해 사용되었다. 하지만 희극의 에이론과 알라존의 관계에서 표면의 허구적 의미를 폭로하는 긍정적 개념의 파생 가능성을 알 수 있다. 자신은 알고 있지만 모르는 체하는 소크라테스의 순진을 가장한 아이러니는 당대인들에게 자신의 허위성을 깨닫고 진실을 탐구하게 하려는 화법이었다. 로마의 키케로와 퀸틸리안은 아이러니를 기본적으로 수사로써 생각했으나 수사의 의미를 넘어설 가능성까지도 감지하고 있었다.

---

35) 박경미, 앞 글, 22쪽.

(2) 낭만주의의 아이러니

그리스, 로마, 중세를 거쳐 18세기에 이르는 동안 아이러니는 대체로 수사적 의미로서의 '말의 아이러니'라는 뜻으로 쓰였다. 생활이 복잡해지고 삶의 대립성과 모순성을 깊이 체험하게 되면서 사람들은 인생에는 근본적으로 아이러니가 존재한다는 사실을 깨닫게 되었다. 이에 따라 17 · 8세기에 이르러 수사적 어의(語義)에 다양한 의미가 부여되었다.[36]

아이러니에 대한 이론적인 발전은 바로크 시대[37]를 지나며 독

---

36) 문상득, "Shakespeare비극의 아이러니 연구"(서울대 영어영문과 박사논문, 1976), 8쪽.

37) 아이러니의 역사적 고찰에서 바로크 시대는 상당히 중요한 의미를 지닌다고 본다. 한국에서는 오랜 동안 주로 영미와 프랑스를 중심으로 서구 문학사를 이해하고 수용해 왔는데, 스페인을 중심으로 하는 서반어 문학권에서는 바로크 시대와 그 예술적 의미가 중대한 역사적 전환점이 되는 것으로 보인다.

당시 바로크 시대가 열리게 된 계기점을 우주론적 관점에서 보면, 종래의 우주관은 모든 행성이 태양을 중심으로 완전한 원운동을 한다는 것이었다. 그런데 1609년 케플러의 행성운행법칙에 대한 발견으로 행성운동이 불완전한 타원형이라는 것과 태양은 그 중의 한 축에 불과하다는 것이 밝혀진다. 따라서 우주의 운행원리는 조화와 완전함을 상징하는 원이 아니라 부재하는 중심의 둘레를 회전하는 타원이 된다. 즉 갈릴레오까지를 포함하는 르네상스적 우주관이 본질적으로 완벽하고 기계적인 원형에 기초하고 있는데 반하여 바로크적 우주관은 불안하고 우연적인 타원형에 기반을 두게 된 것이다.

이와 같은 측면에 대해 아르놀트 하우저는 다음과 같이 말한다. "새로운 자연과학적 세계관은 코페르니쿠스의 발견으로부터 시작되었다. 우주가 지구 주위를 도는 것이 아니라 지구가 태양 주위를 돈다는 학설은 신의

섭리에 의하여 정해졌던 우주 속에서의 인간의 오랜 위치를 결정적으로 변화시켰다. 왜냐하면 지구가 더이상 우주의 중심이 아니라고 할 때 인간 역시 더이상 창조의 의미와 목적이 될 수 없기 때문이다. 그러나 코페르니쿠스의 학설은 단순히 세계가 지구와 인간의 주위를 도는 것을 중지했음을 뜻할 뿐만 아니라, 세계가 더이상 어떠한 중심점도 갖고 있지 않고 다만 동일한 모습과 가치를 지닌 여러 부분으로 구성되어 있으며 이러한 부분들의 통일성은 오로지 자연법칙의 보편타당성 속에서만 드러남을 뜻하는 것이었다. 이 학설에 따르자면 우주는 무한대이고 그럼에도 통일적이며 단 하나의 원리에 의해 조직된 상호 작용적이고 연속적인 체계요, 또한 하나의 유기체적인 살아있는 관계이자 원활하게 기능을 발휘하는 잘 정리된 일종의 기계장치, 당시의 언어로 표현하자면 하나의 이상적인 기계장치였다."(아르놀트 하우저, 백낙청·반성완 역, 문학과 예술의 사회사 2(창작과비평사, 개정판:1999), 243쪽).

이상에서 살펴본 바처럼 중심을 잃어버리고 낙원을 상실한 근대인은 '고아의식', 즉 신학적 형이상학적으로 인간을 지탱해 오던 종래의 신념체계가 붕괴되고 주체의식과 개인주의가 득세하면서 소외와 고독감 그리고 혼돈의식을 가지게 된다. 특히 인간은 전락한 존재이며 더 이상 하나님과의 화해가 불가능하다는 생각은 새로운 물음을 야기하였다. 『돈키호테』를 비롯한 바로크 문학작품이 종국적으로 보여주고자 한 것은 신이 떠난 세계에서 과연 '진정한 현실이란 무엇인가' 또는 '인간이란 무엇인가?'라는 존재론적인 물음이었다.

박철은 "바로크 문학에서는 시대에 대한 심리적 불안의 결과로서 〈대조 contraste〉가 대담하게 나타난다. 즉, 17세기의 사람들은 세상에는 유일한 가치를 지닌 것은 존재하지 않는다는 사실을 알고 있었으며, 그리고 모든 사물들은 선과 악, 아름다움과 추한 것의 범주로 구분되는 것이라고 믿고 있었다. 이러한 사실로 미루어 볼 때, 〈환상과 현실의 이원론 el dualismo realidad—ilusión〉에 집착하고 있던 당시의 예술이 웅대한 것과 미세한 것, 세련된 것과 투박한 것, 아름다운 것과 추한 것 그리고 빛과 그림자와 같은 대립적 요소를 동일한 면에서 보여준다. 이를 통하여 현실의 안과 겉을 한 마디의 동일한 말 속에서 동시에 보여 주었던 이유를 납득할 수 있다."(서반아 문학사(송산출판사, 1992), 396쪽)라고 한다.

  이상과 김수영 시의 아이러니

일 낭만파들에 의해서 이루어진다. 슐레겔(Schlegel) 형제와 티크
(Tieck), 졸거(Solger) 등으로 대표되는 독일 전기 낭만파들에 의해
서 아이러니는 이전의 전통적인 수사학으로서의 개념에서 벗어나
하나의 세계관으로 자리잡게 되었고[38] 나아가 작가의 태도와 아
이러니적인 존재양식 자체와 관련을 맺는다. 이에 대해 김학동은
다음과 같이 말한다. "칸트의 이율배반도 '절대/상대', '주관/객
관', '심적/사물' 등의 상호모순적 관계에서 리얼리티를 발견한 것
이다. 이를 독일과 영국의 낭만주의자들은 의미의 두 차원을 포괄
하고 암시하는 수단으로 이해한 것이고, 결국 세계와 개인, 절대
적인 것과 상대적인 것에서 빚어지는 모순적인 감정이 세계를 이
해하고 파악하는 원리라고 확신하게 되었다".[39]

　계몽주의자들이 감관으로 수용하고 이성으로 인식하는 그 자
체가 세계라고 본 반면 낭만주의자들은 소박한 환상이 아닌 근대
적 교양을 바탕으로 하는 환상의 형이상학을 추구하였다. 그들에
게 예술활동이란 절대적 자아가 세계를 창조하는 것이다. 하지만
현실에서 이루어지는 모든 예술은 무한의 총합성을 꿈꾸는 예술

---

38) 다음 인용에서도 이런 점을 읽을 수 있다. "낭만주의 시는 단지 문체와
　　언어의 변화에 그치는 것이 아니라 믿음의 변화였으며, 이 점이 낭만주의
　　시를 과거의 시적 스타일이나 시 운동과 근본적으로 구별시켜준다. 바로
　　크 예술이나 신고전주의 예술은 서구의 전통적인 믿음 체계와 단절되지
　　못했다."(옥타비오 파스, 김은중 역, 흙의 자식들 외(솔, 1999), 83쪽).
39) 김학동 외, 현대시론(새문사, 1997), 192쪽.

가의 절대적 이상에 이를 수는 없다. 어떤 천재의 작품이라 하더라도 완전성에 이를 수는 없는 것이다. 따라서 주체로서의 예술가는 유한적인 작품을 거듭 부정하고 파괴하면서 무한하고 절대적인 세계를 구현하려 한다. 이처럼 유한적 존재가 언어라는 상대적 매재를 통해 무한하고 절대적인 세계를 추구하는 것에 근본적으로 아이러니가 개재(介在)한다.

낭만주의자들은 세계를 주관과 객관, 절대적인 것과 상대적인 것, 이상과 현실, 유한한 것과 무한한 것 등의 모순으로 인식하였으며, 그들은 시인을 이상을 지향하지만 결국 좌절할 수밖에 없는 존재라고 인식하였다.[40] 18세기에서 19세기에 이르는 동안 아이러니를 이와 같이 이해하게 된 것은 이전에 그것을 단순히 수사적 기교나 극적 효과로 이해하던 차원을 넘어 세계에 대한 인식의 원리로 자리잡게 한다. 낭만파의 아이러니에서 간과할 수 없는 슐레겔의 논의를 간략히 살펴 본다.

슐레겔은 아이러니를 사소하고 정감어린 수사학적 현상으로 이해했을 뿐 아니라 '철학적 능력'으로까지 이해하였다. 말로 할 수 있는 것의 한계가 의식되는 철학은 그에게는 아이러니가 생성되는 바탕이다. 낭만주의의 예술원리는 절대적이고 무한한 정신이 작품에 순수하게 계시되어야 한다는 것이다. 아이러니는 이와

---

40) 장도준, "현대시의 아이러니 연구" 효성여대 연구논문집 제48집 (1994. 2.), 10쪽.

같은 원리가 유한하고 상대적인 작품에서 어떻게 이루어질 수 있을까에 대한 해결방식으로 이루어진다. 그것은 대립물간의 중개자로서 기능하고, 반대명제의 끊임없는 종합이 예술작품의 실체가 된다는 것이다. 예술가는 아이러니의 의식적이고 자유로운 변증적 교섭을 통하여 자신을 해방해 가는 것이다. 낭만주의의 시인은 자신이 상정한 이상적 작품과 실제 창작품과의 거리를 의식하고 자신을 대립 속으로 몰아가 한 단계 고양된다.

따라서 낭만주의 시인에게 아이러니는 주어진 것을 부단히 초월하는 것이다. 그리고 아이러니를 무한에의 동경으로 생각한다면, 그 아이러니는 유한한 인간을 넘어서서 유한 너머의 어떤 것을 지시할 수 있는 것이다. 그것은 예술의 내면적인 유희형식이거나 단순한 시의 양식적 수단 이상의 것이다.[41] 이에 대해 뮤크는 다음과 같이 언급하였다.

> 낭만적 아이러니는 작가의 의식적인 아이러니로서, 작가는 몇 가지 점에서 아이러닉한 처지에 놓여 있다. 작품을 잘 쓰기 위해서 작가는 작품을 창조하는 입장에 있으면서도 자신의 작품에 비판적인 태도를 취해야 한다. 그는 이상주의자이면서 현실에 바탕을 둔 글을 써야 하고, 풍부한 정서에 바탕하면서도 이성적이어야 한다…그래서 그의 작품은 현실세계를 그린 것이면서 동시에 허구이다.[42]

---

41) 장남준, 독일 낭만주의 연구(나남, 1989), 160쪽.

참다운 예술가에게 열려 있는 유일한 가능성은 그 자신의 작품에 초연한 자세를 취하는 동시에 허구와 사실과의 거리가 완전히 갖추어져 있는 이야기를 창조해야 한다. 그러한 결과 우리들이 그 작품을 예술이면서 동시에 인생이기도 한 상반적인 것의 병존으로 생각하도록 해야 한다.

(3) 현실폭로의 아이러니

문예학상의 리얼리즘은 19세기 자본주의의 도래와 함께 시작되었다. 당시의 변화된 상황을 간단히 살펴보면 다음과 같다. 사회 권력을 장악한 부르주아에 의한 자본의 지배가 공고하게 되면서 사회의 제반 기구가 효율성 원리를 중심으로 재편되었다. 인간은 생산활동의 도구나 부품이 되어갔고 사람들의 개성과 품위는 고려되지 않았다. 노동자들은 이런 가운데 절대왕정과의 투쟁과정에서 동지적 관계였던 부르주아가 권력을 장악한 사회의 본질을 확인하게 되었다. 그것은 절대왕정 시대에 있었던 힘을 통한 강제와 억압이 아닌 자본의 운영을 통해 자신들의 생사권을 통제하는 것이었다. 따라서 노동자들은 자신들의 생명과 권리를 지키기 위해 부르주아에 대항하지 않을 수 없게 되었다.

이와 같이 변화된 상황 하에서 작가들은 민중들의 구체적인 삶을 주목하고, 그것을 전체 사회 구조와의 관계에서 그려내고자 하

---

42) D. C. Muecke, 문상득 역, 아이러니(서울대학교 출판부, 1980), 20쪽.

였다. 이때 문제되는 것이 세부의 진실성과 전형적 상황, 전형적 인물이다. 작가는 영웅적이거나 예외적인 인물을 그리는 것이 아니라 일상에서 만날 수 있는 인간에게서 가치를 찾아내고 또한 가치를 부여해야 한다. 그리고 그 인물이 구현하는 세부는 변화되는 상황과의 역동적인 관계에서 드러날 수 있어야 한다. 이런 가운데 전형성은 다음과 같이 논의된다.

> 문학은 개별적 인간의 독특한 행동양상을 상황과의 관계 속에서 표현하는 것이지만 그 인물의 행동이 개별적인 것, 특수한 사례에만 머문다면 가치를 부여할 수 없다. 그 행동이 개별적인 것이면서도 사회현실의 본질내용을 함축하는 보편적인 것으로 될 수 있을 때에만 전형성을 획득하는 것이다.[43]

리얼리즘 문학은 표현수단과 기법을 현실 자체에 최대한 맞추려고 하면서 문학적 선험주의를 거부한다. 그것은 예술적인 표현수단들을 부단히 혁신하고 풍요롭게 하고 어떤 것도 절대화하거나 선험적으로 규정된 제한이나 경계에 빠지지 않으려 한다. 리얼리즘 시대의 문학만이 반복되는 선험적 주제와 도식들, 그리고 수세기에 걸쳐 개발된 장르 구조의 기법들에 대한 거부를 기본적이고 일관되게 형성된 예술 창작의 법칙들 중의 하나로 변화시켰다. 확고하고 항상적인 것에 기초한 이전의 문학적 흐름들에 리얼리

---

43) 최유찬, 문예사조의 이해(실천문학사, 1995), 217쪽.

즘은 원칙적으로 다른 방향성을 대치시키고자 노력했다. 즉 리얼
리즘은 생생하고 변화무쌍하며 부단한 자기심화와 자기거부의 과
정 속에 있는 현실을 지향하였다.

미리 규정된, 〈지정된〉 도식을 거부하고 매번 작품의 구조 그
자체와 장르 속에 현실 그 자체의 구조와 논리를 포착하고 표현
하고자 하는 의식적인 노력은 리얼리즘 시학의 독특한 법칙뿐만
아니라 리얼리즘적인 창작의 형태에 본질적인 일련의 특수한 복
잡성을 규정한다.[44] 리얼리즘은 정제된 전통과 거장들의 작품을
통하여 현실에 접근하는 것에 대한, 그리고 자연에서가 아니라 예
술 속에서 형식이나 아이디어를 찾아내려는 경향에 대한 반동이
다. 사실주의자는 현실과 직접 접촉하려고 하며 그 자신의 눈으로
관찰하려고 한다.[45]

사실주의자는 문제적인 것과 특히 위선적인 것을 증언하기 위
해 고통을 감수해야 한다. 또 리얼리즘은 궁극적으로—이러한 포
괄적이고 장구한 발전 때문에—아무리 자주 억압되고, 불구가 되
고, 패배할지라도, 그 억제할 수 없는 프로메테우스적 원천 때문
에 결코 완전히 상실될 수 없는 인간 잠재력의 풍부성을 구현하
게 된다.[46]

---

44) G. 프리들렌제르, 이항재 역, 리얼리즘의 시학(열린책들, 1986), 31쪽.
45) 스타니슬로우 오쏘브스키, "리얼리즘의 제문제" 최유찬 외 옮김, 리얼리
　　즘과 문학(지문사, 1985), 97쪽.
46) 스테판 모라프스키, "모방과 리얼리즘" 최유찬 외 옮김, 위 책, 366쪽.

아이러니스트는 이상과 동떨어진 먼 세계에 적응하려고 하는 의도적 시도는 물론이려니와, 현실에 억지로 적응하기 위해 영혼이 추상적인 이상을 포기하는 것도 무참히 좌절하리라는 것을 잘 알고 있다. 그는 또한 현실을 승리자로 형상화하면서도 현실에 패배당하는 이념 앞에서는 현실은 아무런 의미가 없으며, 나아가서는 이러한 현실의 승리는 결코 궁극적인 승리가 될 수 없고 새로운 이념의 반항에 의해 언제든지 동요될 수 있다는 것을 보여준다. 그리고 아이러니는 세계의 우세가 세계의 힘에 기인한다기보다는, 이상의 무게에 의해 너무 짓눌리고 있는 영혼이 필연적으로 갖게 되는 영혼의 내적 문제성에 기인한다는 것도 보여준다.[47]

사실주의는 19세기 중반에 비약적으로 이루어진 과학의 발달을 근간으로 한다. 사람들은 이 시기까지 불가침의 영역으로 이해하던 자연을 정복할 수 있다는 자신감을 가지게 된다. 그리고 각 방면에서 경험과 실험을 중시하는 연구가 이루어지면서 정신과학의 영역이라고 할 수 있는 심리학, 윤리학, 미학 등도 과학적 태도로 접근하게 된다. 사실주의 작가들은 현실을 추상하고 근거없이 상상하기보다는 현실을 관찰하고 해부하면서 드러내고자 한다. 따라서 그와 같은 태도에 의해 그 이전에는 인식할 수 없었던 삶의 부조리함이 폭로되기 시작한다.

---

47) 게오르그 루카치, 반성완 역, 소설의 이론(심설당, 1993), 111쪽.

사실주의는 현실에 주목하고 그것을 그 자체로 드러내려고 한
다. 이전에 불변의 것으로 받아들이던 것을 해부하여 공허함을 보
이려 하고, 아름답게 보이던 것의 진상을 폭로하려 한다. 그리고
추상과 전통을 답습하려는 태도를 버리고 대상을 대하려 한다. 그
리하여 거울에 비친 것을 재현하는 것처럼 가식과 과장이 없는
상태를 지향한다. 이성을 중심으로 지각과 감각을 중시하고, 경험
과 관찰을 중시하는 자연과학 정신을 바탕으로 한다. 따라서 그것
은 아름답고 유쾌한 것인가, 추악하고 불쾌한 것인가를 막론하고
대상을 미화하지 않고 현실의 진상 그대로를 드러내려고 한다.

2) 모더니즘[48] 이후의 아이러니 개념

(1) 정전으로서의 아이러니

신비평가들은 아이러니를 세계 이해의 준거이자 시의 구성 원리로 이해하였다. 신비평의 시대적 배경은 시인에게 도덕적이고

---

48) 모더니즘에 대해서는 많은 논자들이 상이한 견해들을 밝혀서 한 마디로 규정한다는 것이 지난하다. 몇 논자들의 견해만 보자면, 피터 포크너는 영어 사용권 국가에서 20세기초에 나타난 새로운 문예사조로 한정시켜 말하고(피터 포크너, 황동규 역, 모더니즘(서울대학교 출판부, 1980)), 유진 런은 19세기 말에서 20세기 초반에 유럽에서 새롭게 일어난 예술운동들을 통칭한다(유진 런, 김병익 역, 마르크시즘과 모더니즘(문학과 지성사, 1986)). 한편 페리 앤더슨은 "하나의 개념으로서 모더니즘은 모든 문화적 범주 중 가장 공허한 것이다. ……. '모더니즘'이라는 이름 밑에는 사실상, 매우 다양한, 때로는 서로 양립할 수 없는 상징주의, 구성주의, 표현주의, 초현실주의 등과 같은 다양한 미적 실천들이 은폐되어 있다."(페리 앤더슨, 오길영 외 역, 마르크스주의와 포스트모더니즘(이론과 실천, 1993), 172쪽)고 말한다. 그리고 마샬 버만은 끊임없는 생성과 파괴를 겪는 근대성의 감수성과 상관지으면서 괴테와 마르크스에서부터 현대 뉴욕의 시인들까지 모더니스트의 범주에 넣기도 한다(마샬 버만, 윤호병 외 역, 현대성의 경험(현대미학사, 1994)).

 모더니즘, 달리 근대성이란 한 마디로 규정하기가 불가능할 만큼 복합적인 의미를 함축하고 있는 용어이다. 즉 중세 이후의 서유럽의 사회 문화적 현상을 말하기도 하고 계몽주의 이후 구체화된 철학적 사유를 뜻하기도 하며 산업혁명과 함께 본격화된 산업사회의 구조를 의미할 수도 있다. 그러나 근대성이 이렇게 여러 시기에 걸쳐 새로운 양태로 나타나며 다양한 의미를 함축하고 있음에도 불구하고 본질적으로 중요한 이유는 그것이 전통과 단절된 상태에서 오늘날의 현대인들이 가지고 있는 사고방식과 동질의 패러다임을 작동시키는 원리이기 때문이라고 본다.

지적인 권위를 넓혀줄 수 있는 종교적이고 사회적인 전통이 소멸되고 기율과 권위를 도출할 수 있는 합리적인 구조까지도 박탈당한 시대를 배경으로 한다. 또한 동질적 사회에 스며 있는 진리의 객관적 체계에 대한 믿음이 상실되었고 시적 비전으로 동화될 수 있는 세계질서가 상실되었던 제1차 세계대전을 전후하여 등장하였다.[49]

그들은 혼란의 시대, 상실의 시대에 다양한 경험을 통찰하기 위해서 질서정연한 인식체계를 확립하고자 하였다. 그러한 과정에서 그들은 텍스트 밖의 작가에 대한 정보추구나 역사, 철학, 심리학 등의 기준에 의해서 해석하고 평가하는 대신 작품 그 자체로 파악하려는 태도를 강조하였다. 이것은 문학 작품이 자신의 연구에 스스로를 근거로 제공하는 것이다. 따라서 작품을 이해하기 위해 그것의 심미적 한계에서 벗어난 여타의 대상이나 기준을 도입할 필요가 없다는 것이다.[50]

앞과 같은 태도로 인하여 신비평가들은 역사적 상황을 간과하고 문학 자체의 정합성을 추구하는 초월적, 초역사적 성격을 지니고 있다는 비판을 받는다. 또 정독을 요구하지만 다양한 관점에서의 독서를 회피하며, 해석과 평가의 준거가 모호하다거나 과학주

---

49) Robert Wooster Stallman, "뉴 크리틱스의 공동 이념" 정태진 역, 뉴 크리티시즘(원광대출판국, 1989), 140-44쪽.
50) Harold P. Simonson, "뉴 크리티시즘과 문학 형식" 정태진 역, 위 책, 189쪽 이하.

의적 태도라는 등의 비판을 받기도 한다. 이와 같은 비판에도 불구하고 신비평가들은 경험주의에 바탕을 두며 예술을 예술로 취급해야 한다는 원칙을 세웠다고 할 수 있다. 또한 그들은 텍스트의 모든 구성 부분들이 상호작용을 통해 기능한다는 유기체론을 통해 텍스트의 세부에 대한 관심을 촉발하고 시의 낱말들이 단순히 지시물을 가리키는 제한된 기호가 아니라 살아서 생성하는 메타포가 된다고 한다. 이와 같은 방식으로 구성되고 탐구되는 작품은 결국 과학적 인식보다 더 큰 리얼리티를 구현한다는 것이다. 그렇다면 신비평의 요체라 할 수 있는 '상충하는 태도나 조건의 균형 또는 화해'를 통한 객관적 구조의 달성은 어떤 의미를 지니고 어떻게 이루어지는 것일까.

 I. A. 리처즈는 "어떤 시를 읽는다는 경험에 가치를 주는 것은 무엇인가? 이 경험이 다른 것보다도 훌륭하다고 하는 것은 어떤 것인가?"[51]라고 묻는다. 그러면서 보통 사람들이 상충하는 충동을 그것 자체로 경험하는 것에 반하여, 예술가들은 상충하는 충동들의 화해를 지극히 높은 수준에서 수행한다고 한다. 그와 같은 점이 보통의 정서적 경험과 시적 경험의 차이라고 한다. 브룩스가 시를 극적 진리 혹은 경험의 통일로서 언급할 때, 그것은 예술이 조화있는 긴장 속에 다양하고 임의적이고 혼란한 것을 유지한다는 것

---

51) I. A. Richards, 김영수 역, 문예비평의 원리(현암사, 1977), 14-15쪽.

을 뜻한다. 실제 경험은 아이러니, 역설, 애매성 등으로 가득 차 있고 생체험을 다루는 예술도 마찬가지여야 한다. 하지만 창조자로서 상상력의 형성력을 가진 예술가는 용해된 긴장의 틀로 생체험을 정리하는 화해자여야 하며, 그로써 심미적 인식을 성취해야 하는 것이다. 이때 심미적 인식이란 단어들에 의해 이루어진 정확한 주장이 아니라 그 주장이 이루어지는 방식 혹은 기교를 말한다.[52]

여기에서 주요 비평가들의 논의를 간략히 고찰하면서 아이러니의 의미를 살펴보고자 한다. 엘리어트의 통합된 감수성의 시론은 인간의 체험세계는 복잡하고 잡다한 것으로 그 경험이 시인의 마음 속에서 어떤 새로운 것으로 통합되어야 한다는 것이다.[53]

리처즈는 예술의 실체가 현실과 유리된 것이 아니라 만인이 일상에서 겪는 경험의 내용이라고 한다. 다만 시적 경험이 상충하는 충동들의 화해를 지극히 높은 수준에서 수행하여 구조화 하는 것이라고 한다. 그는 상반되는 충동의 조화의 한 예로 비극을 들면서 그것을 모든 예술의 원리로 설명한다. 상반되는 충동들을 조직하는 데 배제하는가 포괄하는가에 따라, 좋은 시와 나쁜 시를 구분한다. 이때 그는 아이러니를 다음과 같이 설명한다.

---

52) Harold P. Simonson, "뉴 크리티시즘과 문학 형식" 정태진 역, 앞 책, 191쪽 이하.
53) 이창배, "뉴크리티시즘의 시학" 영미비평연구(민음사, 1979), 198쪽.

아이로니Irony란 반대의 충동, 곧 相互 補足的인 衝動을 詩
속으로 끄집어들이는 것을 뜻한다. 아이로니에 의해서 쉬이 무
너지는 詩가 왜 최고의 시가 아닌가? 아이로니 그 자체가 왜 거
의 늘 최고의 시의 特徵인가? ― 그 이유는 여기에 있다.
　이러한 相反되는 衝動 ― 그것이 해결되는 곳에서 최고의
詩經驗이 생긴다.54)

랜섬은 인간의 마음에 대한 존재론적 파악을 주장한다. 그는
과학이 알려주는 세계는 '추상적 편익의 도식'이라고 한다. 반면
시는 '총체적이고 파기할 수 없는 여러 사물들로 이루어진 세계'
라고 하며 과학적 논의로서 다룰 수 없는 '경험의 질서'를 다룬다
고 한다. 그 경험은 순수한 이성만의 경험도 아니고 또는 감정만
의 경험도 아닌 전인적인 체험이라고 한다.55)

브룩스는 형이상학파 시란 단순한 비교나 안이한 유사성의 추
구에 만족하지 않고 극단적으로 상반되는 요소들이 합쳐져서 새
로운 제3의 요소를 만들어내는 시라는 것을 강조한다. 시 안에서
각 요소가 유기적으로 작용하여 하나의 새로운 전체를 만들어내
는 시의 유기적 기능을 중시하는 것이다. 그는 시의 구조에서 아
이러니와 역설을 중시하며 자신이 분석하는 거의 대부분의 작품
을 그와 같은 관점에서 접근한다.56) 브룩스는 이와 같은 표현들

---

54) I. A. Richards, 김영수 역, 앞 책, 336쪽.
55) 이창배, 앞 글, 218쪽.
56) 이창배, 위 글, 221쪽 이하.

을 통하여 의미하고자 하는 바를 '문자적인' 문장으로는 충분히
표현될 수 없는 의식의 유형을 상징이 충분히 표현해준다는 데서
그 의의를 찾는다.[57]

이상에서 개략적으로 살펴본 바와 같이 신비평의 아이러니는
상충되고 모순되는 것처럼 보이는 현실적 삶의 관계를 아울러 인
식하려는 태도와 상관된다. 아이러니적 세계인식 태도를 지닌 작
가는 문학이 단순한 주관적 발화의 양식이어서는 안 되고 그 자
체에 상충되고 모순되는 복잡다단한 세계를 아우르는 가치를 의
식하고 있는 것으로 스스로를 제시해야 한다.[58]

(2) 탈정전으로서의 아이러니

신비평가들이 아이러니를 모순되고 분열된 세계의 조화라는
일관된 원리로 이해하고 있었다면, 그 이후의 아이러니는 분열과
모순을 그것 자체로 보여준다고 할 수 있다.[59] 영미시의 경우

---

57) 클리언스 브룩스, 이경수 역, 잘 빚어진 항아리(문예출판사, 1997: 개역
　　판), 334쪽.
58) D. C. Muecke, 문상득 역, 앞 책, 123쪽.
59) 달리 말하면 신비평가들이 변증적 과정을 통해 총체성을 지향했다면 포스
　　트모더니스트는 불확정성, 단편성 등을 드러낸다. 다음은 이와 관련한 상
　　호 다른 언급으로 좋은 참고가 된다.
　　　"변증법적 사고의 근본 법칙에 따르면, 경험 사실들에 대한 인식은 총체
　　속으로의 통합에 의하여 구체화되지 않는 한, 추상적이고 피상적이다. 바
　　로 이 통합작용에 의해서만, 부분적이고 추상적인 현상을 넘어서서 그
　　'구체적 본질' 즉, 의미화(signification)에 도달할 수 있기 때문이다."(루시

1950년대 이후 나타난 새로운 시세계는 언어경제와 몰개성, 형식의 완벽성과 같은 모더니즘 미학의 상당 부분을 부정한다. 모더니즘 이후에 나타나는 일련의 새로운 문학적 양상들을 흔히 포스트모더니즘이라 하는데, 그렇다고 모더니즘과 포스트모더니즘의 문학적 특성이 완전히 상반되거나 단절적인 것은 아니다.

모더니즘과 포스트모더니즘을 용어와 지반의 차이를 감안하면서 구조주의와 탈구조주의의 관계로 환원하여 벨러의 견해를 살펴본다. 그는 헤겔과 슐레겔이 끊임없는 긍정과 부정, 구성과 폐기, 자기창조와 파괴들을 교차시키면서 변증법적 부정을 생성한다고 한다. 하지만 헤겔이 결국에는 목적성, 완전한 철학, 시스템을 지향하면서 무한과 유한을 해석하려 하는데 반하여, 슐레겔은 유한한 지식으로 모든 것을 포괄할 수는 없으며 다만 국면들 속에서 파악할 수 있는 유한한 과정만을 구성할 수 있다고 한다. 이러한 "헤겔과 슐레겔의 대응 관계는 오늘날의 구조주의와 탈구조

앙 골드만, 송기형·정과리 옮김, 숨은 신(연구사, 1986), 20쪽).
"우리가 시를 읽거나 시를 쓰는 것은 언어가 숨기고 있는 이런 불확정적인 순간 혹은 요소를 제시하려는 데에도 그 기쁨이 있다. 그것은 하나의 전체로 통합된 의미체계 속에 기생하는 다의성이나 아이러니의 순간이 아니라, 그런 의미체계를 와해하는 순간을 제시할 때 경험하는 기쁨이다. 헤겔적 종합주의가 아니라 반헤겔적인 미학이 가능한 것은 이런 사정 때문이다. 또한 마르크스적인 총체성이 아니라 해체적인 단편성이 우리에게 기쁨과 자유를 주는 것도 이런 사정 때문이다."(이승훈, 포스트모더니즘 시론(세계사, 1991), 258쪽).

주의, 해석학과 해체주의의 담화 차이와 같다."고 본다.[60]

포스트모더니즘은 "모더니즘의 논리적인 연장이며 계승인 동시에 모더니즘에 대한 비판적 반작용이며 단절이다. 한편으로 포스트모더니즘은 아방가르드 예술 운동을 포함한 모더니즘의 기본 원리를 논리적으로 계승하여 극단적으로 발전시킨다. 다른 한편으로 포스트모더니즘은 모더니즘이 내재적으로 지니고 있는 한계와 모순을 극복함으로써 새로운 대안을 제시하고자 한다."[61] 따라서 포스트모더니즘을 이해할 때는 이것이냐 저것이냐는 관점보다는 이것과 저것을 함께 살피는 것이 바람직하다. 그럴 경우 모더니즘과 포스트모더니즘은 계승적 관계, 발전적 관계, 대립적 관계, 적대적 관계 등과[62] 같이 유형화 할 수 있고, 그것을 통해 보다 다각적이고 합리적인 접근이 가능할 수 있을 것이다.

모더니스트들이 "삶의 곤경, 무질서를 표현하면서도 원형 혹은 신화의 세계를 지향"[63]했다면, 그 이후의 지성인과 예술가들은 그런 원형이나 초월이 아닌 세계의 다원화와 불안정, 증가된 분열에 주목하였다. 김성곤은 이 시기에 종래의 문학 양식으로는 리얼리티를 구현할 수 없다는 고갈 의식이 형성되었다고 한다. 그리고

---

60) Ernst Behler, *Irony and the Discourse of Modernity*(Seattle and London, Uni. of Washington press, 1990), 89쪽.
61) 김욱동, "포스트모더니즘과 문학" 포스트모더니즘과 예술(청하, 1991), 58쪽.
62) 김욱동, 위 글, 55쪽.
63) 이승훈, 앞 책, 79쪽.

"코페르니스쿠적 대사건들의 연속과 대중적 전자 매체의 확산, 믿을 수 없는 정치적·사회적 현실 상황 등은 작가들로 하여금 글쓰기에 대한 반성, 언어의 재현 능력에 대한 회의, 그리고 더 나아가 새로운 문학 양식과 새로운 창작 렌즈에 대한 탐색에 눈을 뜨게 해 주었다."[64]고 한다.

앨런 와일드에 의해 불확실한 아이러니[65]를 띠는 것으로 이해된 포스트모더니즘은 "모더니즘에 비해 자아의 권위에 대해 의심의 눈길을 보내며, 포괄적인 해결책이라는 것에 대해 신중한 태도를 취한다. 이것은 모더니즘보다 더욱 과격하게 세상의 복합성·임의성·우연성·불합리성을 직시하며, 낙원에 대한 추구를 완전히 포기하고, 무질서한 세상을 그대로 수용"[66]한다는 것이다.

오늘날까지도 흔히 그렇지만, 시인들은 비유의 유추를 통하여 차별적인 것들간에 통일성을 갖추고 질서를 부여해왔다. 유추를

---

64) 김성곤, "모더니즘과 포스트모더니즘" 김욱동 편, 포스트모더니즘의 이해 (문학과 지성사, 1990), 407쪽.

65) 앨런 와일드는 이전의 아이러니 분류가 문학사의 흐름 속에서 변용되고 구체화 된 작품의 모습을 담아내지 못한 정적인 분류였다고 본다. 아이러니는 세계 변화에 다양하게 반응하는 의식의 형태로 현현되기 때문에 그 분류도 역사변화와 문학운동들과의 관련 하에서 이루어져야 한다고 말한다. 이러한 관점에 바탕하여 그는 낭만주의 문학을 중재의 아이러니, 모더니즘 문학을 분열의 아이러니, 포스트모더니즘 문학을 불확실성의 아이러니로 나눈다.(Alan Wilde, *Horizons of Assent*(Baltimore and London, Johns Hopkins Uni. press, 1981), 3-10쪽 참조)

66) 박봉희, "포스트모더니즘과 아이러니" 현대시사상(고려원, 1989), 97쪽.

통한 교감과 대상들의 통합은 '이것은 저것과 같다'나 '이것은 저
것이다'와 같은 방식으로 매개된다. 하지만 모더니즘 이후의 시에
서 아이러니는 총체성과 동일성을 추구하기보다 분열을 그것 자
체로 보여주거나, 심지어는 대상을 전복하는 양식으로 쓰이고 있
는 것으로 보인다. 옥타비오 파스는 다음과 같이 말한다.

> 아이러니는 유추가 피흘려서 죽게 되는 상처이다. 아이러니
> 는 예외, 곧 치명적인 사건이다(이 용어가 지니고 있는 필요하
> 면서도 끔찍스럽다는 이중적인 의미에서) 우주가 사본(寫本)이
> 라면, 이 사본에 대한 모든 해석은 서로 다르다는 것과 교감의
> 화음은 바벨의 종잡을 수 없는 지껄임이라는 것을 아이러니는
> 보여 준다. 시어는 함성으로 끝나든가 침묵으로 끝난다. 아이러
> 니는 말도 아니고 말하기도 아니다. 그것은 말의 전복, 비의사
> 소통이다.[67]

이상과 같이 비유적 텍스트가 자연언어의 관습적 사용을 거부

---

67) 옥타비오 파스, 윤호병 옮김, 낭만주의에서 아방가르드까지의 현대시론
(현대미학사, 1995), 95쪽. 또한 옥타비오 파스는 다른 지면에서 다음과
같이 말한다. "아이러니는, 만일 우주가 문자라면 그 문자에 대한 각각의
해석은 상이하다는 것과 상호 교감의 합창은 바벨탑의 헛소리에 지나지
않는다는 것을 보여준다. 시어는 개 짖는 소리나 침묵으로 끝나버리며, 아
이러니는 단어의 정면이 아니라 단어의 뒷면이고, 논리가 아니고 의사 불
통이다. 아이러니에 따르면, 우주는 문자가 아니고 설사 그렇다 하더라도
그 기호들을 인간들이 이해하지 못하는 것이다. 왜냐하면 그 문자의 사전
에는 죽음이란 단어, 즉 "인간은 죽는다"가 빠져 있기 때문이다."(옥타비
오 파스, 김은중 역, 흙의 자식들 외(솔, 1999), 97쪽).

하고 새로운 제약을 가하면서도 마지막까지 기호와 의미, 혹은 기호와 기호간의 의미론적 유연성을 포기하지 않는 데 비해, 아이러니적 텍스트는 그러한 유연성 자체를 파기함으로써 새로운 기호—의미의 체계를 세운다. 아이러니적 텍스트는 기의의 측면에서 상반성을 드러낼 뿐 아니라 기표의 측면에서 이산적(離散的)인 면을 드러내기도 한다. 그것은 의미를 구성하기보다 해체하는 데 주력한다. 텍스트의 모든 요소는 흔히 상호 논리적인 연관성 없이 확산되며, 거기에서 지배소는 언표된 것의 너머에 있기 때문에 어떤 지배 원리나 지배소를 찾기는 힘들다.[68] 하지만 그것이 아이러니로 구현된 한에 있어서 분열과 해체는 파멸을 뜻하는 것이 아니다. 그것은 그 자체로 고착되려는 존재성을 거듭 부정하면서 자신을 부단한 탐색의 도정에 놓는 것이다.

---

68) 김창원, 시교육과 텍스트 해석(서울대학교 출판부, 1995), 142-45쪽.

2. 아이러니의 기본요소

아이러니의 본질을 간단 명료하게 밝힐 수 있는 방법은 없는 것으로 보인다. 그것은 아이러니가 지속적으로 변화하는 개념으로 쓰였기 때문이며, 논자에 따라 상이한 견해를 드러냈기 때문이기도 하다. 그럼에도 아이러니를 이루는 기본적인 요소들을 살펴보려는 노력은 아이러니가 구현된 작품들에 효율적으로 접근하기 위해서 반드시 필요하다고 여겨진다. 필자는 우선 널리 인용되는 휠러(Wheeler)와 뮤크(Muecke)의 견해를 살피고자 한다. 휠러는 다음과 같이 아홉 측면에서 아이러니를 정리한다.[69]

첫째, 아이러니의 본질적 특성은 시점 또는 태도와 관련된다. 둘째, 아이러니의 특성으로 말해지는 두 요소의 상반성[70]인 표면적 진술과 실제 의미와의 상반성은 그들이 상호반응한다는 데에 의미가 있다. 셋째, 아이러니가 함유하는 두 요소에 대한 독자의

---

69) C.B.Wheeler, *The Design of Poetry*(New York, 1966), 94-96쪽.

70) 아이러니 논의에서 의심없는 기본적 요소로 이해되었던, 두 개의 층을 이루고, 그것이 대립되는 의미층을 형성한다는 말은 얼마간 논란이 될 수 있다. 아이러니가 단지 이중적 의미를 환기하는가 또는 다중적 의미를 구현하는가 하는 점에서 말이다. 필자는 반대란 모순과는 달리 중층적인 대립항목들을 환기한다는 것, 어학적 탐구와는 달리 문학적 탐구는 독자의 상상력을 촉발하는 다층성을 지향한다는 점에서 아이러니가 다중적 의미를 구현하는 것으로 보고자 한다.

인식은 동시적이다. 넷째, 아이러니의 문법, 곧 분명한 기호적 체계는 있을 수 없다. 다섯째, 아이러니는 오독되거나 또는 지나치게 축어적인 의미로 풀이될 가능성이 많다. 여섯째, 아이러니의 목적은 비평적인 데에 있다. 일곱째, 아이러니는 표면적으로는 냉정하지만 강한 정서를 전할 수 있는 가장 좋은 방법이다. 여덟째, 아이러니라는 용어와 반대되는 적당한 말은 없다. 아홉째, 아이러니는 설명됨으로 고통을 받는다.

뮤크가 제시하는 아이러니의 요소는[71] 첫째, 아이러니는 두 개의 층을 지니고 그 두 층이 동일 유형안에서 대립되는 의미층을 형성해야 한다. 둘째, 순진 또는 자신에 찬 무지로써, 아이러니의 희생자는 자신의 순진함이나 무지함으로 상대의 말이나 표층적 상황을 진실로 받아들인다. 이때 아이러닉한 관찰자가 실제의 상황은 물론 희생자의 무지에 대해서도 잘 알고 있어서 희생자의 무지와 맹목성이 크면 클수록 아이러니는 두드러지게 된다. 셋째는 인생에서 우리들이 직면하게 되나 그 답을 알 수 없는 흥분되고 장엄한 문제들을 냉정히 그려낼 수 있게 하는 거리를 가져야 한다. 또한 아이러니는 고통을 자아내면서 동시에 희극적인 감각을 자아내야 한다. 마지막으로 아이러니는 모종의 효과를 자아내기 위해 미적 요소를 갖추어야 한다.

---

71) D.C.Muecke, 문상득 역, 앞 책, 44-80쪽.

　두 사람의 견해 가운데 아이러니의 기본요소 고찰과 관련되는 공통 항목은 아이러니가 두 개의 층을 지니며 그것이 상반된다는 점이다. 그리고 사건과 상황을 냉정히 관찰하고 그려낼 수 있는 거리를 가져야 한다는 점과 일정한 미의식의 발산물이라는 점이다. 휠러와 뮤크 이후 아이러니 논자들은 변화된 시대의 문학적 현실들을 이해하기 위해 새로운 견해들을 보여준다.

　폴 드 만(Paul de Man)은 이중성을 아이러니의 특징으로 보면서 이중적 자아에서 비롯되는 자기파괴와 자기창조가 끝없는 변증적 과정을 구성하는데, 그것은 결정적 단계에 고착되지 않으려는 정신이라고 한다.[72] 리처드 로티는 "아이러니의 반대는 상식이다. 왜냐하면 그것이야말로 중요한 모든 것들을 아무런 자의식도 없이 자신과 주변 사람에게 습관화된 마지막 어휘로 서술하는 사람들의 표어이기 때문이"[73]라고 한다. 그러므로 "아이러니스트 이론의 목표는 형이상학적 주장, 즉 이론화하려는 주장을 이해하고 그럼으로써 그것에서 완전히 자유롭게 되는 것이다. 따라서 아이러니스트 이론은 선행자들을 이론화하게 만든 것이 무엇이었던가를 알아내자마자 치워져야 할 사다리"[74]라는 것이다. 아이러니스트는 자신도 모르게 체득된 사회언어, 관습, 상식들을 부단히

---

72) Paul de Man, *Blindness & Insight*(Methuen & Co., Ltd, 1983), 211-12쪽.
73) 리처드 로티, 김동식 외 옮김, 앞 책, 147쪽.
74) 위 책, 184쪽.

거부하면서 자신을 갱신하여 가는 것이다. 이처럼 아이러니에 대한 논의는 시대와 문학이 변하면서 지속적으로 확장되어 왔는데, 그럼에도 그 의도와 목표는 다음과 같은 뮤크의 말을 벗어나지 않는다고 본다.

> 아이러니의 수법의 목적은 균형잡힌 넓은 시야를 성취하는 것, 인생의 복잡성과 가치의 상대성에 대한 인식을 표현하는 것, 직설법으로서 가능한 것보다도 더욱 광범위하고 풍부한 의미를 표현하는 것, 지나치게 단순하거나 지나치게 독단적이 되기를 피하는 것, 어떤 의견을 진술하는 권리를 얻게 된 것은 그 의견의 잠재적으로 파괴적인 반대의 의견을 인식하고 있다는 점을 나타냄으로써 그렇게 되었다는 것을 내보이는 것 등이라고 말할 수 있을 것이다.[75]

---

75) D.C.Muecke, 문상득 역, 앞 책, 44쪽.
　또한 다음과 같은 언술도 참고할 수 있겠다. "모든 아이러니의 목적은 명확하게 언급하지 않고, 오히려 상반되는 언급을 통해 어떤 진실을 드러내거나 사람들로 하여금 그것에 주목하게 하려는 것이다."(Bredin, H., "Ironies and Paradoxes" Shine Essays issue #10-11, 1999.)
　우리나라에서 아이러니에 대한 지금까지의 대체적인 이해나 연구는 신비평가들의 견해를 주로 따라 아이러니가 '세계의 복합적 상충성을 아울러 인식하고, 그것의 화해를 통해' 너른 시야를 성취하게 한다는 것이었다. 하지만 아이러니 개념 자체가 지속적으로 변화하고, '신비평 이후의 아이러니'에서 살핀 바처럼 오늘날의 아이러니는 원형이나 통합을 구현하려는 양식으로 쓰이기보다는 분열과 우연을 그 자체로 보여주기도 한다. 이와 같은 관점을 보완할 때 본서에서 탐구하려는 이상과 김수영 시에서의 아이러니도 보다 깊이 있는 이해에 이를 것이라 생각한다. 한 시인의 창작물을 어떤 사조나 유형으로 명확히 가늠하기 어려운 경우도 종종 있기에,

1) 구성 요소

아이러니가 구현되기 위해서는 우선 작품의 표층을 넘어 일정한 범주에서 상반적 의미를 갖추고 있어야 한다는 점은 앞서 살펴보았다. 그런데 이 상반되는 층위 사이에는 연결성, 즉 동시성이 있어야 한다. 예를 들어보면 수영선수가 수학 시험을 치르며 곤혹스러워 하는 것은 아이러니 하지 않다. 수영과 수학 사이에는 연결성이 없기 때문이다. 그렇지만 수영 선수가 물을 두려워한다면 그것은 일반적인 통념에 이율배반을 가져와 아이러니를 유발할 것이다.

이처럼 아이러니를 인지하기 위해서는 그것이 아이러니임을 판단할 수 있는 준거가 필요하다. 아이러니가 비교적 단순하게 구현되었을 경우에는 사회의 일반적인 상식과 통사 구조가 아이러니 판단의 준거가 될 수 있었다. 하지만 오늘날 보다 심층적이고 분열적으로 구현된 아이러니는 지성과 문학적 심미안을 갖춘 사람의 숙고에 의해 비로소 의미가 드러날 것이다. 또한 어떤 문화권에서는 아이러니컬한 것이 다른 문화권에서는 그렇지 않을 수도 있다. 이와 같은 요소들에 대해 신송윤은 다음과 같이 말한다.

흔히 모더니즘으로서 고찰된 두 시인의 작품에 대해 그것을 넘어서는 경계나 또 다른 시각으로 살피는 것도 상당한 의의가 있다고 생각한다.

아이러니는 명확한 스키마의 구성과 스키마간의 대립이 불가능하고, 스키마와 스키마간에 연결성과 지속성이 결여되어 있으며, 스키마 대립의 평가적인 판단기준이 없을 때 아이러니를 인지하지 못한다. 따라서 아이러니의 이해는 명확한 스키마구성, 연결성과 지속성이 있는 스키마대립, 분명한 평가적인 판단기준이 있을 때 용이해지며, 모든 것이 같다면 대립의 정도와 평가 기준의 강도가 아이러니의 효과를 결정해 준다고 할 수 있다.[76]

외관과 진실이 상반되고, 아이러니 희생자가 외관을 그것 자체의 진실로 받아들이는 무지 또는 순진성을 보일 때, 사회 문화적 또는 상황적 맥락에서 평가하고 판단하여 희극적 효과를 느끼게 하는 것이 아이러니라 하겠다. 그런데 이러한 아이러니를 구성하는데 간과할 수 없는 요소로 '거리'가 있다.

2) 거리와 객관적 시선

모든 아이러니에서는 대상에 대해 거리를 두고 객관화 된 시선으로 대상을 관찰하는 아이러니스트의 태도가 아주 중요하다. 아이러니가 세상의 상호 모순되는 충동과 가치들에 대해 객관적 거리를 유지하며 관찰함으로써 당사자들이 보지 못하는 진실을 발견해 가는 균형 감각이라면, 아이러니스트에게는 대상과 상황에

---

76) 신송윤, "아이러니의 이해" 동국논집 제12집(인문사회과학편), 동국대학교, 1993, 70쪽.

감정적으로 매몰되지 않을 거리가 확보되어야 하는 것이다.77) 대
상을 냉정하게 바라보는 시선이야말로 아이러니스트가 진실을 찾
는 한 태도인 것이다. 물론 아이러니스트가 거리를 두고 냉정한
시선으로 대상을 살핀다는 것이 대상과 아이러니스트가 무관하다
는 뜻은 아니다. 오히려 그는 자신이 비판하거나 부정하고자 하는
대상과 구조의 내적 존재이다. 그리고 그 대상과 구조야말로 부정
을 통한 갱신으로 자신이 돌아가야 할 거처이다.

> 나는 온몸에 풋내를 띠고
> 푸른 웃음 푸른 설움이 어우러진 사이로
> 다리를 절며 하루를 걷는다 아마도 봄신령이 지폈나보다.
> 그러나 지금은―들을 빼앗겨 봄조차 빼앗기겠네
> — 이상화, 「빼앗긴 들에도 봄은 오는가」 부분

　화자는 봄을 맞아 풋내를 맡고, 그 풋내가 자신의 몸에 배이도
록 들을 돌아다닌다. 하지만 들녘에 선 그에게는 푸른 설움이 웃
음과 어우러져 있고 가쁨함이 아니라 다리를 절며 걷는다. 그와

---

77) 한 예를 들면 이상은 자신에 대해(물론 이 경우 자신을 허구화 하는 것인데),
　　 "―滿二十六歲와 三十個月을 맞이하는 李箱先生님이여! 허수아비여!
　　 자네는 老翁일세. 무릎이 귀를 넘는 骸骨일세. 아니, 아니.
　　 자네는 자네의 먼 祖上일세. 以 上"
　　 (이상, 「종생기」, 김윤식 엮음, 이상문학전집2(문학사상사, 1991), 397쪽)
　　 처럼 쓰고 있다.

같은 자신의 행위에 대해 화자는 타자의 행위를 말하듯이 '아마
도 —나보다'라고 읊조린다. 그리고 독자들은 마지막 행을 보면
서 그가 왜 그러한지 마침내 알게 된다. 화자가 봄의 정령에 완전
히 사로잡히지 않고 스스로와의 거리를 통하여 보여주는 현실에
대한 응시가 독자들에게 중층적인 감응과 헤아림을 가능하게 하
는 것이다.

3) 아이러니와 유사양식의 비교

아이러니와 유사한 양식들을 살펴보는 것은 아이러니에 대한
이해를 돕우는데 효과적일 수 있다. 아이러니와 제일 많이 혼동되
는 것은 역설이다. 그 둘의 차이점을 논자들은 아이러니는 이중성
을 지니지만 진술 자체에는 모순이 없고 표면의 진술과는 상반되
는 이면적 진실을 헤아리게 하는 데 반하여, 역설은 진술 자체가
모순되는 것으로 본다.[78] 필자는 아이러니가 세계를 인식하는 준

---

78) 한 논자의 견해를 본다. "패러독스는 구사 언어의 명확성과 정확성을 통
해 진실을 표명한다. 반면에 아이러니는 구사 언어 이상을 나타내기 위해
사용된다. 아이러니는 언어로 충분히 드러낼 수는 없지만 어떤 진실들을
보여준다. 다른 많은 수사와 마찬가지로 아이러니는 넘어서려 하고 궁극
적으로는 매일의 언어생활에서의 제한된 용례를 확장하려는 것이다. 하지
만 그것은 생각을 꾸미지 않고 조산원(midwife—자신을 주장하지 않고 상
대의 어리석음과 한계를 깨우치려는 소크라테스의 화법을 산파술로 불렀
음: 필자)과 중용을 통해 확신시키려는 것이다. 전혀 생각할 수 없는 것을

거이자 미적 방법론이라고 보고 역설은 일종의 수사적 표현으로
아이러니의 하위 항목으로 보고자 한다. 즉 아이러니적 세계관을
지닌 시인이 미적 형상화 과정에서 구체적인 한 방법으로 역설을
구사하게 된다고 보는 것이다.

아이러니와 비유,[79] 상징은 간접적 방식으로 의미를 전달한다
는 공통점을 지닌다. 하지만 비유나 상징이 서로의 차이성 안에서

명확하게 만들어서가 아니라 언어에 수용을 통해서이다."(Bredin, H.,
"Ironies and Paradoxes," Shine Essays issue #10-11, 1999.)

79) 위너와 가드너는 아이러니와 비유 가운데 가장 일반적으로 쓰이는 은유의
차이를 다음과 같이 정리한다.

	은 유	아이러니
문장과 화자의 의미 관계성	유사성	상반성
의사소통적 기능	기억하기 용이하고 능률적인 새로운 방법으로 세계에 대한 것을 설명하거나 묘사하기	위트와 거리감, 냉정함과 같은 축어적 비평을 넘어선 아이러니를 바탕으로 하는 화자나 화자의 비평적 태도를 보여주는 것
해석을 위해 요구되는 능력	존재론적이고 영역화된 지식, 즉 한 영역에서 다른 영역까지의 특성을 그릴 수 있는 능력	다른 사람들의 믿음과 의도에 대해 첫째, 둘째의 순서를 추론할 수 있는 능력
상위(메타)언어학적 인식을 위해 요구되는 능력	말과 의미 사이의 차이를 인식할 수 있는 능력	말과 의미 사이의 차이를 인식할 수 있는 능력
해석과 상위언어학적 인식 사이의 관계성	해석이 상위언어학적 인식 없이 가능하다. 상위언어학적 인식은 직질한 해식 없이 생길 수 있다.	해석은 상위언어학적 인식 없이 가능할 수 있다. 하지만 상위언어학직 인식은 해석직인 이해를 수반해야 한다.

Winner, E. and H. Gardner. "Metaphor and irony: Two levels of
understanding" In A. Ortony (ed.), *Metaphor and Thought*(Cambridge Uni.
Press, 1993), p. 431.

동질성을 찾아 상관지으려는 의도를 지녀 본질적으로 의미가 부
가된다면 아이러니는 상반성을 통한 다의성, 새로운 의미 창출 또
는 의미의 흩뜨림을 의도한다는 점에서 다르다. 김소월의 「진달
래꽃」을 통하여 살펴보고자 한다.

    나 보기가 역겨워
    가실 때에는
    말 없이 고이 보내 드리오리다.

    영변의 약산
    진달래 꽃
    아름 따다 가실 길에 뿌리오리다.

    가시는 걸음 걸음
    놓인 그 꽃을
    사뿐히 즈려 밟고 가시옵소서.

    나 보기가 역겨워
    가실 때에는
    죽어도 아니 눈물 흘리우리다.

   '진달래 꽃'은 그것에 대한 관습적 상징과 비유를 떠올려 그 의
미를 자연스레 숙지하고 있는 독자들에게 시적 의미를 연상하게
한다. 그런 경우 이 시에서 그것은 한때 굳게 맹세했던 사랑을 저

버리고 떠날지도 모르는 님에 대한 축원과 회한이라는 양가성을 지닌 것으로 읽힌다. 화자는 님이 함께 누렸던 붉은 사랑을 기억하고 걸음을 되돌이키기를 바라기도 한다. 한편 이제 싫다고 떠나는 사람을 잡기보다는 남은 사랑을 지긋이 간직하며 그를 보내야 한다고도 생각한다. "죽어도 아니 눈물 흘리우리다."는 표현상으로 보면 역설이라고 할 수 있지만 시적 구조에서 보면 아이러니이다. 그것은 화자의 표면적 진술이 내면적 충격이나 분노 또는 스스로도 규정하기 힘든 복합적인 상태와 일치하지 않으면서 다양한 의미를 환기하는 것이다. 이러한 의미 찾기가 사회에서 이루어질 수 있는 이별이라는 방식에 대한 통념과 개별자들의 반응 양상을 동시적으로 상정함으로써 보다 넓고 새로운 헤아림을 줄 수 있음은 물론이다.

아이러니와 혼동될 수 있는 또 다른 양식으로 환유를 들 수 있다. 환유에 대한 금동철의 말을 살펴본다.

의미의 집중을 목적으로 하는 수사학인 은유와는 달리, 모더니즘의 주된 수사학인 환유는 오히려 이러한 의미의 집중을 막고 확산시켜버리는 수사학이다. 이를 통해 일체화되고 통일된 이미지나 의미의 제시를 빙해하는 것이다. 여기에서 이미지들은 내적 필연성에 의해 결합되는 것이 아니라, 우연성에 의해 결합되는 특징을 보인다. 이러한 우연성은 시간적으로나 공간적인 인접성에 의해 제기되는 것으로 환유의 중요한 수단이 된다. 원관념을 설명하기 위해 사용하는 이미지나 사물이 그 원관념과의 유사성이라는 내적 필연성을 지니는 것이 아니라, 단순히 인접성의 원리에 의해 함께 존재한다는 사실 때문에 우연히 나열되게 될 때 환유가 발생한다.[80]

또한 풍자와 아이러니 작가의 차이는 풍자 작가가 엄격한 도덕률을 정하고 그릇된 것으로 이해되는 사회를 비판하면서 세계의 부조리를 개선할 수 있다고 생각하는 데 반하여, 아이러니 작가는 확정적인 도덕적 준거를 가지고 있는 것은 아니다.[81] 다만 현실의 사건과 상황에 대해 일정한 거리를 두고 자신이 진실이라고 우기는 상대를 상반되는 시각에서 냉엄하게 관찰함으로써 독자들과 함께 새로운 세계를 고찰하게 하려는 것이다.[82]

---

80) 금동철, 한국 현대시의 수사학(국학자료원, 2001), 83-84쪽.
81) 이에 대해 로티는 다음과 같이 말한다. "아이러니스트는 자신이 애초에 그릇된 무리에 빠져들었을 가능성, 잘못된 언어 놀이를 배웠을 가능성을 염려하는 데 시간을 보낸다. 그는 자신에게 언어를 제공해 줌으로써 그를 인간이게 해준 사회화의 과정이 혹시나 그릇된 언어를 준 것은 아니었을까, 그래서 자신을 그릇된 유의 인간이게 만들지 않았을까를 염려한다. 하지만 그는 그릇됨의 규준을 제시하지 못한다."(리처드 로티, 김동식 외 옮김, 앞 책, 148쪽).
82) 이상과 같은 차이를 확인하면서, 필자는 풍자나 야유, 조롱 등을 간혹 넓은 의미의 아이러니 또는 아이러니컬한 범주에 포함시킬 것이다.

4) 부정의 세계관과 형상화 방법

시인이 아이러니를 구사한다는 것은 그가 아이러니적 세계관[83]
을 가졌다는 말이다. 필자는 아이러니를 시인이 대상을 받아들이
는 인식의 준거이며[84] 대상을 형상화하는 방법으로 천명하고자
한다. 한 작가의 미적 형상화 작업이 그가 세계를 이해하고 받아
들이는 관점에서 이루어질 것임은 자명하다. 아이러니는 언제나
시대 정신과의 상관관계 속에서 그 진면목이 밝혀진다.[85] 그리고
무엇보다 그리스 시대 이래 아이러니스트의 기본 정신은 세계의
상식에 대한 부정을 통하여 그 두터운 외피 속의 진실을 드러내
려는 것이었다. 오늘날은 어느 시대보다도 복합적이어서 동시적
인 시선이 세계의 진정성에 다가가는데 무엇보다 유효할 수 있다.

---

83) 루시앙 골드만은 "세계관이란 무엇인가? 이미 다른 곳에서 기술한 것처
　럼, 그것은 직접적인 경험사항이 아니라 그 반대로 개인적 사고의 직접적
　표현을 이해하는 데 반드시 필요한, 작업의 '개념적' 도구이다. 그것의 중
　요성과 실재성은, 어느 한 작가의 사상이나 작품이 극복되면 곧 경험적
　차원에서도 표명된다. ……. 살아있는 경험적 개인으로서의 차이에도 불
　구하고 만약에 칸트, 파스칼 그리고 라신느 작품의 도식적 구조를 형성하
　는 '본질적' 요소들이 유사하다면, 개인을 초월하여 작품에 의해 표현되
　는 실재의 존재를 인정하지 않을 수 없게 된다. 이것이 바로 세계관이
　다."(루시앙 골드만, 송기형·정과리 옮김, 앞 책, 31-32쪽)라고 한다.
84) '준거'라는 말이 불변의 고정된 어떤 지점을 뜻하는 것은 아니다. 이것은
　부단히 변용되는 시점, 태도를 말한다.
85) 이승훈, 시론(고려원, 1979), 236쪽.

시 창작에서는 일관되고 명료한 의미를 구현하기 위해 일반적
으로 상이한 이미지를 드러내는 시어들을 배제하는 경향이 있다.
이렇게 할 때 모호한 삶의 일부가 배제될 수밖에 없다. "나의 시
에 대한 思惟는 아직도 그것을 공개할만한 명확한 것이 못된다.
그리고 그것을 조금도 부끄럽게 생각하고 있지 않다."[86]고 말하
는 김수영은 다음과 같은 시를 보여준다.

> 隱密도 深奧도 學究도 體面도 因習도 治安局
> 으로 가라 東洋拓殖株式會社, 日本領事館, 大韓民國官吏,
> 아이스크림은 미국놈 좆대강이나 빨아라 그러나
> 요강, 망건, 장죽, 種苗商, 장전, 구리개 약방, 신전,
> 피혁점, 곰보, 애꾸, 애 못 낳는 여자, 無識쟁이,
> 이 無數한 反動이 좋다
>
>   — 「巨大한 뿌리」 부분

앞 시에 쓰인 시어들, 즉 '심오'나 '인습', '동양척식주식회사'
나 '아이스크림'은 그 각각의 이미지로 보면 어떤 공통적 성격을
찾아낼 수 없다. 곧 등가관계가 성립되지 않는다. 그리고 '이 無
數한 反動이 좋다'는 말은 상식적으로는 납득이 되지 않는다. 하
지만 조금만 주의를 기울여 시 문맥을 살펴본다면 시인이 이러한
형상화를 통해 타기의 대상으로 삼는 것이 무엇인지를 알 수 있
다. 이 작품에서 김수영이 구사하는 부정의 세계관과 그에 따른

---

86) "詩여, 침을 뱉어라" 김수명 편, 김수영 전집2(민음사, 1981), 249쪽.

아이러니의 구현은 시적 대상을 찾아내어 '이 無數한 反動이 좋다'고 발언하고, 그것을 거침없는 리듬과 파격적 언술로 그려내는 것으로 드러난다. 한 편의 작품을 더 본다.

> 삐그덕 삐그덕거리는 소리가 며칠째 내 몸 안에서
> 나기는 나는데 어디서 나는지 볼 수가 없다.
> 이 도시의 病을 내 몸이 함께 앓는 것일까,
> 마음이 뒤틀리고, 금이 가며, 흔들리는, 물질적 열반
> — 최승호, 「물질적 열반의 도시」 전문

간명하면서도 현대의 물신화에 대한 아픔과 거부를 잘 보여주는 작품이다. 이 작품은 마지막 행이 중요한데 '흔들리는' 다음에 명확한 휴지를 둘 것인가, '금이 가며' 다음에 휴지를 둘 것인가에 따라 뜻이 다소 달라진다. 전자의 경우 물질적 열반이 강조되어 부동의 표상이 됨과 아울러 '열반'이라는 말이 아이러니화 되지만, 후자의 경우는 물질적 열반의 입지가 흔들리는 것으로 읽혀진다. 이상에서처럼 아이러니는 시인이 상식화 되고 관습화 된 대상을 포착하여 부정과 거부[87)의 미학으로 형상화하는 것이다.

---

87) 윌슨과 스퍼버(Wilson and Sperber)는 화자가 무엇인가 인정하지 않거나 승인하지 않는 태도가 있을 때 아이러니를 사용한다고 설명하였다. 즉 화자는 앞서 나온 다른 사람의 생각을 다시 반향하면서 동시에 그 생각과 자신간에 거리를 두는 태도, 즉 승인하지 않는 태도를 보인다. 여기서 거리를 두는 태도는 아주 관대하게 놀리는 것부터 가차없이 경멸하는 것까지의 심리적 태도를 모두 말할 수 있다. 그리고 앞서 나온 다른 사람의

3. 아이러니의 시적 기능과 의의

아이러니가 시에서 수행하는 기능과 의의에 대해 살펴보는 것은 구체적인 작품 분석을 위한 사전작업으로서의 의의를 지닌다. 아이러니의 시적 기능으로서 먼저 포괄에의 지향성을 들 수 있다. 20세기에 접어들어 물질적 생산이 급격히 증가했고, 세계는 분열되고 다변화하였다. 그리고 두 차례의 세계대전은 인간 이성에 대한 불신과 함께 인간 소외를 조장하였다. 이와 같은 세계를 자의식적인 미적 구성물로 형상화해야 하는 시인들은 19세기적 계몽성과 일원론적 시각으로는 삶의 진정성을 담아낼 수 없다는 한계성을 실감했다. 곧 20세기의 변화된 세계는 시작품에서 다양한 차이들을 포괄할 수 있는 아이러니한 언술을 요하게 된 것이다.

신비평가들에게 아이러니의 구현은 일상적 경험의 상충하는 태도나 조건들을 지극히 높은 형이상학적 수준에서 화해시켜 존재의 일체감을 획득하려는 시적 노력이었다. 신비평가들은 분열된 세계에 살면서도 여전히 일관성 있는 종합에의 의지를 주된 내적 준거로 삼은 반면 모더니즘 이후의 아이러니스트들은 분열

생각이란 특정 개인이 아닌 일반 사람의 생각, 사회의 문화적 규범 등을 일컬을 수 있다.(Wilson, D. and D. Sperber, "On verbal irony" *Lingua* 87, 1992.)

을 그것 자체로 드러내면서 시적 세계를 확장적으로 구현한다. 이 처럼 아이러니를 통한 포괄에의 지향은 다기한 시대에서 존재의 진정성에 보다 근접하려는 시적 노력이라 할 수 있다.

아이러니의 두 번째 기능으로 시적 형상화 과정에서 작가로 하 여금 세계를 깊이 탐구하게 하고 비판 정신을 발휘하게 하는 것 을 들 수 있다. 시를 쓰는 행위는 대상과 관계, 자신의 내면 세계 에 대한 주관적 감상을 무분별하게 방출하는 것이 아니다. 그것은 세상의 다양한 상황과 가치들에 대해 객관적 거리를 유지하며 세 계의 진실과 진정성을 탐색하는 작업이다. 이때 아이러니를 구사 하는 것은 복잡다단하며 이해하기 힘든 세계를 "대상으로부터 심 리적 거리를 유지하며 냉정하게 바라보는 지성적이고 비판적인 시선이며, 냉정하면서도 초월적인 무관심이며 자유"[88]이다. 아이 러니는 그 자체가 실체로서 독립적 의미를 가지는 것이 아니라 구체적 대상이든 관념이든 무엇에 대한 재현의 방식으로만 존재 한다.[89] 이와 같은 아이러니를 구사하는 아이러니스트는 적절한

---

88) 장도준, "현대시의 아이러니 연구" 효성여대 연구논문집 제48집, 1994, 14쪽.

89) 리처드 로티는 아이러니를 구현하는 아이러니스트에 대해 다음과 같이 말 한다. "아이러니스트는 사람들이 그 말투를 채용하고 확장시키도록 격려 하려는 희망에서 다양한 영역에 걸친 대상과 사건들을 부분적으로 신조어 를 만들 듯이 재서술하는 것을 전공으로 한다. 아주 새로운 낱말을 도입 하는 경우는 말할 것도 없고, 낡은 낱말을 써서 새로운 의미를 부여하는 일을 자신이 마감하는 시점에서는, 낡은 낱말로 구성된 물음들을 사람들

아이러니적 재현 대상을 찾아낼 수 있는 지성과 비판 능력이 있어야 한다. 슐레겔도 이에 대해 다음과 같이 말한다.

> Ironie의 개념은 자기의 예술에 대한 자유로운 초극이라는 능력에 대한 표시였다. 초극의 의미는 예술창조의 첫단계로서 주어지는 감흥이나 혹은 아이디어속에 주어진 시적인 것을 주관에 흐르지 않고 동시에 대상에 도취하지도 않고 냉철한 표현으로 수정되는 것을 말한다.[90]

세 번째로 아이러니는 작가가 세계를 인식하는 시선이면서 그것 자체가 형상화 방법이라는 시적 기능을 수행한다. 아이러니는 세계의 의미를 탐색하게 하면서 그 자체로 독특한 존재성, 즉 말하고자 하는 바와 상반되는 진술, 등가적인 어휘의 비논리적 배치 등과 같은 형상화를 이룬다.

신비평은 혼란과 상실의 시대에 복잡다단한 경험과 세계가 던져주는 상호 모순을 질서짓기 위해 화해와 포용의 양식으로 아이러니를 구사했다. 반면 신비평 이후 모더니즘의 아이러니는 형상화의 과정에서 기호의 이산적(離散的)인 면을 드러내고 의미를 구성하기보다 해체하는 데 주력한다.[91] 그리고 동일 이미지를 연

이 더 이상 묻지 않기를 아이러니스트는 바란다."(리처드 로티, 김동식 외 옮김, 앞 책, 154쪽)

90) 김문철, "독일 낭만주의 문학 연구"(중앙대 독어독문과 석사논문, 1984), 39쪽 재인용.

상시키는 시어들을 구성하기보다 원관념의 의미를 뒤집으려는 방식으로 등가를 이루는 기호들을 흩뜨린다. 그것들은 하나의 계열체를 이루긴 하나 계열체 내에서 기호들간의 관계는 논리적이거나 유연적이기보다 비논리적이고 우연적이다.[92]

한편으로 시인의 존재성과 시적 작업은 숙명적으로 아이러니를 지닌 것으로 이해되기도 한다. 일상에 가려진 삶의 진실과 진정성에 시인의 직관으로 가까스로 도달했지만, 그것은 결국 개념화 된 사회언어와 통사 구조로 표현될 수밖에 없는 것이다. 이와 같은 상황에서 시인은 자신이 발견한 진실과 현실 언어 사이의 간극을 메우려는 노력의 하나로 시적 아이러니를 구현하기도 한다. 그리고 그것은 종종 분열의 양상을 그 자체로 보여주거나 언어와 구조를 전복시키는 방식으로 이루어진다.

네 번째 아이러니의 기능으로는 독자의 참여를 이끌어내는 것을 들 수 있다. 아이러니가 독자들에게 주는 큰 즐거움의 하나는 표면적 의미를 넘어 보다 깊은 의미를 탐색하는 일이 자신에게 맡겨졌다는 것이다. 실제로 어떤 경우에도 시인 자신이 직관하는 세계를 시의 언어로 완전하게 표현할 수는 없기 때문에 독자의 적극적인 참여가 요청된다. 창조적 독자는 시적 정조를 따라가며 시인이 미처 형상화하지 못한 불완전한 부분을 완성해가는 것이

---

91) 김창원, 앞 책, 145쪽.
92) 위 책, 153쪽.

다. 김준오도 "독자로 하여금 민활하게 하는 것이 아이러니가 지닌 가장 가치 있는 특징 중의 하나"[93]라고 하면서, 그것은 오도된 것(표현된 것)의 의미를 끊임없이 캐묻고 참된 것을 발견하려는 데서 기인한다고 본다. 소박하게는 문자적인(언어 기호적인) 차원에서 시작되는 이러한 탐색이 "궁극적인 의미나 가치를 문제삼는다면, 문자적인 추구가 끝나고 보다 높은 차원의 구조가 발견되었을 때, 해석학적 도약의 흥분이 쉽게 보다 궁극적인 도약의 가능성으로 이전된다"[94]고 보는 것이다.

20세기 이래 아이러니가 구현된 작품을 읽는 독자는 텍스트 자체가 논리화를 거부한다는 데 익숙해져야 한다. 그리고 그것이 작가가 아이러니로 재현하는 대상의 허구성을 회의하고 해체하여 보다 진실에 근접하려는 의도에서 비롯됨을 간취해야 한다. 이때 독자는 아이러니적 텍스트가 던져주는 의미를 성급하게 안정적인 언어로 재진술하기보다는 텍스트가 해체하려던 대상의 허구성을 간파해야 하는 것이다.

---

93) 김준오, 시론(문장, 1982), 193쪽.
94) 박경미, 앞 논문, 33쪽.

Ⅲ. 이상 시에 드러난 아이러니

이상(李箱)의 작품은 그의 사후 시간이 지나면서 점점 더 많은 조명을 받아왔고, 오늘날 국문학계에서는 많은 논문이 그와 그의 작품을 대상으로 쓰여지고 있다. 우리는 그 이유를 일찍이 최재서가 말했던 바 "李箱의 藝術은 未完成입니다. 이 未完成이라는 데는 두 가지 의미가 있읍니다. 즉 그의 藝術은 성질 그 자체부터 未完成的이라는 의미와, 또 그는 일을 중판들고 세상을 떠나 버렸다는 두 가지 의미가

있읍니다."[95]와 같은 것에서 찾을 수도 있다. 한참 왕성한 창작 과정 중에 세상을 떠남으로 독자와 연구자들에게 더 많은 여지를 남겼다고 생각한다면 다소 일반론적인 의견일 수도 있다. 그렇지 만 '그의 藝術은 성질 그 자체부터 未完的이라는' 말은 상당한 함의를 지닌다고 본다. 사후 60주기를 맞아 1997년 11월 세종문 화회관에서 문학사상사가 개최한 심포지엄의 내용은 최재서의 말 이 실증되고 있는 모습을 간명하게 보여주었다.[96] 미완성적인 성 질로 해서 후학들의 더 많은 관심과 논의를 유발했다는 아이러니 가 이룩된 셈이다.

한편 필자는 이상 작품이 끊임없이 관심을 끌 게 된 이유를 크게 문학적 요소와 문학외적 요소 로 나누어 살필 수 있다고 본다. 이상 문학의 가장 큰 특징은 잡종성이다. 이것은 우선 그가 쓴 시·소설·수필 등의 창작물을 장르별로 명확히 나누기가 모호하다 는 점을 일컫는다.[97] 범박하게 말해서 길이의 차이를 제한다면,

---

95) 최재서, "고 이상의 예술" 최재서 평론집(청운출판사, 1961), 317쪽.

96) 이 심포지엄에는 전문 문학연구자뿐 아니라 철학자, 의학자, 수학자, 시각 디자인 전공학자까지 참여하여 글을 발표하였다. 그 결과는(권영민 편저, 이상문학연구60년(문학사상사, 1998))으로 출간되었다. 또한 이상 문학은 이처럼 다양한 방면에 종사하는 연구자들의 관심을 얻었을 뿐만 아니라, 새로운 문학연구방법론이 소개될 때마다 거의 예외 없이 새로운 견해들이 개진되곤 하였다.

97) 「喀血의 아침」 같은 경우가 대표적인 사례이다. 유정의 번역으로 1976년

이상의 창작품들은 지극히 사적(私的)인 모티브를 채용하고 스타일이 흡사하다는 공통점을 갖는다. 따라서 독자들이나 연구자들은 명확한 경계 없이 넘나들면서 읽고 생각할 수 있게 된다. 잡종성의 또다른 측면은 숫자나 도형 등을 채용하고 아버지, 백골, 아해, 도로, 백화점, 어머니, 아내, 매춘부, 크리스트, 알카포네 등 상이하다고까지 할 수 있는 무수한 소재들을 사용하여 모자이크화한다는 점이다. 이러한 구성 요인들이 다양한 방면에서 논자들의 관심을 끌고 새로운 연구방법에 의한 조명을 받을 수 있게 했다고 생각한다.

부단한 관심을 끌 수 있었던 문학외적 요소로 작가의 전기적 특성과 문단내적 관계를 들 수 있다. 어느 사람이나 한 생명체로서 특별한 삶을 살아가는 것이겠지만, 제도로써 관념화 된 작가로서 이상의 생애는 세인들의 이목을 끌 만큼 불우했다. 결정적으로는 폐결핵에 걸려 28세의 나이에 요절했다는 것일 텐데, 그는 자신의 문학 행위 과정에 자신의 이력들을 꼼꼼히 적어 넣기까지 하였다. 작가의 생애와 작품의 생애에 거의 거리가 없는 것처럼 보이는 특이한 형상을 꾸며낸 것이다. 이상의 생애와 작품은 세상에서 지극히 불우한 자가 그 불우함을 피를 토하며 견뎌가는 것

7월호 『문학사상』에 발표된 이 작품을 이어령은 시로 분류하여 『이상시전작집』(갑인출판사, 1977)에 실었지만, 이승훈은 『이상문학전집1-시』(문학사상사, 1989)에 싣지 않았다. 그에 따라 김윤식은 이 작품을 수필편에 실었다.

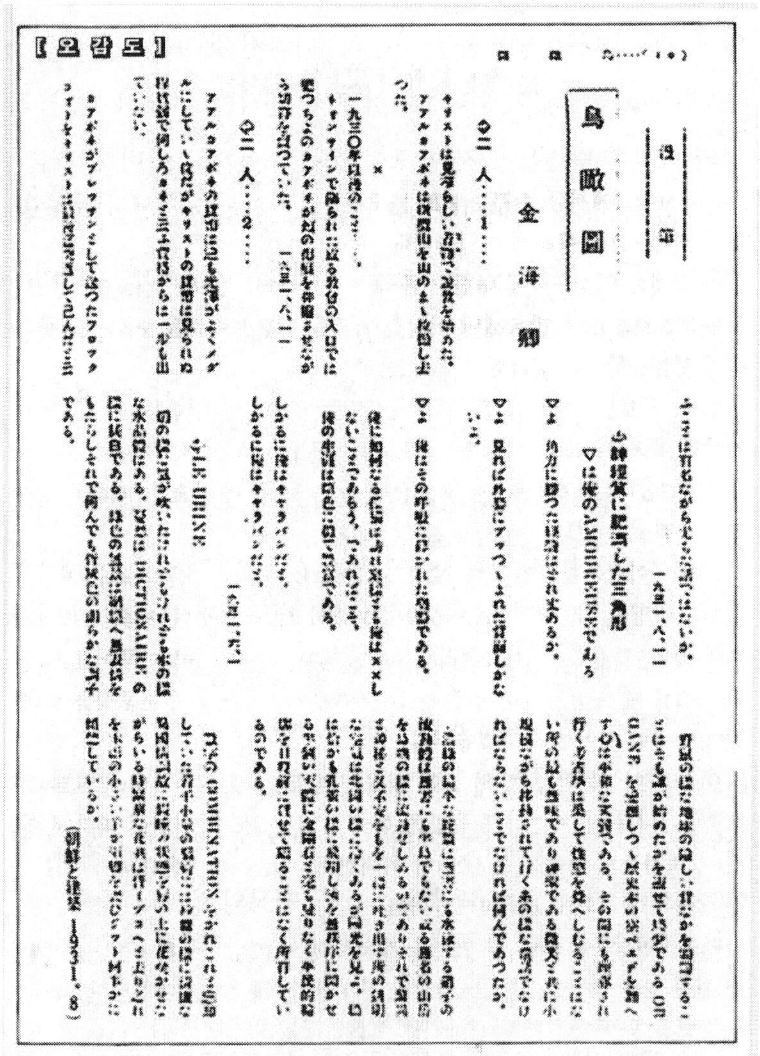

【오감도】

鳥瞰圖

金海卿

二人‥‥‥1‥‥

二人‥‥‥2‥‥

LE URINE

DICTIONAIRE

COMBINATION

（朝鮮と建築　1931. 8）

이라는 오랜 동안 전승된 문학 또는 문학가에 대한 통념적 운명
에 근접했던 것이다.[98]

또 다른 것으로 문단내적 관계를 들 수 있다. 『조선중앙일보』
에 「烏瞰圖」가 발표되었을 당시의 '웬 미친 소리냐'는 독자들의
극렬한 반응은 한편으로 이상이라는 작가에 대한 세인들의 인지

─────────────────

98) 물론 여기서 분명히 해두는 것은 이상 작품의 화자 '나'가 곧 김해경은
아니라는 점이다. 심지어 작품에 호명되는 '이상'도 작가 자신이라기보다
허구화 된 한 인물이다. 이상의 거의 모든 작품이 실존적인 작가와 거리
가 가까운 것은 사실이나, 그것이 곧 작중인물이나 목소리가 작가라는 것
일 수는 없다.
　김승희는 '시인(예술가) 李箱과 인간 김 해경을 동일시할 수 없음을 안다
는 건 매우 중요한 일이다.'라고 말한다. 이상은 재기발랄한 위트와 파라
독스와 예술 지상주의적 오만함 등으로 도전과 파괴와 狂氣의 대담한 제
스처로 상식적이고 인간적인 삶의 조건들을 여지없이 타기하는 것처럼 보
인다고 한다. 하지만 인간 김해경은 신경쇠약과 각혈, 효자 노릇을 못하는
죄의식 따위로 괴로워하고 자학했다는 것이다.(김승희, 이상(문학세계사,
1996:개정판2쇄), 16쪽)
　김윤식은 이상 문학의 글쓰기 범주를 (A) '나(허구적인 나)'의 범주, (B)
'나 = 이상'의 범주, (C) '나 = 김해경'의 범주로 나누고 "이 중에서 제일
문제인 것이 (B)범주임은 새삼 말할 것도 없다. 허구로서의 '나'가 (A)범
주라면, 이것은 어떤 작가에게도 적용되는 보편적 소설 쓰기의 원칙이어
서 이상 문학도 예외일 수는 없다. 그러나 (B)범주는 단연 이상 문학의 독
자성이 아닐 수 없다. '나 = 이상'이었던 까닭에 '이상'이 허구임과 동시
에 허구가 아니었던 것이다. 허구와 비허구 사이의 중간 형태가 '나 = 이
상'이었던 것이다. 이는 이상 문학이 '김해경'이라는 현실적 인물을 허구
화한 것이기도 했던 것으로 볼 수 있기 때문이다. (A)범주의 글(작품)이
텍스트라면 (B)범주의 텍스트는 (A)범주의 일반적 텍스트에 '이상'(작가)
스스로의 텍스트를 덧붙인 형국이었다."(김윤식, 이상문학 텍스트연구(서
울대학교 출판부, 1997), 108쪽)라고 한다.

도를 높이는 계기가 되었다. 그리고 '구인회'에 가입하는 등의 문
단 인사들과의 어울림도 이상이라는 존재가 알려지는 계기가 되
었다.

그간 이상 시에 드러난 아이러니에 관해서는 몇몇 논자의 언급
이 있었다. 고석규는 몇 차례에 걸쳐 이상의 모더니티와 아이러니
를 언급하는데, 아이러니를 '방법적 아이러니'와 '성격적 아이러
니'로 나눈다. 그는 이상이 절망으로 인하여 기교를 실험하게 되
고, 그것이 종래의 자유시가 누려온 포엠으로서의 형식을 부정하
게 하여 시 형태를 변혁시킨다는 것이다. 그 구체적인 결과로 나
타나는 것이 시의 산문화인데, 그것이 이상의 방법적 아이러니라
고 한다. 그리고 이상의 불안 심리를 자아의 이중성에서 기인하는
것으로 보면서 "그의 성격적 아이러니를 어디까지나 「나 자신」으
로부터의 비밀을 가지고 「나 자신」에로의 비밀을 가장한데 지나

지 않다."[99]라고 한다. 이것은
의식적이고 현재적인 나 자신
을 무의식적이며 잠재적인 나
자신으로 가장한다는 것인데,
이것이 이상의 성격적 아이러
니라는 것이다.

---

99) 고석규, "시인의 역설" 여백의 존재성-고석규 유고전집①(책읽는 사람,
   1993, 225쪽).

　　김열규는 현대인은 세계속에 산다기보다는 언어속에 사는 존재
인데, 현대의 언어는 공소(空疏)한 소리일 뿐으로 모든 것을 갈라
놓고 소외시키고 있다고 한다. 20세기 초 다다이즘이나 슈르리얼
리즘은 무너져 가는 시대의 언어로 표명되는 말인 논리와 이성을
더 이상 쓸 수 없고 그때까지 의심없이 수용해 온 모든 것과의
절연을 통해서만 진보할 수 있다는 생각으로 시에서 과거, 그리고
언어와 결별했다고 한다. 이러한 현대예술이 '부정의 개념'임을
상기할 때, 이상 문학은 그 범주에 든다고 할 수 있다는 것이다.
그는 「날개」와 「거울」을 얼마간 논구하면서 삶의 리얼리티와 구
원이 관습적 언어에 있지 않다는 자각이 이상 문학을 언어도단으
로 이끌어갔다고 본다. 이상이 언어 질서의 문란과 파괴를 통해
새로운 리얼리티와 삶의 구원을 시도했고, 그것이 '아이러니'와
장난을 낳게 했다는 것이다.100)

　　이상 시의 아이러니적 이해 가능성
을 한층 심화시킨 논자는 이승훈으로
그는 자신의 박사학위논문과 『이상시
연구』에서 이상의 자의식 분열 양상을
세밀히 분석하였다. 그는 일상적 자아
와 이상적 자아의 대립양상을, "1) 거

---

100) 김열규, "현대의 언어적 구제와 이상문학" 『지성』, 1972. 2.

울 속의 나와 거울 밖의 나, 2) 거울 있는 세계와 거울 없는 세계, 3) 시간적 대립과 공간적 대립, 4) 대립의 확산과 의미"[101]를 통하여 제시하면서, 이와 같은 대립들을 통일적 자아로서의 시인의 시선이 반어적 태도로 진술하고 있다고 본다.

이외에도 정효구의 「소월과 이상 시의 구조연구」(서울대 국문과 석사논문, 1983)나 김창원의 「한국현대시에 나타난 아이러니에 관한 연구」(서울대 국어교육과 석사논문, 1989) 등도 이상 시의 아이러니 연구에 참고가 된다.

이상 작품에 드러나는 아이러니는 앨런 와일들(Alan Wilde)가 말한 바에서 볼 때 대체적으로 '분열의 아이러니'[102] 양상을 보인다고 생각된다. 먼저 몇 구절들을 간단히 살펴보면 다음과 같다.

①싸움하는사람은즉싸움하지아니하던사람이고또싸움하는사람은
　싸움하지아니하는사람이었기도하니까　　—「詩第三號」 부분[103]
②종이로만든배암이종이로만든배암이라고하면
　　　　　　　　　　　　　　　　　　　　—「▽의遊戲」 부분
③내가二匹을아는것은내가二匹을아알지못하는것이니라
　　　　　　　　　　　　　　　　　　—「詩　第六號」 부분
④墓穴도보이지않는다.　보이지않는墓穴속에나는들어앉는다

---

101) 이승훈, 이상시연구(고려원, 1987), 25-45쪽.
102) Ⅱ장, 각주 65 참조
103) 이하 본고에서의 이상 시작품은 모두(이승훈 엮음, 李箱문학전집①詩
　　(문학사상사, 1989))에서 인용하고 따로 쪽수를 밝히지 않는다.

―「絶壁」 부분

⑤작난감新婦살결에서 이따금 牛乳내음새가 나기도한다. 머(ㄹ)
지아니하여 아기를나으려나보다.

―「I WED A TOY BRIDE」 부분

⑥나의 肺가 盲腸炎을 앓다 ―「一九三一年 作品第一番)」 부분

①과 ②는 당연의 언사이고, ③과 ④는 서로 모순되는 말이며,
⑤와 ⑥은 말도 안 되는 황당한 언사이다. 혹자들은 이와 같은 구
절들을 일컬어 아이러니 또는 아이러니컬하다고 말하기도 한다.
그와 같은 언급이 전혀 틀리다고 할 수는 없지만 사실 아이러니
가 단순한 수사라기보다는 그것을 구사하는 작가의 세계관에서
배태되는 것이고, 구조와 맥락에서 의미가 드러나는 것이기에 앞
구절들의 의미는 시의 전문에서 이해되어야 한다.

필자는 이상 시에 드러난 아이러니를 살펴보기 전에 그가 어느 정
도의 아이러니적 인식을 지니고 있었는가를 살펴보고자 한다.

'세상이란 그런 것이야. 네가 생각하는 바와 다른 것, 때로는
정반대 되는 것, 그것이 세상이라는 것이야!'
이러한 결정적 해답이 오직 질풍신뢰적으로 나의 아무 청산
도 주관도 없는 사랑을 일약 점령하여 버리고 말았다. 그 후에
나는 네가 세상에 그 어떠한 것을 알고자 할 때에는 우선 네가
먼저 '그것에 대하여 생각하여 보아라. 그런 다음에 너는 그 첫
번 해답의 대칭점을 구한다면 그것은 최후의 그것의 정확한 해
답일 것이다'하는 이러한 참혹한 비결까지 얻어 놓았었다. 예상

못한 세상에서 부질없이 살아가는 동안에 어느덧 나라는 사람
은 구태여 이 대칭점을 구하지 아니하고도 세상일을 대할 수 있
는 가련한 '비틀어진' 인간성의 사람이 되고 말았다. 그리하여
인간을 바라볼 때에 일상에 그 이면(裏面)을 보고 그러므로 말
미암아 '기쁨'도 '슬픔'도 '웃음'도 '광명'도 이러한 모든 인간
으로서의 당연히 가져야 할 감정의 권위를 초월한 그야말로 아
무 자극도 감격도 없는 영점에 가까운 인간으로 화하고 말았
다.[104]

이상이 발표한 첫 작품이면서 자전적인 성격이 농후한 앞글에
는 세계에 대한 아이러니적 인식이 뚜렷하게 드러나 있다. 세상이
란 생각하는 바와 다른 것이고 때로는 정반대의 이면을 가지고
있다는 것이다. 표면적으로 단순하게 보면 이상의 이러한 인식은
본서의 서론 부분에서 살펴보았던 현대의 아이러니가 상대성이론
과 양자역학의 지대한 영향 하에 세계의 예측 불가능성에서 비롯
되었다는 측면과 상통한다.

하지만 이와 같은 뚜렷한 아이러니적 진술에도 불구하고 이상
이 의식적이고 선택적인 층위에서 아이러니를 인식한 것으로 보
이지는 않는다. 왜냐하면 앞글에서 대칭(상반성)을 통해 해답을
얻는 것을 '참혹한 비결'로, 마침내 대칭을 통하지 않고도 세상을
대할 수 있게 된 상황을 '가련한 비틀어진 인간성'으로 쓰고 있기
때문이다. 앞의 2장에서 밝힌 바처럼 아이러니는 냉정한 시선으

___

104) 「十二月十二日」, 전집2, 22-23쪽.

로 세계의 이면까지 꿰뚫어보려는 지적 소산이다. 그것은 세계의 진실을 밝혀내고 보다 바람직한 삶을 모색하려는 태도인 것이다. 따라서 사람들을 바라볼 때에 이면을 보면서 '아무 자극도 감격도 없는 영점에 가까운 인간으로 화하고 말았다'는 것은 아이러니의 의의를 전혀 이해하지 못했음을 드러낸다. 이것은 한 사람으로서의 그가 "한 三年 나도 공부하마. 그래서 이 '노―말'하지 못한 生活의 屈辱에서 脫出해야겠다. 그때 서로 活潑한 낯으로 만나자꾸나."[105]처럼 '노―말'한 생활을 하고 싶다는 욕망을 지닌 인물이었기에 사회적 통념을 뒤집는 아이러니를 의식적으로 행할 수는 없었던 것으로 생각된다.

김유중이 말한 바처럼 이상이 작품에서 구사한 위트와 패러독스, 아이러니 등은 "현실에서 펼쳐지는 불행의 조건들, 즉 자의식을 위협하는 무수한 혼돈과 무질서의 양상들에 대한 언어적 대용물"[106]인 것이다. 그리고 그것은 생활에서 생리적으로 터득한 세계 이해에 기반한 것이었다. 이상은 비판적 안목으로 아이러니를 구사하지는 못하였지만 "肉身이 흐느적흐느적하도록 疲勞했을 때만 精神이 銀貨처럼

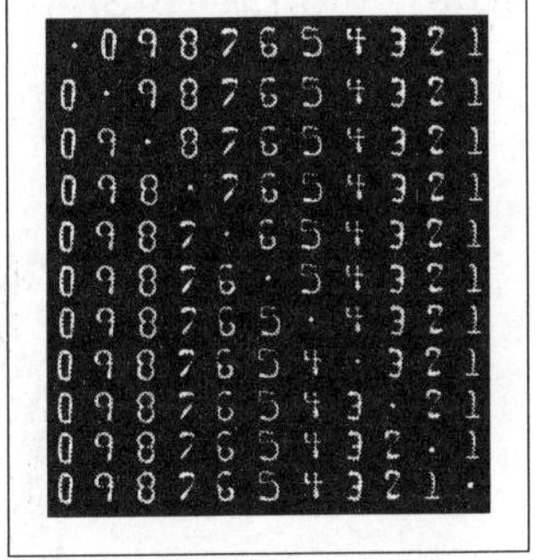

---

105) 「私信(一)」, 전집3, 221쪽.
106) 김유중, 한국모더니즘 문학의 세계관과 역사의식(태학사, 1996), 128쪽.

맑소. 니코틴이 내 蛔ㅅ배 앓는 뱃속으로 스미면 머리 속에 으례히 白紙가 準備되는 법이오. 그 위에다 나는 위트와 파라독스를 바둑布石처럼 늘어놓"[107]았다는 것에서처럼 그의 시대와 주변 상황이 그로 하여금 자연스럽게 아이러니를 구사하게 했던 것이다. 그는 세상이 주는 피로에 맞서 정신을 가다듬고 허구의 세계인 작품에서 바둑돌을 놓듯이 아이러니를 구사하였고, 그것을 통해 나름대로 생활의 갈등을 살아낸 것이다. 곧 인간의 실존적 상황이 아이러니라는 것을 생활인 이상으로서는 참혹과 가련을 조장하는 것이라는 이유로 거부하지만, 허구세계를 구성하는 작가로서는 빈번하게 구사하는 이중의 모습을 보여준 것이다.

필자는 본고를 통하여 이상 시에 드러나는 아이러니의 양상과 그것을 생성한 기저를 탐구하고자 한다. 이를 위하여 그의 작품들을 일괄한 바 (1)운명의 아이러니, (2)가족에 대한 책무감과 일탈 욕망이 빚어내는 아이러니, (3)19세기의 구속과 20세기 추구 사이에서의 아이러니라는 측면에서 논의를 진행하고자 한다.

---

107) 「날개」, 전집2, 318쪽.

1. 운명의 아이러니

1) 운명의 아이러니 인식 매개로서의 「거울」

이상의 작품들을 살펴보면 벗어날 수 없는 운명의 아이러니가 곳곳에 형상화 되어 있다. 운명의 아이러니란 신, 운명, 우주적 과정이 주인공 또는 시적 자아를 희롱하고 좌절하게 하는 것으로 인간의 한계와 어떤 불가항력을 암시한다. 그것은 인간세계의 가치관이 무지에서 비롯된 것이고, 우주의 의지는 인간에게 결코 호의적이지 않다는 점을 강하게 부각시킨다.[108] 이와 같은 인식이 이상 시작품 곳곳에서 드러난다.

일반적으로 '거울'은 자아성찰의 수단으로 이해되고, 운명의 아이러니는 자신의 의지와 무관한 외부의 힘에 의해 조장되는 것으로 여겨진다. 실제로 이상 시 「거울」도 그와 같은 자아성찰을 보여준다. 그런데 이상은 자아성찰을 통해 전도(顚倒)와 가역(可逆), 분열을 경험하면서 공포를 느끼게 된다. 그리고 그 공포야말로 자신의 의지로는 어떻게 할 수 없는 외부의 힘에 의해 조장된

---

108) 이승훈, 시론(고려원, 1980:10판), 228쪽.
　　이선우, "'相反의 合一'의 構造로서의 아이러니"(성균관대학교 영어영문과 석사논문, 1985), 20쪽.

다는 운명의 인식에서 비롯되는 것으로 보인다. 이상의 작품을 살펴보면 자신의 운명을 어느날 불현듯 인식한 것은 아님을 알 수 있다. 필자는 이상이 자신의 운명을 형상화하는 과정에 거울[109]이 필연적인 매개물로 등장한다고 본다.[110]

거울속에는소리가없소
저렇게까지조용한세상은참없을것이오

거울속에도내게귀가있소
내말을못알아듣는딱한귀가두개나있소

---

109) 이상의 거울에 대하여 김윤식은 거울이 대상을 참된 본질이 아니라 착각과 가짜의 상태로 보게 만든다고 본다(김윤식, "이상론의 행방" 『심상』, 1975. 3, 66쪽). 이승훈은 '거울속의 나'를 이상적 자아로 보아 일상적 자아와의 대립을 보여준다고 하고(이승훈, "이상 시의 자아분석" 이상시 연구(고려원, 1987), 25-45쪽), 한상규는 거울이 대상을 객관화하는 기구로서 원래의 실재와는 전혀 다른 이물질로 변질시키는 기능을 하는 것으로 본다(한상규, "1930년대 모더니즘 문학의 미적 자의식"(서울대학교 박사논문, 1989), 55쪽).

110) 여기에서 잠시 라깡의 거울단계(상상계)를 살펴본다. 거울단계 이전 자신을 분할적으로 인지하던 유아는 거울에 비친 자신의 유기적인 신체에서 통일된 이미지를 가지게 되고, '거울 속의 나'와 자신을 동일화시킨다. 하지만 이때의 "주체는 절대로 진정한 '자기 자신'이 될 수 없다. 아이는 거울 속에서 자신을 보지만, 그러나 그 영상은 좌우가 뒤바뀐"(마단 사럽, 김해수 옮김, 알기쉬운 자끄 라깡(백의, 1994), 105쪽)허상인 것이다. 그럼에도 부모에 의한 양육의 의존상태에, 상대적으로 불안정한 움직임의 상태에서 획득한 나르시즘적 자기 동일성은 이후 전 생애에 걸쳐 상상적 완전성의 기제로 작동한다. 이 과정에서 그는 두려움과 위험을 느끼는 대상은 회피하거나 공격하기도 한다.

거울속의나는왼손잡이오
내握手를받을줄모르는—握手를모르는왼손잡이오

거울때문에나는거울속의나를만져보지를못하는구료마는
거울아니었던들내가어찌거울속의나를만나보기만이라도했겠소

나는至今거울을안가졌소마는거울속에는늘거울속의내가있소
잘은모르지만외로된事業에골몰할께요

거울속의나는참나와는反對요마는
또꽤닮았소
나는거울속의나를근심하고診察할수없으니퍽섭섭하오
— 「거울」 전문

이상 시에서 간취할 수 있는 대표적 주제는 자아와 또다른 자아 사이의 단절과 전도, 분열이다. 앞 시에서 화자 '나'는 거울 앞에 서서 거기에 등장한 '거울속의나'를 관찰하고 있다. 그는 악수를 받을 줄 모르는 왼손잡이이고, 내 말을 못 알아듣는 딱한 귀가 두 개 있다. 말을 못 알아듣는다는 것은 단절을, 왼손잡이라는 것은 전도를 뜻한다. 나는 거울 속의 나를 만져보고 싶은데 '거울때문에' 만져볼 수 없다. 거울 때문에 거울 속의 나를 만날 수 있게 되었지만, 바로 그 거울 때문에 거울 속의 나를 만져볼 수 없다는 것은 아이러니이다.[111] 이것은 거울이 갖는 물적 속성과 그것이 작용하는 방식으로 드러나는 이중의 아이러니이다. 이를테면 나무문이나 시멘트벽 같은 경우 만나고 싶은 상대가 그 너머에 간

---

111) 존재를 보여주면서 동시에 차단하거나 가려버리는 아이러니는 사람들이 사용하는 언어에서 극명하게 드러난다. 사람들은 언어를 사용하게 되면서 훨씬 분석적이면서 총합적으로 세계를 이해하고 사고할 수 있게 되었다. 하지만 한편으로는 언어를 사용한 세계 이해가 분석적일수록, 그리고 총합적일수록 물 자체 또는 본질에서 멀어지는 측면이 있다.

이것을 라깡의 방식으로 이해하면 주체가 상징계에서 습득하고 사용하는 언어 자체는 이미 그가 태어나기 전에 사회에서 보편적으로 통용되고 있었던 것이다. 따라서 주체는 사회 언어 구조에 종속될 수밖에 없고, 심지어는 주체조차도 결코 순수한 자아는 될 수 없는 것이다.

우재학은 "언어가 낱말로 이루어져 있다면, 이 낱말은 사물이 일으킨 신경 자극을 이미지로 옮기고 다시 이 이미지를 소리(음성)로 옮기는 것에서 성립한다. 그리고 신경 자극을 비롯한 각 단계의 번역은 은유적 이행에, 이 은유적 이행은 자의적이고 부분적인 번역에 불과하다. 따라서 모든 언어는 사물 자체와 결코 일치할 수 없는 몇 겹의 은유"라고 한다.(우재학, 이상시 연구(전남대 국어국문과 박사논문), 1998, 30쪽.)

이에 대해서는 일찌기 노자와 장자도 언급한 바 있다.

道可道非常道名可名非常名(『老子』 "道德經" 一章): 도라 이를 수 있는 도는 이미 도가 아니요 이름할 수 있는 이름은 이미 이름이 아니다

無始曰道不可聞聞而非也道不可見見而非也道不可言言而非也(『莊子』 "知北遊"): 무시가 말했다. 도는 귀로 들을 수 없는 것이니, 들을 수 있는 것은 도가 아니다. 도는 눈으로 볼 수 없는 것이니, 볼 수 있는 것은 도가 아니다. 도는 말로 표현할 수 없는 것이니, 말로 표현할 수 있는 것은 도가 아니다.

앞 구절들은 '道-세계에 대한 완전한 각성'은 언어로 표현될 수 있는 것이 아니라는 점을 보여준다. 인간의 언어는 절대 완전할 수 없기 때문이다. 하지만 범인들에게 도를 전하기 위해서는 언어를 사용해야 한다. 이처럼 완전한 것을 완전하지 않은 것으로 드러낼 수밖에 없다는 데에 아이러니가 개재된다.

혀 소리칠 때 그것을 부수고 그를 만날 수 있다. 하지만 거울은 그것을 부수고 거울 속의 상대를 만나려 할 때 그 '나'도 같이 사라진다. 거울 속 나는 거기 있지만 실존하지 않는 허상이다. 그리고 그 허상마저도 오른쪽과 왼쪽이 전도되어 있다.112) 이에 김승희는 다음과 같이 말한다.

> '전도와 가역'은 이상의 의식 세계를 관통하는 '불변적인 의식의 문법'인데 이는 거울의 兩義性에서 파생된 것으로 보인다. 거울의 파라독스—접촉과 연결의 매개이면서 동시에 차단과 분리의 매개인 것, 사랑의 도구이면서 동시에 증오의 도구인 것, 나의 오른손을 왼손으로 만들어 버리는 전도의 기능을 가지면서 동시에 그 역도 가능하게 하는 가역의 기능을 가진 것—이러한 거울의 깊은 모순성이야말로 李箱意識의 원천성이다.113)

---

112) 권영민은 「거울」이 '주격의 나/ 목적격의 나'의 관계양상을 기하학적인 대칭구도로 설정하고 있다고 하면서, "여기서 '거울속의나'는 바로 '목적격의 나'에 해당하는 것이며, 거울 밖에 서 있는 주격의 '나'에 의해 의식되고 있는 정체성이라고 할 수 있다. 물론 '주격의 나'에 해당하는 거울 밖의 '나'는 개인의 능동적인 원초적 의지를 말하는 것이다. 그러므로 일반적인 의미에서 볼 때, '주격의 나'는 '목적격의 나'를 장악하는 것이며, 그 속에서 자아정체성의 실현이 가능해지는 것이다. 그렇지만 이 작품에서 '주격의 나'는 '목적격의 나'를 제대로 장악하지 못한다. 둘 사이에 악수가 성립되지 않는다. 바로 여기서 정체성의 위기가 드러나며, 존재론적으로 불안전한 개인의 실존적인 의식을 읽어낼 수 있는 것이다."(권영민, "이상 연구의 회고와 전망" 이상문학연구60년(문학사상사, 1998), 31쪽.) 라고 말한다.
113) 김승희, 이상(문학세계사, 1996:개정판2쇄), 33쪽.

‘저렇게까지조용한세상은참없을’ 거울은 이상의 1936년 8월 평남 성천 기행의 산물인 「倦怠」에서와 같은 자기성찰을 가능하게 한다. 그 결과 그는 거울에서 또다른 자아 ‘거울속의나’를 만난 것이다. 하지만 그는 ‘나’와 단절되고 전도되어 내가 근심하고 진찰할 수 없는 상태에 있다. 이처럼 나와 다른 또다른 자아의 발견과 그와 만날 수 없는 상황은 ‘잘은모르지만외로된事業에골몰할’ 거라는 불안의식을 불러온다. 그래서 ‘나’는 자신을 해방하기 위해 다음 작품에서처럼 거울이 있는 실내로 몰래 들어간다. 그러면 동시에 ‘거울속의나’도 침울한 얼굴로 꼭 들어온다.

> 나는거울있는室內로몰래들어간다. 나를거울에서解放하려고. 그러나거울속의나는沈鬱한얼굴로同時에꼭들어온다. 거울속의나는내게未安한뜻을傳한다. 내가그때문에圇圇되어있드키그도나때문에圇圇되어떨고있다.
>
> — 「詩弟十五號」 부분

앞 시는 ‘나’와 ‘거울속의나’의 관계에 대해 중대한 정보를 준다. 거울속에 있으면서 나에게 불안을 가져오던 ‘거울속의나’도 나 때문에 ‘圇圇되어떨고있다’는 것이다. 내가 아무리 몰래 거울에 다가가도 동시에 꼭 들어와 나를 바라보던 ‘거울속의나’는 내 말을 못 알아듣고 왼손잡이지만, 그는 그런대로 나에게 결박된 또다른 자아였던 것이다.114)

이처럼 만날 수 없는 대상은 자가발전하는 나의 환상 속에서 때로는 공포로, 때로는 열망으로 자리잡게 된다. 거울을 안 가지고 있어도 거울속에는 늘 ‘거울속의내’가 있고, 그가 외로된 사업에 골몰할 거라는 생각을 하게 된다. 외로된 사업의 성격은 “나는 거울없는室內에있다. 거울속의나는역시外出中이다. 나는至今거울속의나를무서워하며떨고있다. 거울속의나는어디가서나를어떻게하려는陰謀를하는中일까.”(「詩弟十五號」에서)처럼 화자에게 공포를 주는 것이다. 이와 같은 상황에서 내가 할 수 있는 거의 유일한 방법으로 ‘거울속의나’에게 자살을 권해보기로 한다.

　　나는드디어거울속의나에게自殺을勸誘하기로決心하였다. 나는그에게視野도없는들窓을가리키었다. 그들窓은自殺만을爲한들窓이다. 그러나내가自殺하지아니하면그가自殺할수없음을그는내게가르친다. 거울속의나는不死鳥에가깝다.

— 「詩弟十五號」 부분

---

114) 그렇다고 ‘나’와 ‘거울속의나’가 만남 또는 합일에 대해 똑같은 노력과 근심을 하는 것은 아니다. 시인은 「明鏡」에서 “만적 만적하는대로 愁心이 平行하는/ 부러 그러는 것 같은 拒絶/ 右편으로 옮겨앉은 心臟일 망정 고동이 없으란 법 없으니// 설마 그러랴? 어디 觸診……하고 손이 갈 때/ 指紋이 指紋을 가로 막으며/ 선뜩하는 遮斷 뿐이다.”고 한다. 즉 거울속 나와의 합일을 꿈꾸며 만지는 대로 근심스런 마음도 더불고, 부러 그러는 것 같은 거절까지 당한다. 하지만 거울속 나의 심장이 오른편에 있다 해도 살아 뛰고 있을 것인즉 ‘설마 끝내 냉담하랴’는 심정으로 손을 내밀지만 선뜩한 차단만이 있다고 한다. 이것을 통해 ‘나’는 문제를 인식하고 해결하려는 주체가 됨을 알 수 있다.

이 시의 '들窓'은 밖을 내다보기 위한 것이 아니고 자살만을 위한 창이다. 그런데 이 들창이 '視野도없'다는 것은 결국 거울과 같은 것임을 말한다.115) 결국 거울 속의 나는 만날 수도 없고 소멸시킬 수도 없지만 죽을 때까지 함께 가야 하는 존재인 것이다.116)

이렇게 보면 「거울」의 마지막 연처럼 "거울속의나는참나와는 反對요마는/ 또빼닮"았다. 그렇지만 여전히 나는 말을 못 알아듣는 '거울속의나'를 근심할 수 없고, 악수를 모르는 '그'를 진찰할 수 없다. 내가 '거울' 앞에 서서 발견한 것은 끔찍한 운명, 도저히 화합할 수 없고, 벗어날 수도 없는 또다른 자아일 뿐이다.

2) 운명의 공포에서 벗어나려는 질주

거울 앞에서 자신의 끔찍한 운명을 감지하고 거울에서 자신을 해방하려고 거울이 있는 실내로 몰래 들어갔지만 자신이 그런 것

---

115) 여기에서 동일하게 유리를 근간으로 만들어지는 '시야가 가능한' 들창, 곧 유리창과 '시야가 없는', 곧 거울과 같은 역할을 하는 창에 대해 생각해보자. 유리창은 그 너머의 바라보이는 대상들에게 시선을 투사하고 분사하는데 비하여, 거울은 시선을 그 자신에게로 되돌린다. 이것을 시적 의식으로 볼 때 세계에 대한 이해나 시적 스타일에 상당한 차이를 불러올 수 있다고 본다.

116) 이상은 「不幸한 繼承」에서 "敗北에 이은 敗北의 履行, 그 苦痛은 絶大한 것일 수밖에 없다. 나는 그것을 잘 알고 있다―自殺마저 허용되지 않고 있다는 것을."(전집2, 208쪽)이라고 쓰고 있다.

처럼 거울 속의 그도 자신 때문에 갇혀 떨고 있다(「詩第十五號」)
는 것을 알게 된 화자는 도로로의 질주를 감행한다.「烏瞰圖 詩
第一號」에는 이와 같은 모습이 잘 형상화되어 있다.

13人의兒孩가道路로疾走하오.
(길은막다른골목이適當하오.)

第1의兒孩가무섭다고그리오.
第2의兒孩도무섭다고그리오.
第3의兒孩도무섭다고그리오.
第4의兒孩도무섭다고그리오.
第5의兒孩도무섭다고그리오.
第6의兒孩도무섭다고그리오.
第7의兒孩도무섭다고그리오.
第8의兒孩도무섭다고그리오.
第9의兒孩도무섭다고그리오.
第10의兒孩도무섭다고그리오.

第11의兒孩가무섭다고그리오.
第12의兒孩도무섭다고그리오.
第13의兒孩도무섭다고그리오.
13人의兒孩는무서운兒孩와무서워하는兒孩와그렇게뿐이모였소

그中에 1人의兒孩가무서운兒孩라도좋소.
그中에 2人의兒孩가무서운兒孩라도좋소.
그中에 2人의兒孩가무서워하는兒孩라도좋소.

그中에 1人의兒孩가무서워하는兒孩라도좋소.

(길은뚫린골목이라도適當하오.)
13人의兒孩가道路로疾走하지아니하여도좋소.
— 「烏瞰圖 詩第一號」 전문117)

　그 동안 많은 논자들이 언급한 바 있는 ‘13人의兒孩’를 필자는 주체의 분열된 내면이라고 생각한다. ‘어디가서나를어떻게하려는 陰謀를하는’ 거울 속의 나(「詩弟十五號」), ‘외로된事業에골몰할’118)(「거울」) 거울 속의 나를 벗어날 수 없는 ‘나’는 공포를 느끼게 된다. 그런데 그 공포를 어떤 방법으로도 벗어날 수 없다는

---

117) 이 작품에 대한 많은 논의들 가운데, 필자는 다음 논의들을 흥미롭게 읽었다.
　이승훈, “오감도 시 제1호의 분석” 앞 책, 284-85쪽.
　김윤식, “공포의 근원을 찾아서” 이상연구(문학사상사, 1987), 60-61쪽.
　류광우, “시간·공간 개념의 초월과 그 의미” 이상문학연구(충남대학교 출판부, 1993), 204-205쪽.
　이정호, “<오감도>에 나타난 기호의 질주” 권영민 편저, 이상문학연구 60년(문학사상사, 1998).
118) 우재학은 ‘외로된 사업’의 의미를 “현실의 ‘나’와 거울속의 ‘나’ 사이의 관계에서 찾아야 한다. 현실의 ‘나’의 존재로 인해 거울 속의 ‘나’는 존재하지만 그 후 거울 속의 ‘나’는 독립된 실체로 받아들일 수밖에 없다. 또한 거울 속의 ‘나’는 현실의 ‘나’와 서로 대립적인 존재이다. 이러한 시적 갈등 상황에서 자아가 갖게 되는 문제는 ‘나는 어디에서 왔는가’라는 근원에 대한 생물학적 질문과 함께 ‘나는 무엇인가’라는 주체적 자아의 正體性에 대한 철학적 질문에 대해 골몰하는 것이라 생각할 수 있다.”고 본다(우재학, 앞 논문, 46쪽).

것을 알게 되면서 나의 내면은 반복적으로 분열된다. 여기서 분열된 주체의 내면을 지칭하는 것으로 쓰인 '13'은 "나의 방의 時計 별안간 十三을 치다. ……. 12+1=13 ……."(「一九三一年 (作品第一番)」 부분)에서 보이는 것처럼 정상과 규준을 벗어난 분열과 일탈의 뜻으로 사용되는 한 기호일 뿐이다.

일반적으로는 "동일한 인물을 드러내는 다양한 인칭의 사용은 비동일성이라는 특성을 지니고 있는 주체의 내면 세계를 표현하는데 적절한 글쓰기 방식을 제공한다. 일반적으로 자아를 드러내는 데 사용하는 '나'라는 1인칭만으로는 표현하기 어려운 내면의 복잡한 양상을 다양한 인칭의 사용이 해결해"119) 주는 것으로 볼 수 있지만, 이 작품에서 '第1의兒孩부터 第13의兒孩까지의 인칭의 분리는 공포를 반복적으로 강조하는 용법으로 쓰이고 있다. 이를 좀더 세부적으로 살펴보면 다음과 같다.

13인의 아해가 도로로 질주한다는 것은 '도로'로 표상되는 열린 공간이나 공적 영역으로 달려간다는 말이다. 골목과는 달리 도로는 자기 내적 밀폐성을 벗어날 수 있고, 자기동일성을 성취하지 못하더라도 분열을 감추기 용이한 공간이다. 하지만 아해들의 앞에는 막다른 골목이 있다. 그것은 화자의 관점120)에서 차라리 적

---

119) 최미숙, 한국 모더니즘시의 글쓰기 방식과 시 해석(소명출판, 2000), 114쪽.
120) 이 작품의 화자는 아해들의 움직임을 관찰하는 것을 넘어 '적당하오', '좋소'와 같이 자신의 목소리를 개입시킨다. 이같은 화자의 개입은 분열 주체가 막다른 골목에서 경험하는 무서움이 주체 스스로 의미를 정리하지

당한 것이다. 도로를 갈망하면서 질주하는 아해들에게 막다른 골목이 적당하다는 것은 무엇일까. 그것은 막힘 없이 도로로 질주했더라면 얻을 수 없었을 자기성찰을 '막다른골목'이 가능하게 하기 때문이다.

그 결과 아해들은 막다른 골목에서 무서움을 경험하는데, 첫번째, 두번째, 세번째로 나아가면서 무서움이 반복되고 가중된다. 열 번째 아해 다음에 무서움으로부터의 탈주를 기대한 열한번째 아해도 무섭다고 한다. 결국 13인의 아해는 무서운 아해와 무서워하는 아해들뿐이다. 그런데 아해를 수식하는 '무서운'과 '무서워하는'은 대립적인 말이지만, 여기에서는 동일한 의미를 나타낸다. 여기서의 '무서운'은, '저 호랑이가 무서운 어린이 손 들어 보세요'라고 말할 때와 같은 의미이다. 곧 '막다른골목'이 '무서운' 아해이며, 그것을 '무서워하는' 아해인 것이다. 이와 같이 보는 것은 2·3연에서 13인의 아해 모두가 '무섭다'고 말하고 있기 때문이다. 혹자들이 '무서운 아해'를 '무섭게 생긴 아해'로 보는 것은 전후 맥락에서 볼 때 느닷없다.

이처럼 모두 무서움을 느끼는 상황에서는 13인중에 몇 명이 또는 몇 번째의 아해가 '무서운, 무서워하는' 아이인가는 문제되지 않는다. 막다른 골목에서 자신을 돌아본 아이들은 모두 무서움을

못할 만큼 지극하다는 것을 드러낸다.

느끼고 있고, 자신이 직면한 무서움을 확인한 다음에는 '길은뚫린
골목이라도'121) 적당한 것이다. 더구나 도로로 질주하지 아니하
여도 좋은 것이다. 이처럼 전지적 시점을 가진 화자가 "13人의兒
孩가道路로疾走하오—13人의兒孩가道路로疾走하지아니하여
도좋소", "(길은막다른골목이適當하오.)—(길은뚫린골목이라도適
當하오.)"라고 말하는 것은 심대한 의미를 지닌다. 곧 분열 주체
가 경험하는 무서움이 어떤 상황 하에서도, 무슨 방법으로도 벗어
날 수 없는 운명적인 것임을 보여준다. 이와 같은 벗어날 수 없는
운명의 인식은 다음의 작품에도 드러난다.

    記憶을맡아보는器官이炎天아래생선처럼傷해들어가기始作
이다. 朝三暮四의싸이폰作用. 感情의忙殺.
    나를넘어뜨릴疲勞는오는족족避해야겠지만이런때는大膽하
게나서서혼자서도넉넉히雌雄보다別것이어야겠다.
    脫身. 신발을벗어버린발이虛天에서失足한다.
— 「買春」 전문

    능금한알이墮落하였다. 地球는부서질程度만큼傷했다. 最後.

---

121) 1연에서 자기성찰을 위해서는 '막다른골목'이 있어야 했지만, 자기인지
    가 이루어진 다음에는 '뚫린골목이라도' 적당하게 된다. 여기에서 '골목'
    은 그것으로 인하여 도로로 질주하지 못하지만, 한편 그것 때문에 무서움
    을 알게 되는 매체이다. 이것은 "거울때문에나는거울속의나를만져보지를
    못하는구료마는/ 거울아니었던들내가어찌거울속의나를만나보기만이라도
    했겠소"에서 '거울'과 같은 역할을 한다.

이미如何한精神도發芽하지아니한다.

— 「最後」 전문

「賣春」에는 화자의 기억력이 급격히 쇠퇴하고 감정이 급변하며, 누군가를 간사하게 기만하는 모습이 드러난다. 화자는 자신을 넘어뜨릴 피로가 올 때마다 피했지만 이번에는 대담하게 나서고자 한다. 그리고 이성(雌雄)이 함께 하는 것보다 혼자서도 각별히 잘 수행하겠다는 의지를 다져본다. 그러면서 1행에서 보여준 부정적 상태와 피로를 벗어나려 '脫身'을 시도한다. 그런데 그 시도를 하는 발, 곧 신발을 벗어버린 발이 허공에서 헛디딘다. 이처럼 이 작품에는 화자의 능동적 의지가 좌절되는 모습이 드러난다.

두 번째 작품은 논자들에 의해 흔히 뉴턴의 만유인력, 곧 과학적 세계관을 비판하는 것으로 언급되었다.[122] 필자가 주목하는 바는 능금 한 알의 떨어짐을 제시한 후, 그것에 지구가 부서질 정도로 상했다는 간명한 언급 다음에 '最後'라는 충격적인 말을 쓴 점이다. 그리고 이미 어떤 정신도 발아하지 않는다고 한다. 필자는 앞 두 작품에 자신과 세계의 벗어날 수 없는 운명을 감지한 자의 비극적 어조가 충격적으로 드러나 있다고 본다.[123]

---

122) 김용운, "이상 문학에 있어서의 수학" 김윤식 편저, 앞 책, 215쪽.
   이승훈 엮음, 이상문학전집①시(문학사상사, 1989), 233쪽.
123) 작품 「十二月十二日」에는 "'불행한 운명' 가운데서 난 사람은 끝끝내 불행한 운명 가운데서 울어야만 한다. 그 가운데에 약간의 변화쯤 있다 하더라도 속지 말라. 그것은 다만 그 '불행한 운명'의 굴곡에 지나지 않는

그이는白紙위에다鉛筆로한사람의運命을흐릿하게草를잡아
놓았다. 이렇게흘흘한가. 돈과過去를거기다가놓아두고雜踏속으
로몸을記入하여본다. 그러나거기는他人과約束된握手가있을뿐,
多幸히空欄을입어보면長廣도맞지않고안드린다. 어떤빈터전을
찾아가서실컷잠자코있어본다. 배가아파들어온다. 苦로운發音을
다삼켜버린까닭이다. 奸邪한文書를때려주고또멱살을잡고끌고
와보면그이도돈도없어지고疲困한過去가멀거니앉아있다. 여기
다座席을두어서는안된다고그사람은이로位置를파헤쳐놓는다.
비켜서는惡臭에虛妄과復讐를느낀다. 그이는앉은자리에서그사
람이平生을살아보는것을보고는살짝달아나버렸다.

— 「易斷」 전문

비극적 운명을 감지하고 거울을 통하여는 또 다른 나와의 단절
과 분열을 인지하고 생을 영위하던 '그 사람'(＝나)은 주역(易)의
괘를 이용하여 운명을 점쳐 주는(斷) 사람을 찾아갔다. 역술가는
연필로 흐릿하게 운명을 백지에 초잡았는데, 그 사람에게 그리도
고민스럽던 운명이 아주 가볍게 보였다. 그 사람은 사례금과 지난
날의 버거움을 거기 두고 다른 사람들과 어울릴 수 있는 곳으로
자신을 이끌어간다. 거울에 투영된 자신에게서 단절과 분열을 느
끼던 그 사람이 바란 것은 '雜踏'으로 상징되는 수많은 타자들
속에서 새로운 자아 또는 관계를 찾는 것이기도 했기 때문이다.
'몸을記入하여본다'에는 행위의 서투름과 기대, 노력 등이 담겨

것이다."라는 숙명감이 피력되어 있다.

있다. 그러나 그곳에서도 타인과의 형식적이고 소외된 관계만을 겪고 실망과 피로를 느낀다. 다행히 빈곳을 찾아가 실컷 잠자코 있는데 삼켜버린 괴로운 발음 때문에 배가 아프기 시작한다. "苦로운發音을다삼"켰다는 것은 거울에서 만난 '내 말을 못 알아듣는' 나와의 단절감을 극복하고 어떤 화해와 동화를 꿈꾸며 찾아간 사람들과 소통하지 못하는 또 다른 소외의 경험을 말한다. 결국 역의 괘를 통해 점쳐주는 그이나 나아가 만난 사람들은 단절을 거듭 확인시키는 또 다른 거울이었던 것이다.

그 사람은 점치는 사람이 초잡았던 문서를 불신하면서 그이에게 간다. 하지만 그이와 돈은 없어졌고 그 사람이 벗어나고 싶었던 피곤한 과거만 앉아있다. 그 사람은 더 이상 거기에 터전을 잡아서는 안 된다고 이를 악물고 그곳을 허물어버리는데 악취가 풍겨나고, 허망함과 복수심[124]을 느낀다. 하지만 점을 통하여 다른

---

124) 이상의 처녀작인 장편소설 「十二月 十二日」의 연재 4회분 앞머리에 실린 작자의 말에는 "모든 것이 다 하나도 무섭지 아니한 것이 없다. 그 가운데에도 이 「죽을 수도 없는 실망」은 가장 큰 좌표에 있을 것이다. 나에게, 나의 일생에 다시 없는 행운이 돌아올 수만 있다 하면 내가 자살할 수 있을 때도 있을 것이다. 그 순간까지는 나는 죽지 못하는 실망과 살지 못하는 복수(復讐)—이 속에서 호흡을 계속할 것이다. 나는 지금 희망한다. 그것은 살겠다는 희망도 죽겠다는 희망도 아무것도 아니다. 다만 이 무서운 기록을 다써서 마치기 전에는 나의 그 최후에 내가 차지할 행운은 찾아와 주지 말았으면 하는 것이다. 무서운 기록이다. 펜은 나의 최후의 칼이다."(전집2, 68쪽)라는 중요한 언급이 있다. 단절되고 전도된, 그러면서 끊임없이 나를 결박하는 '거울속의나'를 향해 권총을 쏘듯이(「詩弟十五號」), 자신의 불행했던 지난 날들의 운명을 향해 복수를 느끼는 것이다.

사람의 운명을 초잡는 그이가 '그사람이平生을살아보는것을보고
는살짝달아나버렸다'는 것은 그 사람이 점치는 사람조차 두려울
정도의 벗어날 수 없는 운명을 지녔음을 보여준다. 거울 앞에서
느낀 소외와 분열이 거울을 떠나 어떤 노력을 하더라도 별반 달
라질 것이 없다는 것을 보여주는 것이다.

> 눈에띄우지않는暴君이潛入하였다는所聞이있다. 아기들이번
> 번이애총이되고되고한다. 어디로避해야저어른구두와어른구두
> 가맞부딪는꼴을안볼수있으랴. 한창急한時刻이면家家戶戶들이
> 한데어우러져서멀리砲聲과屍斑이제법은은하다.
>
> — 「街外街傳」 부분

지금까지 논의한 작품들을 통하여 운명관의 근원을 밝히기는
쉽지 않은데[125], 앞의 작품은 막연하게나마 '눈에띄우지않는暴
君'이라는 운명을 조장하는 불가사의한 힘을 지닌 듯한 주체가

이때 펜은 그의 복수를 위한 칼이 되는데, 이것은 이후 그의 글쓰기가 운
명에 대항하는 복수로서의 글쓰기라는 점을 보여준다.

125) 이에 대해 사에구사 도시카스(三枝壽勝)는 「十二月十二日」을 살펴보
는 글에서 "잃어버린 '때'는 잃어버린 것이 아니라 빼앗긴 것이라고 한다.
그러나 빼앗은 자가 누군지는 분명하지 않다. 이 작품에서는 빼앗겼다는
것에 대한 원한이 복수로 강조된다. 비참하고 불쌍한 현재 자기의 원한에
대하여 '신에 대한 복수'(2, p.15)가 터져 나오는 것은, 이 울분이 정체를
포착할 수 없는 대상을 향하고 있기 때문이 아닐까."(사에구사 도시카스,
"이상의 모더니즘" 김윤식 편저, 이상문학전집5(문학사상사, 2001), 306-
307쪽)라고 말한다.

드러난다. 전도가 창창한 아기들이 번번이 죽어가지만 그 이유를 알 수 없다. 참으로 불가항력인 것은 폭군의 잠입 소식이 소문일 뿐더러 눈에 띄지 않는다는 점이다. 이와 같이 무서운 운명이 무차별적으로 엄습하고 집과 집들이 어우러져 떠는 상황에 멀리 들려오는 공포의 포성이 은은하다는 것은 역설이다. 이것은 원인을 알 수 없고 어찌할 수도 없는 운명을 한층 부각시키는 것이다.

앞서 살펴본 바처럼 이상의 작품에는 운명을 벗어나려는 시적 주체의 능동적 의지가 거듭 좌절되는 모습이 형상화되어 있다. 하지만 그 원인은 드러나지 않으며, 작품을 통해 알 수 있는 것은 시적 주체가 어찌할 수 없는 불가항력의 힘이 그의 삶을 지배한다는 점이다.

3) 결핵, 그리고 심화되는 운명감

필자는 이상 작품에 드러나는 벗어날 수 없는 운명관이 시인의 생애와 밀접한 상관성을 지닌다고 본다. 이를테면 자신의 뜻과는 무관하게 이루어진 큰집으로의 입양, 아이 하나를 데리고 재취로 들어온 드센 큰어머니와의 긴장 관계, 그림을 그리고 싶었으나 가족의 생계를 돌보아야 한다는 큰아버지의 권고로 포기한 점, 당시로서는 돌이킬 수 없는 병인 결핵에 걸리게 된 것 등은 이상으로 하여금 인생에 대해 어쩔 수 없다는 의식을 갖게 하기에 충분했을 것이다.

앞서 살펴본 바와 같이 거울에서 발견한 그 또 다른 자아로부터 벗어나고 싶었으나, 그는 내가 죽기 전에는 죽지 않는 불가분의 존재였던 것이다. 이런 가운데 살 수도 없고 죽을 수도 없는126) 운명의 아이러니가 생성된 것이다. 이상의 운명관 생성 원인의 하나로 유추되는 결핵127) 환자로서의 상태를 형상화한 것으로 읽을 수 있는 작품들을 보고자 한다.

—自家用福音
—或은 엘리엘리 라마싸박다니

하이얀天使이鬚髥난天使는규핏드의祖父님이다.
　　　鬚髥이全然(?)나지아니하는天使하고흔히結婚하기도한다.
나의肋骨은2떠—즈(ㄴ). 그하나하나에노크하여본다. 그속에서는海

---

126) 이상의 작품 「地圖의 暗室」에는 다음과 같은 구절이 있다. "그는무덤속에서다시한번죽어버리려고 죽으면그래도 또한번은더죽어야하게되고하여서 또죽으면또죽어야되고 또죽어도또죽어야되고하여서 그는힘들여한번몹시 죽어보아도 마찬가지지만그래도 그는여러번여러번죽어보았으나 결국마찬가지에서 끝나는끝나지않는것이었다". 이것은 죽어도 죽어도 죽음이 끝나지 않는, 결국 죽을 수도 없음에 대한 진술이다.
127) 만성질환인 결핵은 죽음에 이르는 긴 시간과 문예를 창조할 만큼의 충분한 체력을 문학가에게 허락한다는 점에서 문예와 각별한 관계를 갖는다. 창백한 얼굴로 우울증에 시달리는 듯한 결핵환자의 모습은 고뇌 가득한 지적이고 귀족적인 이미지를 드러내어 낭만적 은유로까지 읽힌다. (Karatani Koujin, 박유하 옮김, 일본근대문학의 기원(민음사, 1997), 134-38쪽 참조.)

綿에젖은더운물이끓고있다. 하이얀天使의펜네임은聖피—타—
라고. 고무의電線 똑똑똑똑 버글버글 열쇠구멍으로盜聽.
   (發信)　유다야사람의임금님주무시나요?
   (返信)　찌—따찌—따따찌—찌(1)찌·따—찌—따따찌—
      (2) 찌—찌따찌—따따찌—찌—(3)

  흰뺑끼로칠한十字架에서내가漸漸키가커진다. 聖피—타—君
이나에게세번式이나아알지못한다고그린다. 瞬間닭이활개를친
다 ……

어얼 크 더운물을 엎질러서야 큰일날노릇—

— 「內科」 전문

    앞 작품은 기독교적 비유에 빗대어 결핵환자로써 진찰을 받는
상황을 그리고 있다. 우선 1연에는 진찰에 임하는 결핵환자로서
의 이중적 심리가 드러나 있는데, 자신의 구제에 대한 기대와 '주
여주여 왜 나를 버리시나이까'라는 절망 내지 절규가 그것이다.
하이얀 천사는 가운을 입은 의사이고 그 다음의 작은 글씨들은
부연의 역할을 한다. 의사가 진찰하는 늑골 안에서는 '海綿에젖
은더운물이끓고있'는데, 이승훈은 이를 "흉막(「해면」) 가까운 부
분에 초감염에 의한 原發巢가 생겨 인접한 림프에 해당하는 肺
門部 淋巴腺에 병변(「더운 물」)이 생기는 폐결핵의 싱태를 뜻"
(전집1, 226쪽)한다고 한다. 의사의 별명은 '聖피-타-'로, 그는 청
진기를 통하여 폐 속의 끓는 소리를 듣는다.

여기에서 배행으로 쓰인 '똑똑똑똑'은 하이얀 천사, 곧 의사가 청진기를 여기저기에 들이대면서 탐색하는 것이고 '버글버글'은 화자의 내면이 발하는 신호이다. 그것은 달리 '(發信)'과 '(返信)'으로 좀더 구체화 되어 있는데, 발신은 구원자로서의 예수를 찾는 것이고, 그에 대한 회신은 알아들을 수 없는 암호로서의 소리이다. 분명히 끓고 있는 결핵에 대한 진찰 결과는 해독할 수 없는 것이 되고 만 것이다.

결국 화자는 모조기독으로써의 '흰뺑끼로칠한十字架'에서 점점 커지는데, 그것이 진정한 구원을 행하지 못하는 십자가이기 때문에 그만큼 위기는 증가한다. 천사 '聖피-타-君'은 세 번씩이나 화자를 알지 못한다고 하고, 그때 닭이 홰를 친다. 베드로가 닭의 홰치는 소리를 듣고 깨달았듯이 의사와 환자는 새삼 결핵의 상태를 깨닫는다. 똑같은 모티프로 구성되어 있는 「喀血의 아침」에는 "하얀 天使가 나의 肺에 가벼이 노크한다./ 黃昏 같은 肺속에서는 고요히 물이 끓고 있다./ 고무電線을 끌어다가 聖베드로가 盜聽을 한다./ 그리곤 세 번이나 天使를 보고 나는 모른다고 한다./ 그때 닭이 홰를 친다―어엇 끓는 물을 엎지르면 야단 야단―"[128] 이 있다. 인용 구절에서 무엇보다 주목되는 부분은 '天使를 보고 나는 모른다고 한다'이다. 앞 시에서는 '聖피-타-君'이 알지 못한

---

128) 「喀血의 아침」, 전집3, 328쪽.

다고 부정하고 있는데, 이 작품에서는 화자 '나'가 부정한다. 이 부정은 두 작품 모두 바로 앞의 '물이 끓고 있다'는 어구와 조응하면서 아이러니를 유발한다. 그것은 예수를 세 번 부정한 베드로에게는 절망을 통한 거듭남이었지만, 작중 화자에게는 깨달음으로 인해 더운물이 엎질러지면 큰일나는 것으로 귀착된다. 다음 작품을 본다.

> 기침이난다. 空氣속에空氣를힘들여배앝아놓는다. 답답하게걸어가는길이내스토오리요기침해서찍는句讀를심심한空氣가주물러서삭여버린다. 나는한章이나걸어서鐵路를건너지를적에그때누가내經路를디디는이가있다. 아픈것이匕首에베어지면서鐵路와열十字로어울린다. 나는무너지느라고기침을떨어뜨린다. 웃음소리가요란하게나더니自嘲하는表情위에毒한잉크가끼얹힌다. 기침은思念위에그냥주저앉아서떠든다. 기가탁막힌다.
>
> — 「行路」 전문

결핵이 발견되고 이상의 생활은 급변하기 시작한다. 그의 생애에서 가장 안정된 시기였던 총독부 기수직 생활[129]을 그만두고

---

129) 이상은 경성고등공업학교를 졸업하자마자 1929년 4월 조선총독부 내무국 건축과 기수직에 취직된다. 사에구사 도시카스는 이상이 기사로 취직했다는 지금까지의 논의가 틀리고, 기사(技師)를 보좌하는 기수(技手)로 취직했음을 밝혀준다("이상의 모더니즘" 전집5, 258쪽). 김정동도 "(이상이-필자) 총독부에 기수로 들어간 것은 수석으로 졸업한 데 따른 보상이었다. …… 총독부 기술직의 자리는 고원(顧員), 기수(技手), 기사(技師) 3등급으로 나뉘는데, 고원은 공고 이상의 수준이고, 기수는 전문학교 이

방황과 자포자기, 그리고 자기연민의 생활로 접어든다. 앞 작품에
는 결핵환자로서 힘들게 기침을 뱉어 놓는 모습이 보인다. 그렇게
답답하게 걸어가는 나날들에 기침으로 힘겹게 찍은 구두(句讀)를
심심한 공기가 아무렇지 않게 지워버린다. 여기에서 한 존재의 피
토하는 생의 기록과 일상의 무심함이 대비되어 아이러니가 유발
된다. 역시 버겁게 걸어가서 길을 가로지르려 할 때 '누가내經路
를디디'고[130] 화자는 순간 예리한 것에 베어지면서 '열十字로어

상의 수준으로 판임관(判任官) 직급이었다. 기사는 고등관(高等官)으로
대학 졸업 이상의 수준이어야 하는 직급이었다."(김정동, "고공 건축과 학
생시대의 김해경" 이상리뷰(역락, 2001))고 밝힌다. 그는 직장에서 인정받
는 사람이었고, 월급을 타면 백부댁과 친가를 돌보는데 사용하는 견실함
을 보였다. 하지만 1931년 폐결핵 진단을 받게 되고 각혈을 하게 되자,
1933년 3월 기수직을 그만둔다. 참고로 밝히면, 이상의 동생 김옥희 여사
는 1987년 4월호『문학사상』에 실린 인터뷰에서 이상이 일본인 상사와의
불화로 직장을 그만두었다고 말한 바 있다.
130) 박현수는 이 작품을 창작 과정의 비유로 읽으면서 '내經路를디디는이'
의 등장이야말로 이 작품을 작품답게 만드는 핵심적인 전환점이라고 보고
다음과 같이 말한다. "스토리를 이끌어 가는 이가 일종의 관념으로 존재
하여 이야기를 선험적으로 구상하는 펜이라면, 그것에 가장 인접하는 존
재는 그 스토리의 현실적인 흔적으로서의 피를 제공하는 잉크가 될 것이
다. 그런데 이 잉크는 펜의 행로를 순탄하게 하는 피의 역할을 하는 것이
아니라 '내 경로를 디디는 이'의 등장으로 인해 하나의 독으로 작용한다.
그렇다면 그 비유 체계와의 접점을 염두에 둘 때 '내 경로를 디디는 이'의
존재가 문제가 된다. 결론적으로 그것은 스토리 밖에서 스토리의 행로를
조정하는 작품 외적 존재, 즉 작가와 작가의 현실, 생활, 죽음, 혹은 운명
이라 할 수 있을 것이다."(박현수, "이상 시학과『전원수첩』의 수사학" 김
윤식 편저, 이상문학전집5(문학사상사, 2001), 107쪽)

울린다'. 곧 어떤 거부할 수 없는 힘이 화자를 희생물로 만드는
것이다. 이제 화자는 기침을 터뜨리며 무너지는데, 아마 내 경로
를 디디는 이의 것일 웃음소리가 요란하게 난다. 그런 가운데 체
념하고 '自嘲하는表情위에' 객혈을 하며 기침은 계속된다. 어찌
할 수 없음, 곧 운명이 가슴을 짓누르고 기가 막힌다. 결핵환자로
서의 고통과 소외감은 생활에의 무력과 더불어 마침내 다음과 같
이 자살충동을 유발하게 된다.

> 죽고싶은마음이칼을찾는다. 칼은날이접혀서펴지지않으니날
> 을怒號하는焦燥가絶壁에끊치려든다. 억지로이것을안에떠밀어
> 놓고또懇曲히참으면어느결에날이어디를건드렸나보다. 內出血
> 이뻑뻑해온다. 그러나皮膚에傷채기를얻을길이없으니惡靈나갈
> 門이없다. 가친自殊로하여體重은점점무겁다.
>
> — 「沈殁」 전문

칼을 찾는데 칼날이 접혀서 펴지지 않고 화가 난 초조는 해소
되지 않으며 절벽에 막혀버린다. 이와 같은 마음을 억지로 안으로
떠밀어놓고 간절히 참는데 돌연 접혔던 칼날이 어디를 건드린다.
이것은 이상의 여러 작품에 보이는 바 화자의 능동적 결의와 행
위가 대주체 또는 운명 등의 불가사의한 작용으로 좌절되는 것을
뜻한다. 내출혈이 뻑뻑해오지만 칼날이 접혀 있기 때문에 외상을
낼 수 없고, 따라서 악령(惡靈)이 나갈 문도 없다. 해소할 수 없는

자살충동과 내상(內傷)으로 인하여 체중은 점점 무거워진다. 작품에서 ‘內出血’, ‘惡靈’, ‘가친自殊’ 등은 기실 내면의 자살충동과 그로 인한 버거움을 나타낸다.

4) 환각으로써의 죽음

이상 시의 기저에는 거울을 통해 인지한 자아의 전도와 분열로 인한 숙명감이 자리하고 있다. 그것은 보다 직접적으로는 성장과정에서의 불안과 성장후의 결핵과 직결되는 것일 테고, 간접적으로는 근대의 운명을 비극적으로 감지하는 데서 비롯되는 것으로 볼 수 있다. 이와 같은 지점에서 발생하는 어찌할 수 없음은 인간의 한계를 극명하게 보여준다는 의미에서 운명의 아이러니로 형상화 된다.

이상 작품의 화자는 자신의 운명을 감지하면서 자살 충동을 느끼고 자살을 감행하려고도 했지만 정작 그는 자살을 할 수 없었다. 그것은 이상이 결핵을 앓고 있었기에 자살을 하지 않아도 죽음은 예정되어 있는 것이고 자살을 할 경우 그것의 가치는 반감되는 것이었기 때문이다. 다음 작품은 이와 같은 상황에서 그가 쓸 수 있는 얼마 안 되는 작품이었다고 생각한다.

꽃이보이지않는다. 꽃이香기롭다. 香氣가滿開한다. 나는거기

墓穴을판다. 墓穴도보이지않는다. 보이지않는墓穴속에나는들
어앉는다. 나는눕는다. 또꽃이香기롭다. 꽃은보이지않는다. 香
氣가滿開한다. 나는잊어버리고再차거기墓穴을판다. 墓穴은보
이지않는다. 보이지않는墓穴로나는꽃을깜빡잊어버리고들어간
다. 나는정말눕는다. 아아. 꽃이또香기롭다. 보이지도않는꽃이—
보이지도않는꽃이.

— 「絶壁」 전문

이 작품은 앞에서 본 바와 같은 삶의 고통과 자살충동에서 헤
어나오지 못하고, 그렇다고 자살이 허용되지도 않는 결핵환자로
써 환각적 죽음을 형상화한 것이라 생각한다. 보이지도 않는 꽃이
향기롭고, 그 향기가 만개한다며 거기 무덤을 판다고 한다. 그런
데 무덤은 보이지 않고 화자는 다시 보이지 않는 무덤에 눕는다.
이와 같은 과정이 반복적으로 이루어지며 환각 상태는 강화된다.
반복적 상황에 쓰인 '잊어버리고', '꽃을깜빡잊어버리고', '정말'
등은 환각이 현실처럼 진행됨을 보여준다. 필자는 이상 시의 운명
의 아이러니가 결국 이르고 있는 최종점은 환각으로써의 죽음이
라고 본다.

2. 가족애의 책무감과 일탈에의 욕망이 빚어내는 아이러니

1) 부권의 거부와 일탈의 추구

이상이 세계를 아이러니로 인식하고 그의 많은 작품에 그것을 형상화 한 근본적 동인은 가족관계를 중심으로 형성되었다고 할 수 있다. 그의 가계를 간단히 살펴보면, 이상의 증조부인 김학준은 고종 때에 정3품 당상관(堂上官)으로서 위신과 경제적 여유를 유지했다. 하지만 할아버지 김병복에 이르러 집안이 급격히 기울었고 큰아버지 김연필은 보통학교와 기술학교의 훈도(訓導)를 한 적이 있는 사람으로 집안의 부흥에 대한 강한 집념을 가진 인물이었다. 이상의 아버지 김연창은 얼굴이 약간 얽고 궁내부 활판소에서 일하다가 손가락 셋을 잃은 다소 볼품 없는 인물이었다.

이상은 세 살 때부터 자손이 없는 큰아버지 김연필의 집으로 들어가 조부모와 큰아버지의 온갖 기대를 짊어지고 성장하게 된다. 이런 가운데 그는 가문을 일세우려는 가족의 희생자로서 자신을 인식했을 것으로 사려된다. "兒孩가 놀지 않는다는 現象은 病이 아니면 死亡일 것이다. 兒孩는 쉴새없이 遊戲한다. 그래서 놀지 않는다는 것은 全然 不可能한 일이다. …… 結局 혹시 어른처럼 自殺이나 하지 않을까 하고.”131)에서 말하는 것처럼 이상은 일찍이 권태와 자살충동을 내면화 해가고 있었는지 모른다.

금기와 질서, 강제를 상징하는 아버지는 “현실적인 아버지 그대로의 현존이나 부재로 환원될 수 없는 장소와 기능을 대표한다.”132)고 한다. 그리고 은유로서의 아버지는 “성(the family name)—필연적으로 아버지의 이름—과 세상에 나온 주체 간의 상관관계를 확립시켜 준다. 존재하건 그렇지 못하건 간에 아버지가 만일 우리의 문화에 의해 그에게 할당된 지위를 차지하지 못한다고 한다면, 재난이 뒤따르게 된다.”133)고 한다. 이상은 여러 작품에서 부권에 대한 부정과 거부를 드러낸다. 이상의 작품에서

---

131) 「이 兒孩들에게 장난감을 주라」, 전집3, 119쪽.

132) 마단 사럽, 김해수 옮김, 알기 쉬운 자끄 라깡(백의, 1994), 160쪽.

133) 위 책, 160-161쪽. 한편 이상의 작품에 표명된 바들을 검토하면서 심층 심리학에서 말하는 동일시 과정에 문제가 있었음을 상정할 수 있다. 즉 아이들은 거울 단계를 지나면서 타자들에게 자신을 동일시하게 되는데, 이 과정이 곧 사회화의 과정일 수 있다. 하지만 이상은 작품에서 “저사내 아버지는海外를放浪하여저사내가제법사람구실을하는저사내로장성한後 로도아직돌아오지아니하던것임에틀림이없다⋯⋯ 저사내어머니는배고팠 을것임에틀림없으므로배고픈얼굴을하였을것임에틀림없는데귀여운외톨자 식인지라저사내만은무슨일이있든간에배고프지않도록하여서길러낸것임에 틀림없을것이지만아무튼兒孩라고하는것은어머니를가장依支하는것인즉 어머니의얼굴만을보고저것이정말로마땅스런얼굴이구나하고믿어버리고선 어머니의얼굴만을熱心으로숭내낸것임에틀림없는것이어서”(「얼굴」 부분) 라고 말하여 아버지와의 동일시 과정에 문제가 있었음을 드러낸다. 이 경 우 작가 이상이 실존적 아버지와 어떤 문제가 있었다고 읽는 것은 일차적 으로 바른 작품 읽기가 아님은 물론이다.

아버지는 생물학적 의미를 넘어 당시의 관점에서 근대 이전의 가
치를 상징한다. 따라서 아버지는 통속적 규준이며 가부장적 권위
로 효와 가족부양을 강제하는 것으로 나타난다.

—「詩弟二號」 전문

‘아버지가나의곁에서조을적’이라는 것은 든든한 보호자이자 모
범이 아니라 무력한 모습으로서의 아버지를 뜻한다. 아버지가 무
력할 때 자식이 아버지를 대신하여 가계를 염려하고 계획하게 된
다. 실제 아버지가 없다면 체념할 것을 체념하고 보다 책임감 있
고 단호하게 행위할 수 있겠지만 앞 작품에서의 상황은 그렇지도
못하다. ‘나의아버지는나의아버지대로나의아버지인데’라는 구절
은 아버지가 부정할 수 없는 혈연의 관계로써 나와 얽혀있는 모
습을 보여준다. 하지만 그 아버지는 자신의 실질적 존재가치를 구
현하지 못하는 사람이다. 자신의 책무는 다 하지 않으면서 화자에
게는 책무를 강요하는 아버지인 것이다. 상황은 아주 단순하지만

화자 '나'의 심리적 거부와 분열감이 아이러니를 형성한다. 다음
두 작품은 이와 같은 상황을 반복적으로 보여준다.

크리스트에酷似한한檻褸한사나이가있으니이이는그의終生
과殞命까지도내게떠맡기려는사나운마음씨다. 내時時刻刻에늘
어서서한時代나訥辯인트집으로나를威脅한다. 恩愛나의着實
한經營이늘새파랗게질린다. 나는이욱중한크리스트의別身을暗
殺하지않고는내門閥과내陰謀를掠奪당할까참걱정이다. 그러나
내新鮮한逃亡이그끈적끈적한聽覺을벗어버릴수가없다.

— 「肉親」 전문

墳塚에계신白骨까지가내게血淸의原價償還을强請하고있다.
天下에달이밝아서나는오들오들떨면서到處에서들킨다. 당신의
印鑑이이미失效된지오랜줄은꿈에도생각하지않으시나요—하고
나는의젓이대꾸를해야겠는데나는이렇게싫은決算의函數를내몸
에지닌내圖章처럼쉽사리글러버릴수가참없다.

— 「門閥」 전문

앞 작품에서 아버지는 '檻褸한사나이'로 등장하는데, 그는 화
자에게 운명까지 떠맡기는 사나운 마음씨를 지니고 있다. '크리스
트에酷似'하다는 것은 아버지가 지난날 자신의 사랑과 희생을 대
가로 절대적 믿음과 헌신을 요청한다는 것이다. 그런데 화자는 이
것을 한 시대나 눌변, 즉 시대에 뒤떨어진 트집이라고 생각한다.
화자는 그것을 '威脅'으로 느낄 정도인데 그에 따라 자신이 감사

하고 사랑하던 마음과 착실하게 살아가고자 하는 생의 설계까지 새파랗게 질린다고 한다. 하여 화자는 자신의 문벌과 음모를 약탈당하지[134] 않기 위하여 크리스트의 별신[135]인 아버지를 암살해야 한다고까지 생각한다. 하지만 차마 그렇게 할 수는 없어 새시대를 좇아 도망가는데 '한時代나訥辯인트집'은 끈적끈적하게 달라붙기만 한다. 앞에서 살펴본 작품에서도 알 수 있었지만, 이상이 느낀 부담과 억압감의 정도는 선친 세대에서만 부과된 것은 아니었다.

두번째 작품에서 무덤에 뼈로 누워있는 조상들까지 피의 원가상환, 곧 후손으로서의 책무를 강청한다. 역시 화자는 귀를 틀어막고 어느 곳인가로 오들오들 숨어들지만 어느 곳에서든 들키고만다. 조상으로서 당신이 내게 요구할 권리는 예전에 끝났다고 의것이 말해야겠는데 쉽사리 말이 나오지 않는다. 그것은 조상들의 요구가 '내몸에지닌내圖章처럼' 숙명으로 느껴지기 때문이다.

이처럼 화자에게 아버지를 비롯한 조상은 벗어버리고 싶은 숙

---

134) 김승희는 이 부분을 자연인 김해경의 아버지일 뿐인 아버지가 '李箱의 藝術門閥'을 수탈하려는 구시대적 위협이라고 본다(김승희 편저, 이상(문학세계사, 1996), 51쪽). 한편 우재학은 이 구절이 문벌의 구속에서 벗어나고 싶어하는 역설적 의미를 담고 있다고 본다(우재학, 이상 시 연구(전남대 대학원 박사논문, 1998), 100쪽).
135) 하나님의 아들이면서 또다른 하나님인 크리스트는 자신이 몸소 세상에 와서 십자가를 지고 세인들의 죄를 대속(代贖)했다는 것으로 자신에 대한 사랑과 헌신을 요청한다. 그 대표적인 명문이 십계명이라고 할 수 있다.

명적 존재였다. 그는 "언제나 나는 나의 祖上―肉親을 僞造하고
픈 못된 충동에 끌렸다. 恥辱의 系譜를 짊어진 채 내가 解剖臺
의 이슬로 사라질 날은 그 어느 날에 올 것인가?"[136]라고 염원하
는 것이다. 다음과 같은 언급에서도 자신의 가계를 일탈하고자 하
는 강렬한 바람을 알 수 있다.

> 七年이 지나면 人間 全身의 細胞가 最後의 하나까지 交替
> 된다고 한다. 七年 동안 나는 이 肉親들과 關係없는 食事를
> 하리라. 그리고 당신네들을 爲하는 것도 아니고 또 七年 동안
> 은 나를 爲하는 것도 아닌 새로운 血統을 얻어 보겠다―하는
> 생각을 하여서는 안 되나.[137]

조상으로부터 타고난 최후의 세포 하나까지 교체할 수 있다면
7년 동안 육친들과 무관한 식사를 하고 조상을 위조하고 싶다는
언술은 절규에 가까운 것이다. 이와 같은 인식이 확대되면 이상의
작품에서는 다소 낯선 역사라는 영역에 대한 부정으로까지 나아
간다. 조상에 대한 부정과 일탈의 추구는 전통과 역사에 대한 거
부에 다름 아니기 때문이다.

> 古城앞풀밭이있고풀밭위에나는帽子를벗어놓았다. 城위에서

---

136)「獚의 記(作品 弟二番)」, 전집3, 318-19쪽.
137)「失樂園」, 전집3, 191쪽.

나는내記憶에꽤무거운돌은매어달아서는내힘과距離껏팔매질첬
다. 抛物線을逆行하는歷史의슬픈울음소리. 문득城밑내帽子곁
에한사람의乞人이장승과같이서있는것을내려다보았다. 乞人은
城밑에서오히려내위에있다. 或은綜合된歷史의亡靈인가. 空中
을向하여놓인帽子의깊이는切迫한하늘을부른다. 별안간乞人은
慄慄한風彩를허리굽혀한개의돌을내帽子속에치뜨려넣는다. 나
는벌써氣絶하였다. 心臟이頭蓋骨속으로옮겨가는地圖가보인
다. 싸늘한손이내이마에닿는다. 내이마에는싸늘한손자국이烙印
되어언제까지지어지지않았다.

— 「詩弟十四號」 전문

　‘古城’이란 그 자체가 역사물이면서 역사를 간직한 공간이다.
그 앞 풀밭 위에 모자를 벗어놓는다는 것은 생각과 이상추구를
멈춘다는 뜻이다. 그렇게 하는 것은 옛 기억들이 생각과 이상추구
를 방해하기 때문일 것이다. 그래서 먼저 성에 올라가 기억에 무
거운 돌을 매달아 힘껏 팔매질치는 것이다. 허나 나를 속박하는
기억들을 버리려는 행위는 아이러니컬하게도 역사의 슬픈 울음소
리를 불러온다. ‘歷史의슬픈울음소리’는 앞서 보았던 누추한 육
친, 아버지의 모습과 병치되는 ‘한사람의乞人’으로 구체화되어
나타난다. 걸인은 장승처럼 당당한 모습으로 나를 압박한다. 그
걸인의 위압감의 정도는 역사의 ‘망령의 종합’처럼 보인다. 궁극
적으로는 가장 자유롭게 생각하고 이상을 추구하려는 의도에서
자신을 속박하는 옛 기억들을 떨구려던 행위가 불러온 망령 앞에

서 화자는 보다 강력한 억압을 느끼는 것이다.

그러면서 그간 채워질 수 없었던 모자의 깊이가 절박하게 하늘을 부른다. 그러자 걸인이 그 무서운 풍채를 굽혀 한 개의 돌을 모자 속으로 밀어 넣는데, 그 돌은 애초에 화자가 옛 기억들을 가라앉히려 매달아 던졌던 것이었다. 화자는 기절하였고 심장이 두 개골 속으로 옮겨가는 것을 본다. 따뜻하게 느끼고 호흡하고 누리고 싶었으나 육친과 같은 모습으로 매개되는 역사의 망령의 반동으로 이성만이 확장된다. 그런데 그때 걸인의 거부할 수 없는 싸늘한 손이 이마에 닿고, 손자국이 낙인되어 언제까지나 지워지지 않는다.

이상이 쓴 전반적인 시에서 볼 때 이 작품에는 상당히 예외적으로 "歷史의슬픈울음소리", "歷史의亡靈"같은 시구가 쓰였다. 필자는 이것이 시인의 특별한 역사적 인식에서 배태되었다고 보지는 않는다.[138] 이상 시의 전체적 맥락에서 볼 때 '乞人'으로 표

---

138) 이상은 생의 이력과 작품을 통해 볼 때, 1910년 9월 23일 태어나 1937년 4월 17일 사망하기까지 일제하를 살면서 피압박 민족성원으로서의 별다른 모습을 보여주지는 않았다. 이에 대해 그의 내면과 저간의 사정을 정확히 알 수는 없지만 두세 가지 추론은 가능하다. 우선 그가 태어난 시기에 한국은 법과 제도적으로 이미 일제의 속국임을 부정할 수 없게 고착되고 있었다. 그리고 그가 태어난 경성은 어느 곳보다 빨리 일제화 되고 있었다. 둘째, 그의 가까운 가계에서는 일제에 저항적이었던 인사를 찾아볼 수 없고 현실을 인정하고 적응하려는 분위기였던 것으로 생각된다. 경성고등공업학교에 진학하고 총독부 기수로 취직하는 일 등에서 가계의 그와 같은 분위기를 충분히 유추할 수 있으나 피압박 한민족으로서 고민의 흔

상된 바와 같은 아버지, 육친의 벗어날 수 없는 속박을 조금 다른 모티프로 작품화 한 것이라고 생각한다.

2) 가족에의 연민과 범상한 생활에 대한 동경

이상의 심저에는 아버지에 대한 부정과 가족으로부터 벗어나고 싶은 욕망이 자리잡고 있다. 그는 육친을 위조하고 싶은 마음을 '못된' 충동이라고 말한다. 모든 세포를 바꿔 새 혈통을 얻고 싶다는 생각을 '새로운 혈통을 얻어 보겠다'로 끝내지 않고, "새로운 혈통을 얻어 보겠다—하는 생각을 하여서는 안 되나" 라고 묻고 망설인다. 그리고 바로 여기에서 이상과 그의 작품의 아이러니가 탄생한다. 벗어나고 싶음, 벗어날 수 없음, 설사 벗어날 수 있다 하더라도 벗어나서는 안 된다는 의식이 있다. 다음 글들에는 가족에 대한 연민이 드러나 있다.

적 같은 것은 찾아볼 수 없다. 셋째, 이상의 선천적, 후천적 성격은 거대한 민족적 문제를 자기화 하기에는 거리가 멀어 보인다. 이력과 작품을 통해 볼 때, 그는 다소 자기중심적이고 즉물적으로 세상을 이해하고 관계한 것으로 생각된다. 따라서 이상 작품의 숫자와 기호의 상징성을 현실인식의 우회적 표현으로, 어법의 무시를 검열에 대한 놀림으로, 좌우 대칭을 궁핍한 삶과 사상적 금제에서의 탈출 등의 현실 역사적 관계로 파악하는 류광우의 견해(이상문학연구, 충남대학교 출판부, 1993)는 상당한 무리가 있는 것으로 보인다.

　　'파라마운트' 會社 商標처럼 생긴 都會 少女가 나오는 꿈을
조금 꿉니다. 그리다가 어느 都會에 남겨 두고 온 가난한 食口
들을 꿈에 봅니다. 그들은 捕虜들의 寫眞처럼 나란히 늘어섭니
다. 그리고 내게 걱정을 시킵니다. 그러면 그만 잠이 깨어 버립
니다.[139)]

　　우리 어머니도 우리 아버지도 다 얽으셨읍니다. 그분들은 다
마음이 착하십니다. 우리 아버지는 손톱이 일곱밖에 없읍니다.
宮內部 活版所에 다니실 적에 손가락 셋을 두번에 잘리우셨읍
니다. 우리 어머니는 生日도 이름도 모르십니다. 맨처음부터 친
정이 없는 까닭입니다. 나는 外家집 있는 사람이 퍽 부럽읍니
다.[140)]

　　성천에서 따분한 나날을 보내던 어느날 작가는 도회 소녀가 나
오는 꿈을 조금 꾼다. 그런데 그는 꿈에서 그 소녀에 렌즈를 맞추
어 확대하지 않고 도회에 두고 온 가난한 식구들을 떠올리는데,
그들은 포로들의 사진처럼 나란히 늘어선다. "어느 都會"의 '어
느'가 주는 아련함, "남겨 두고"가 주는 죄송함과 그리움, "捕虜
들의 寫眞"이 주는 비참함과 쓸쓸함은 마침내 화자를 잠에서 깨
어나게 한다. 두 번째 글은 병신인 아버지, 고아로 자란 어머니에
대해 담담히 시술하는데 여기에서도 작가의 아련하고 슬픈 마음
은 진하게 전달된다.[141)] 한 편의 시를 보고자 한다.

---

139) 「山村旅情」, 전집3, 104-105쪽.
140) 「슬픈 이야기」, 전집3, 63쪽.

　　나는24歲. 어머니는바로이낫새에나를낳은 것이다. 聖쎄바스
티앙과같이아름다운동생 · 로오자룩셈불크의木像을닮은막내누
이 · 어머니는우리들三人에게孕胎分娩의苦樂을말해주었다.
나는三人을代表하여—드디어—
　　어머니 우린 좀더형제가있었음싶었답니다.
　　—드디어어머니는동생버금으로孕胎하자六個月로서流産한
顚末을告했다.
　　그녀석은 사내댔는데 올해는19 (어머니의한숨)
　　三人은서로들아알지못하는兄弟의幻影을그려보았다. 이만큼
이나컸지—하고形容하는어머니의팔목과주먹은瘦瘠하여있다.
두번씩이나喀血을한내가冷情을極하고있는家族을爲하여빨리
안해를맞아야겠다고焦燥하는마음이었다.　나는24歲나도어머니
가나를낳으시드키무엇인가를낳아야겠다고생각하는것이었다.

— 「肉親의章」 전문

　　이 시에서 어머니와 형제들이 둘러앉아 이야기하는 앞부분의
풍경은 화목한 가정의 모습이다. 다른 동생이 더 있었으면 하고

---

141) 이쯤에서 한번 더 분명히 언급할 것은 자신의 사신(私信)을 신문에 발표
　　하는 것에서도 알 수 있듯 이상은 자신의 모든 글쓰기 행위가 공적 작가
　　로서의 글쓰기라는 자각을 늘 했다고 볼 수 있다. 따라서 작가와 작품의
　　거리가 예외적일 정도로 가깝다 하더라도, 그의 모든 글들은 자서전이 아
　　닌 엄연한 작품으로 읽어야 한다. 이를테면 '우리 어머니도 우리 아버지
　　도 다 얽으셨읍니다'는 말은 1987년 4월 『문학사상』에 실린 이상의 동생
　　김옥희 여사의 인터뷰에 의하면 아버지만 약간 얽었다고 한다. 이상의 글
　　과 실재 사이의 이와 같은 차이야말로, 그가 작품행위로서의 글쓰기를 했
　　다는 간명한 예가 될 것이다.

바랐다는 자식들 말에 어머니는 유산한 아이 이야기를 한다. 그때 화자는 어머니142)의 한숨을 듣고 수척한 팔목을 본다. 그러면서 어떤 자식보다도 어머니와 형제들을 염려하는 마음으로 초조하게 생각한다. "冷情을極하고있는家族을爲하여", "어머니가나를낳으시드키" 빨리 아내를 맞아 무엇인가를 낳아야 한다고 생각한다. 하지만 화자가 바람처럼 하기는 결코 쉽지 않을 것이다. 왜냐하면 그는 두 번씩이나 객혈을 한 결핵 환자이기 때문이다. 이 작품은 흔히 생각되는 이상의 작품과는 동떨어진 것처럼 생각될 수도 있다. 그렇다고 하더라도 이 작품은 시인 내면의 또 다른 층위에 있을 한 세계를 보여주는 것임에 틀림없다. 가족과 함께 넉넉하고 화목한 생활을 꾸리고 싶은 가장 평범한 바람 같은 것으로 말이다. 그리고 그것이 성취될 수 없을 때의 가족에 대한 연민, 자신 스스로의 결핍감 등이 일렁이고 세계와 부딪치면서 아이러니의 세계를 구성하게 된다. 다음은 가족에 대한 이중적 심리가 잘 드

---

142) 이상 작품에 등장하는 여성들 대부분이 부정적으로 묘사되는데 반하여 어머니는 자신을 희생하는 '奇蹟'으로 그려진다. 시인은 "房거죽에極寒이와닿았다. 極寒이房속을넘본다. 房안은견딘다. 나는讀書의뜻과함께힘이든다. 火爐를꽉쥐고고집의集中을잡아땡기면유리窓이움폭해지면서極寒이혹처럼房을누른다. 참다못하여火爐는식고차겁기때문에나는適當스러운房안에서쩔쩔맨다. ……. 極寒을걸커미는어머니—奇蹟이다. 기침藥처럼따근따근한火爐를한아름담아가지고내體溫위에올라서면讀書는겁이나서곤두박질을친다."(「火爐」)라고 쓴다. 어머니의 행위 앞에서 생의 의미를 묻고 진리를 찾기 위한 독서는 겁이 나서 곤두박질을 친다. 어머니께는 독서로도 설명될 수 없는 절대절명의 희생과 사랑이 있는 것이다.

러나 있는 작품이다.

    門을암만잡아다녀도안열리는것은안에生活이모자라는까닭이
다. 밤이사나운꾸지람으로나를졸른다. 나는우리집내門牌앞에
서여간성가신게아니다. 나는밤속에들어서서제웅처럼자꾸만減
해간다. 食口야封한窓戶어데라도한구석터놓아다고내가收入되
어들어가야하지않나. 지붕에서리가내리고뾰족한데는鍼처럼月
光이묻었다. 우리집이앓나보다. 그러고누가힘에겨운도장을찍
나보다. 壽命을헐어서典當잡히나보다. 나는그냥門고리에쇠사
슬늘어지듯매어달렸다. 門을열고안열리는門을열려고.
— 「家庭」 전문

이상은 아버지 또는 문벌의 이름으로 자신을 억압하는 것에 대
해서 극심한 거부 반응을 보인다. 그러면서도 가족의 가난과 불행
을 보면서 자신의 책무를 다하지 못하는 것을 괴로워한다. "젖떨
어져서 나갔다가 23년 만에 돌아와 보았더니 여전히 가난하게들
사십디다. 어머니는 내 대님과 허리띠를 접어 주셨읍니다. 아버지
는 내 모자와 양복 저고리를 걸기 위한 못을 박으셨읍니다. 동생
도 다 자랐고 막내누이도 새악시 꼴이 단단히 백였읍니다. 그렇건
만 나는 돈을 벌 줄 모릅니다. 어떻게 하면 돈을 버나요. 못 법니
다."143)라고 쓰고 있는 것이다.

문을 아무리 잡아다녀도 안 열리는 것이 '안에生活이모자라' 서

---

143) 「슬픈 이야기」, 전집3, 63-64쪽.

라고 하는데, 여기서 '안'은 자아의 동일성이 확보되고 가족을 돌볼 수 있을 만큼 충실한 내면일 수 있다. 시인은 가족에 대한 책무감을 느끼면서 다른 한편으로는 그와 같은 상황을 '밤'으로 인식한다. 오랫동안 친가를 떠나 과중한 기대를 발하는 조부모와 백부 아래에서 자라면서 자유로움과 자폐감, 책무감과 일탈에의 욕망이라는 양가적인 태도가 내면화 된 것이다. 결국 화자는 자신에게 부여된 기대와 역할을 성가시다고 느끼며 제웅 같은 희생물이 되어 생명이 감해진다고 생각한다.[144]

집안으로 들어가고 싶어하지만 곤궁하고 불행한 가족들은 서리가 내리는 추운 계절을 맞아 문을 꼭꼭 잠그고 있다. 차가운 밖에서 서리 내린 지붕의 뾰족한 곳에 있는 싸늘한 달빛을 보면서 화자는 집안 사람들이 생명을 걸고 하루하루를 앓고 있다고 안타깝게 생각한다. 그리고는 문고리에 매달려 몸부림치며 문을 열려고 한다. 그런데 "食口야封한窓戶어데라도한구석터놓아다고"라

---

144) 이승훈은 '제웅'이 "제웅 직성이 된 사람의 옷을 입히고 그 안에 푼돈도 넣고 생명 출생년의 干支(간지)를 넣어 정월 십사일 저녁 길가에 내버리면 그해의 액을 막는다함. 여기서는 화자가 자신을 (1) 짚사람, 곧 생명이 없는 인간, (2) 식구들의 액을 막는 역할이라는 2중의 의미 가운데 (1)로 인식하는 것 같다."(전집1, 59쪽)고 본다. 김승희는 이 부분을 두고 "제웅이란 앓는 사람이나 살(煞)이 낀 사람을 위하여 짚으로 사람의 형상을 만들어 집 밖에 내다버린 呪物인 것이다. 그는 말하자면 문벌의 제웅, 유교적 가족 관념이 빚어낸 가문의 제물이나 희생자로 자신을 느끼기 시작한다. 이른바 '제웅 의식'을 갖는 것이다."(김승희 편저, 앞 책, 22-23쪽)라고 한다.

거나 "나는그냥門고리에쇠사슬늘어지듯매어달렸다"는 구절들에
는 다소 아이러니적인 요소가 있다. 이 구절들은 자신이 집으로
들어가지 못하는 것이 가족들이 문을 열어주지 않기 때문인 것처
럼 표현되어 있다. 허나 그것은 기실 무엇보다 자신 내면에 결합
에 대한 자발성이 결핍되어 있고, 가족과 자연스럽게 어울릴 줄
모르며, 끊임없이 자기만의 공간을 추구하려는 자폐적 성격에서
기인한 측면이 강하다고 보아야 한다.

3) 아내와의 기만과 소외

　가족을 둘러싼 아이러니를 드러내는 범주에 아내[145]와의 관계
를 보여주는 작품들을 포함시킬 수 있다. 일반적으로 부부는 가장
가까운 거리에서 서로 이해하고 믿고 의지하며 살아가는 관계로
생각된다. 그런데 이상 시에 등장하는 여인 또는 아내의 대부분은

---

145) 이상에게 공식적인 아내는 변동림밖에 없다. 그렇지만 서준섭은 이상 작
　　품에서 아내로 지칭되는 여인은 금홍이라고 한다(서준섭, 『한국모더니즘
　　문학연구』(일지사, 1993), 143쪽). 금홍은 이상의 첫 여인으로서 1차 객혈
　　후 요양을 간 배천에서 기생으로 있던 사람이었는데 2년여를 동거했다.
　　필자는 이상이 금홍과 쉽사리 이해하기 힘든 기구한 사랑의 관계를 맺은
　　것이 그의 결핵과 성장과정에서 형성된 성격 등과 밀접한 관계를 갖는다
　　고 본다. 이후 이상은 다방 '제비'가 파산한 후 인사동에서 인수하여 잠시
　　경영한 카페 '쓰루(鶴)'에서 만난 여급 권순옥과 1955년 가을 무렵 잠시
　　연애를 한다. 그러다 1936년 친구 구본웅의 서모의 동생인 변동림과 6월
　　초순경 결혼을 한다.

조화를 이룰 수 없는 부정적 이미지로 그려진다.

> 내키는커서다리는길고왼다리아프고안해키는작아서다리는짧고
> 바른다리가아프니내바른다리와안해왼다리와성한다리끼리한사
> 람처럼걸어가면아아이夫婦는부축할수없는절름발이가되어버린
> 다無事한世上이病院이고꼭治療를기다리는無病이끝끝내있다.
> — 「紙碑」 전문

앞 시에서 부부 중 한 사람은 왼쪽 다리가 아프고, 다른 사람은 오른쪽 다리가 아프니까 서로 의지하여 한 사람처럼 걸어가면 조화로울 수 있다. 하지만 한 사람은 키가 크고, 다른 사람은 작아서 서로 부축할 수 없는 절름발이가 되어 버린다. 이 작품에서 시인이 보다 심층적으로 하고 싶었던 말은 그 다음에 있다고 본다. 무사한 것 같은 세상이 병원이고, 아무 병도 없는 것 같지만 꼭 치료가 필요한 사람이 수없이 많다는 것이다. 서로 다른 다리가 아프니까 의지하면 될 것 같은 부부가 키가 맞지 않아 서로 부축할 수 없는 절름발이가 되는 것처럼 무사한 것 같은 세상에 부조리가 그득하다는 것이다. 다음 작품은 아내에 대한 의심, 기만, 그리고 그것을 대하는 허위의식의 이면에 비켜설 수 없는 두통과 갈등이 상존하고 있음을 보여준다.

> 내頭痛위에新婦의장갑이定礎되면서내려앉는다. 써늘한무게

때문에내頭痛이비켜설氣力이없다. 나는견디면서女王蜂처럼受
動的인맵시를꾸며보인다. 나는己往이주춧돌밑에서平生이怨恨
이거니와新婦의生涯를浸蝕하는내陰森한손찌거미를불개아미
와함께잊어버리지는않는다.　그래서新婦는그날그날까무러치거
나雄峰처럼죽고죽고한다. 頭痛은永遠히비켜서는수가없다.
— 「生涯」 전문

어떤 버거움으로 두통을 앓는 화자에게 신부의 장갑이 깊고 탄
탄하게 내려앉는다. 신부의 장갑은 결혼을 연상시키고 '定礎되면
서내려앉는다'는 것은 그것이 깊이 스미며 제대로 자리를 잡는다
는 것이다. 그런데 화자는 그와 같은 상황을 기꺼움과 행복함으로
느끼기보다 써늘한 무게로 느낀다. 두통만으로도 버거운 화자는
신부의 장갑을 비켜설 기력이 없어 그것을 견디면서 여왕벌처럼
수동적인 맵시나 꾸며 보인다. 그런데 이와 같은 견딤이나 수동적
대응은 '己往이주춧돌밑에서平生이怨恨이거니와'를 볼 때 새삼
스러운 것이기보다 이미 바탕으로 자리잡은 것이다.146) 이런 상
황에서 화자는 신부에게 음울한 손찌검을 하는데 그것은 그녀의
생애를 갉아먹는 것이다. 이는 한 사람의 불행이 타자에게까지 전

---

146) 이승훈은 '이주춧돌'을 신부의 장갑으로 보고, 신부를 화자의 삶의 기초
　　를 인식하는 것이라 하는데(전집1, 89쪽), 필자는 이 부분을 '나는/己往이/
　　주춧돌밑에서/平生이/怨恨이거니와'로 읽어 '주춧돌'을 신부를 만나기
　　이전에 형성된 생의 바탕으로 보고자 한다. 지난 생이 머리 아프고 평생
　　이 원망스러운데, 거기에 신부가 내려앉음으로써 두통과 원망이 확대되는
　　것으로 본다.

이되는 모습이다. 그래서 신부는 날마다 까무러치며 죽어가고, 그 것을 자책하는 화자는 영원히 두통을 벗어나지 못한다.[147] 작품 을 좀더 살펴본다.

　안해를즐겁게할條件들이闖入하지못하도록나는窓戶를닫고밤 낮으로꿈자리가사나와서가위를눌린다어둠속에서무슨내음새의 꼬리를逮捕하여端緖로내집내未踏의痕跡을追求한다. 안해는 外出에서돌아오면房에들어서기전에洗手를한다.　닮아온여러벌 表情을벗어버리는醜行이다.　나는드디어한조각毒한비누를發見 하고그것을내虛僞뒤에다살짝감춰버렸다. 그리고이번꿈자리를 豫期한다.

— 「追求」 전문

　너는 어찌하여 네 素行을 地圖에 없는 地理에 두고 花瓣 떨어 진 줄거리 모양으로 香料와 暗號만을 携帶하고 돌아왔음이냐.

　時計를 보면 아무리 하여도 一致하는 時日을 誘引할 수 없고 내것 아닌 指紋이 그득한 네 肉體가 무슨 條文을 내게 求刑하 겠느냐

---

147) 이 작품은 1936년 10월 4-9일 사이에 『朝鮮日報』에 발표되었는데, 이 때는 이상이 변동림과 결혼을 한 지 넉 달쯤이 지난 시기이다. '新婦의장 갑'이라는 결혼식의 이미지로 보아 자신의 결혼을 모티프로 한 형상화가 아닌가 한다. 당시 이상의 결혼 자체가 다소 돌연하였고, 그 생활이 그다 지 행복하지 않았던 것으로 보이는 바 상관의 개연성은 충분하다. 이상은 결국 결혼 4개월쯤이 지난 10월경, 음력 9월 3일에 동경으로 건너간다.

그러나 이곳에 出口와 入口가 늘 開放된 네 私私로운 休憩
室이 있으니 내가 奔忙中에라도 네 거짓말을 적은 片紙를「데
스크」위에 놓아라

—「無題」부분

앞 작품에는 아내와의 갈등과 의심, 기만이 그려진다. 어떤 갈
등 가운데 아내를 즐겁게 할 일들을 막아버리려 창문을 닫는데,
그리고도 불안으로 인하여 꿈자리가 사납고 가위에 눌린다. 어둠
속에서 무슨 냄새를 맡고는 그것을 단서로 숨겨진 어떤 흔적을
탐색한다. 아내도 그러한 나의 불안과 의심을 알고 있다. 그래서
그녀는 외출에서 돌아오면 방에 들어서기 전에 밖에서의 표정들
을 지우려고 세수를 한다. 냄새를 좇아 흔적을 찾던 화자는 드디
어 한 조각 독한 비누를 발견하고 그것을 '내虛僞뒤에다' 감춘다.
여기서 말하는 나의 허위는 무엇일까. 아내가 무엇을 하는지 뻔히
알면서 냄새를 추적하여 독한 비누를 찾아내는 행위일까, 또는 아
내의 부정을 알고 가위눌리면서도 헤어지지 못하는 것일까. 비누
를 감추고 꿈자리를 예기하지만, 그 꿈자리도 편안하지 못할 것임
은 자명하다. 결국 아내의 허위에 나의 허위를 맞세워 중층화 함
으로써 의심과 기만을 더욱 두텁게 했기 때문이다.[148]

두 번째 작품에는 좀더 극단화 된 소외와 허위의 모습이 보여

---

148) 이상 시에서 화자들은 문제나 상황을 능동적으로 해결하기보다는 흔히
　　　회피하거나 오히려 문제를 중층화 함으로써 아이러니를 유발한다.

진다. 아내는 불순한 소행을 알 수 없는 곳에 두고 꽃잎이 떨어진 줄기 모양으로 꾸며진 냄새와 비밀을 가지고 돌아왔다. 시간을 아무리 헤아려 보아도 무수한 날들이 흘러 일치하는 날들을 알 수 없는데 아내의 육체에는 다른 남자들의 흔적이 무수하다. 비록 내가 무엇인가 부족하거나 잘못한 것이 있더라도 그런 너는 내게 무슨 이유로도 잘못을 물을 수 없다. 그런데 이 작품에서도 역시 다소 돌연한 진술이 이루어진다. 그처럼 부정한 아내에게 화자의 거처인 이곳을 언제든 떠나고 돌아올 수 있으며 힘들 때는 와서 쉴 수 있는 개인적인 휴게실로 생각하라는 것이다. 그리고 내가 바빠서 자리에 없으면 너의 거짓말을 적은 편지를 책상에 놓으라는 것이다.

이처럼 상식으로는 이해할 수 없는 여성 편력은 이상의 실제 생활에서도 목도된다. 이상은 각혈을 하고 요양차 간 배천에서 만난 기생 금홍과 사랑을 나누고 동거를 한다. 그런데 나중에 그는 금홍을 불란서 유학생, 모 변호사 등에게 간음을 시킨다. 그러면서 그는 "금홍이는 내 말대로 禹氏와 더불어 독탕에 들어갔다. 이 독탕이라는 것은 좀 음란한 설비였다. 나는 이 음란한 설비 문간에 나란히 벗어놓은 우씨와 금홍의 신발을 보고 언짢아하지 않았다."[149]라고 말한다. 이런 관계를 김승희는 르네 지라르의 논의

를 원용하여 '삼각형의 욕망'으로 설명한다. 주체는 사랑의 대상을 자발적으로 사랑하는 것이 아니고, 중개자에게 대상을 밀어보내 중개자가 대상을 욕망하는 것을 보면서 그 경쟁의 욕망에서 선취감을 갖는다는 것이다. 그러니까 이것은 결핵환자로써 나의 사랑하는 대상을 건강한 관능성을 지닌 중개자들이 욕망하는 것을 통해 스스로의 만족감을 채우는 허영심리이다. 이 경우 대상과 중개자가 너무 가까워지면 주체는 낭패하게 된다. 다방 '제비'가 파산된 후 인사동에서 인수하여 잠시 경영한 카페 '쓰루(鶴)'에서 만난 여급 권순옥과 잠시 사랑을 하지만 그녀가 자신의 친구 정인택과 결혼한 경우를 들 수 있다.

이상에서 살핀 바처럼 이상은 한국 문학사에서 유별날 정도로 자신의 생애와 거리를 두지 않는 작품을 생산한 작가이다. 특히 자신 생애의 이력과 가족을 모티브로 글을 썼다. 물론 이 경우 그의 글에서 드러나는 가족을 실제 생활 속의 가족으로 읽는 것은 비문학적 행위이다. 그는 실제 생활에 가까운 모티브를 차용한 아이러니를 통해 그가 19세기로 표명한 봉건적 가족주의를 타기하고 싶었던 것이다. 시작품에서 화자는 끊임없이 일탈하고 싶어하지만 한편으로 그것이 결코 쉽지 않다는 것을 보여준다.

이상 시에서 가족은 구속과 억압의 표상으로 벗어버려야 할 대상으로 쓰인다. 하지만 그와 조금 다른 층위에서는 연민의 목소리로 그들의 가난과 그들을 돌보지 못하는 자신의 무능을 안타까워한다. 이처럼 책무감과 일탈 욕망 사이에서 갈등하는 가운데 아이러니가 생성된다. 그리고 여성에 대해 상식으로는 이해하기 어려운 관계를 형상화하는 중에도 아이러니가 현상된다.

3. 19세기의 구속과 20세기 추구 사이에서의 아이러니

1) 20세기의 지향과 그 함의

이상의 작품을 이루는 중요 기제의 하나는 그가 말하는 바 19세기의 봉쇄와 20세기 추구 사이에서의 갈등이다. 그가 자신을 소진시키면서 마침내 추락한 지점은 바로 20세기 현실과 19세기 의식의 갈등, 그리고 자신이 이상적으로 꿈꾸던 20세기와의 모순 앞이다. 이 문제는 실제 자아와의 거리가 유달리 가깝게 이루어진 이상의 작품생산에서 얼마간의 사회적 인식과 결부될 수 있는 영역이다. 이상에게 19세기는 가족주의의 구속과 여성에 대한 순결 관념의 강박 등으로 표상되는 구시대적 관념과 행위들이었다. 반면 20세기는 다소 막연하게 암시되는데, 이를테면 19세기의 반동적 모습이며 당시 선진제국(先進帝國)들로 유추되는 막연한 어떤 모습이었다.150) 필자는 다음 작품을 19세기와 20세기 사이에서

---

150) 이상은 19세기를 거부하면서도 현실 변화를 냉철히 고찰하는 가운데 간취한 20세기에 대한 자신의 확고한 이념은 갖추지 못한 것으로 보인다. 그의 작품이나 언술들, 특히 동경에 가서 보여주는 실망감에서 이와 같은 점을 알 수 있다. 이에 대한 구체적인 논의는 본고가 진행되면서 이루어지겠지만, 사실 그가 20세기에 대한 자신만의 관점이나 이념을 구성하기에는 그가 받았던 교육과정의 기술적 기능주의, 정보취득의 어려움 등이 있었다. 또한 그의 많은 시가 글쓰기의 은유 내지 알레고리로 되어 있어

분열을 일으키는 모습으로 읽을 수도 있다고 본다.

> 그사기컵은내骸骨과흡사하다. 내가그컵을손으로꼭쥐었을때
> 내팔에서는난데없는팔하나가接木처럼돋히더니그팔에달린손은
> 그사기컵을번쩍들어마룻바닥에메어부딪는다. 내팔은그사기컵
> 을死守하고있으니散散이깨어진것은그럼그사기컵과흡사한내骸
> 이다. 가지났던팔은배암과같이내팔로기어들기前에내팔이或움
> 직였던들洪水를막은白紙는찢어졌으리라. 그러나내팔은如前히
> 그사기컵을死守한다.
>
> — 「詩弟十一號」 전문

사기컵은 유리컵이나 철제컵, 플라스틱컵과 달리 흙을 구워 만
든 것이라는 점에서 보면 구시대성을 지니는, 곧 19세기적인 것
으로 생각할 수 있다. 그런데 그 사기컵이 나의 해골과 흡사하고
그것을 '꼭쥐었'다는 것은 소중히 여기고 밀착하는 모습이다. 그
러자 20세기를 갈망하는 것의 표상일 수 있는 '난데없는팔하나
가' 생겨나 그 사기컵을 번쩍 들어 마룻바닥에 팽개친다. '난데없
는팔하나'는 '가지났던팔은배암과같이내팔로기어'든다는 말을 볼
때, 보다 지배적인 큰 자아의 일부분을 뜻하는 것이고, '난데없는'
이라는 말은 충동적인 심적 상태를 나타낸다.

독서의 정도를 가늠하기 쉽지 않지만 수필과 편지글, 지인들의 증언 등을
참고할 때 체계적인 독서를 했던 것으로 보기도 힘들다. 여기에 1930년대
초·중반의 문단 분위기를 함께 고려하면 이상만의 20세기적 이념 수립
은 요원할 수밖에 없었다고 할 수 있다.

결국 20세기 지향 충동의 작동으로 깨어지는 것은 '내骸', 곧 자신을 부지하는 뼈이다. 현존과 지향 사이에 넘어설 수 없는 모순이 있는데, 그것은 자신의 현존을 부지하는 뼈가 곧 타기해야 할 컵과 흡사하다는 것이다. 결국 팔은 사기컵을 사수하고 돋아난 팔은 실질적인 생성적 파괴를 이루지 못하게 된다.

十九世紀는 될 수 있거든 封鎖하여 버리오.[151]

二十世紀를 生活하는 데 十九世紀의 道德性 밖에는 없으니 나는 永遠한 절름발이로다. 슬퍼야지— 萬一 슬프지 않다면— 나는 억지로라도 슬퍼해야지[152]

이상은 19세기를 봉쇄하고 20세기 사람이 되고 싶어했다. 그런데 그가 말하는 '20세기 사람이' 된다는 것은 과연 어떤 함의를 지니는 것일까. 그의 많은 작품과 언술을 살펴보아도 그것을 알기는 쉽지 않다. 우선 이상의 초기 시작품 가운데 「線에關한覺書」가 20세기 근대교육을 통해 배운 지식을 보여주는 것으로 사려되는 바 살펴본다.

彈丸이一圓壔를疾走했다 (彈丸이一直線으로疾走했다에있

---

151) 「날개」, 전집2, 319쪽.
152) 「失花」, 전집2, 368쪽.

어서의誤謬等의修正)

正六雪糖(角雪糖을稱함)

瀑筒의海綿質塡充 (瀑布의文學的解說)
— 「線에關한覺書4」 전문

사람은光線보다빠르게달아나면사람은光線을보는가, 사람은
光線을본다, 年齡의眞空에있어서두번 結婚한다, 세번結婚하
는가, 사람은光線보다도빠르게달아나라.
— 「線에關한覺書5」 부분

탄환이 일직선으로 날아간다는 상식의 오류에 대해 실은 곡선
으로 날아간다고 설명하고 정육설탕은 각설탕을 일컫는다고 말한
다. 그리고 해면질 같은 폭통이 충전된다[153]는 것은 폭포의 문학
적 해설이라고 한다. 두 번째 시에서는 사람이 광속보다 빠르게
달아날 수 있다면 광선을 볼 수 있다고 한다. 이를테면 광선보다
빠른 비행선을 타고 광선을 거슬러가면 과거로 갈 수 있다는 타
임머신의 이론과 같은 생각이다. 하지만 20세기 교육을 통하여
습득한 지식으로서의 이와 같은 표현은 아주 초보적이고 선적(線

---

153) 이승훈은 "「瀑筒(폭통)」은 물거품이 가득찬 통, 「海綿質」은 해면 같은
　　섬유상 골격을 이루는 유기물질. ……. 「瀑筒의 海綿質」이 「塡充」된다
　　는 것은 결국 해면질 같은 폭통이 충전된다는 뜻."(전집1, 155쪽)이라고
　　한다.

的)인 층위에 머무르고 있다.

1+3
3+1
3+1   1+3
1+3   3+1
1+3   1+3
3+1   3+1
3+1
1+3

線上의點 A
線上의點 B
線上의點 C

A+B+C=A
A+B+C=B
A+B+C=C

二線의交點 A
三線의交點 B
數線의交點 C

3+1
1+3
1+3   3+1
3+1   1+3

        3＋1   3＋1
        1＋3   1＋3
        1＋3
        3＋1

— 「線에關한覺書 2」 부분

　대칭구조는 이상 시의 기본적 구도인데 앞 작품에서도 1연과 5연이 대칭을 이루고, 그 각연 내에서도 대칭구조의 연속으로 구성되어 있다. 2, 3, 4연의 경우 이어령 교수는 다음과 같은 그림을 제시하고,

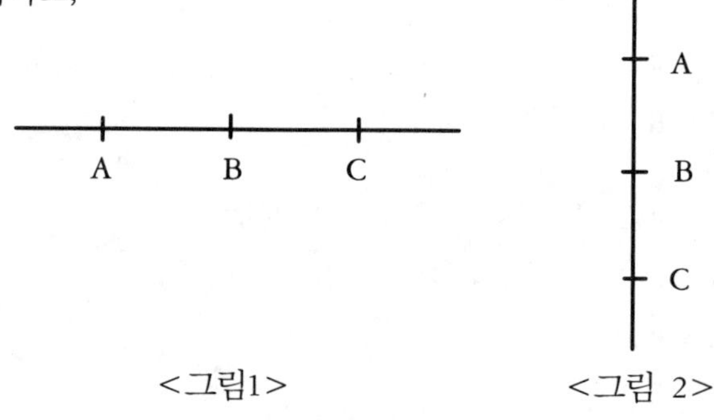

<그림1>　　　　　<그림 2>

　"線上의 點 A, B, C는 보는 위치에 따라 點 셋이 모두 다르지만, 위로부터 본다면 A, B, C를 구별할 수 없다. 실지로 사영 기하학에서는 同一直線上의 점을 구별하지 않을 때가 있다. 〈그림 1〉을 보면 A, B, C에서의 점은 각기 다르지만 〈그림 2〉에서의 A, B, C점은 구별할 수 없는 것"[154]이라고 한다. 이와 같은 경우 A, B, C는 A도 되고 B, C도 될 수 있다. 이처럼 시점을 달리하여

본다면 A는 수평축과 수직축의 이선(二線)의 교점이고, B는 '2+1=3'인 교점이 될 수 있다. 이와 같이 시점을 달리하거나 누적적인 시점으로 본다면 C는 여러 선(數線)의 교점이 될 수 있다.

필자가 밝히고 싶은 바는 이상의 작품들과 언술을 통해 그가 말하는 20세기의 함의인 바, 그가 받은 근대교육의 산물로 생각되는 「線에關한覺書」편에서 그 단초를 찾을 수 있을 것으로 본 것이다. 이상에서 살핀 바처럼 시작품에 수식을 도입한다거나 과학이론을 차용하는 것 등은 획기적인 것이라고 할 수 있다. 하지만 그 인식적 측면에서 볼 때는 별다른 것이 없이 당시 그가 배웠을 교과서의 복사 수준에 그치고 있어 시인이 말하는 20세기를 알아내기는 어렵다.155) 그는 1934년 7월 24일에서 8월 8일에 걸

---

154) 이어령 교주, 이상시전작집1(갑인출판사, 1977). 이승훈, 전집1, 152쪽 재인용.

155) 사에구사 도시카스는 이와 관련하여 "아마도 이상의 작품에 빈번하게 나타나는 숫자와 과학 용어는 모두 초등적인 수준을 넘어서지 못한 것일 뿐 아니라, 수학이나 과학의 그것과도 별관계가 없는 것처럼 생각된다. 이상의 작품에서는 숫자나 과학 용어는 초등적인 틀 안에서, 그 틀을 절대적인 것으로 설정했을때, 상반되는 개념끼리의 충돌에서 생기는 모순된 개념이나, 서로 연결되기 어려운 개념끼리의 결합에 의해 발생되는, 개념 없는 표현을 끌어내기 위해서 이용되고 있는 것으로 보인다."("이상의 모더니즘" 김윤식 편저, 이상문학전집5(문학사상사, 2001), 271쪽)고 본다.
반면에 최학출은 "그의 「삼차각설계도」의 세계는 수학과 관련된 기하학과 물리학의 세계이다. 이 텍스트에서의 주체는 그러한 세계를 집요하게 탐색하는 주체이며 그것에 대해 대단한 관심을 드러내는 주체이다. 이 텍스트는 그러한 탐색의 결과를 보여주며 그 탐색의 첫단계를 보여주는 것으로 파악되는 것이다. '선에대한각서'란 무엇인가. '각서'의 내용은 완결

처 「烏瞰圖」를 『조선중앙일보』에 연재하던 중 독자의 항의로 중단되자 다음과 같은 말을 남긴다.

> 왜 미쳤다고들 그러는지 대체 우리는 남보다 數十年씩 떨어져도 마음 놓고 지낼 作定이냐. 모르는 것은 내 재주도 모자랐겠지만 게을러빠지게 놀고만 지내던 일도 좀 뉘우쳐 보아야 아니하느냐. 여남은 개쯤 써보고서 詩 만들 줄 안다고 잔뜩 믿고 굴러다니는 패들과는 물건이 다르다.156)

우리가 프랑스, 미국, 일본 등 선진제국들에 비해 여러 측면에서 수십년씩 떨어져 있다는 것이다. 그런데 사람들은 그것도 모르고 게을러빠지게 놀고 지내면서 여남은 개의 뒤떨어진 시나 써보고 나서 그보다 단연 앞선 자신의 시를 몰라준다는 것이다. 그렇다면 그리도 자부심을 가지고 발표한 「烏瞰圖」 시편은 도대체 얼마나 앞선 어떠한 작품들이었던가. 그 작품들은 분명히 낯설고 찬란했지만, 주로 대칭적 구도를 중심으로 하면서 단절과 전도, 분열 등을 보여주는 것이었다.

이상이 말하는 20세기는 저 멀리, 아니면 자신도 실증할 수 없

된 것이라고 보기 어렵다. 왜냐하면 '각서'란 기억에 필요한 것들을 이것저것 노트해 두는 하나의 형식이기 때문이다."(최학출, "한국 모더니즘시의 근대성과 주체의 욕망체계에 대한 연구"(서강대 국어국문과 박사논문, 1994))라고 말한다.

156) 「散墨集」, 전집3, 353쪽.

는 막연한 심리적 기제 또는 환상적 여백으로만 구상될 수 있었는지도 모른다. 그래서 그 20세기는 19세기의 반대항으로, 실증할 수 없기에 더 강력한 추상으로, 또한 그만큼의 불안으로만 드러나는 것으로 보인다.

2) 20세기에 대한 부정적 형상화

앞서 살펴본 바처럼 이상은 자신이 지향하는 20세기의 모습을 제대로 보여주지 않은 채 그 비판으로 넘어간다. 이제 이상이 생각했던 20세기에 대한 논의는 동경으로 건너간 이후로 미루고 20세기를 비판하는 것으로 읽을 수 있는 작품들을 살펴보고자 한다.

> 유우크리트는死亡해버린오늘유우크리트의焦點은到處에있어서人文의腦髓를마른풀과같이燒却하는 收斂作用을羅列하는것에의하여最大의收斂作用을재촉하는危險을재촉한다, 사람은絶望하라, 사람은 誕生하라, 사람은誕生하라, 사람은絶望하라
> — 「線에關한覺書 1」부분

> 天秤위에서 三十년동안이나 살아온사람(어떤科學者) 三十萬個나 넘는 별을 다헤어놓고만 사람(亦是) 人間七十 아니 二十四年이나 뻔뻔히살아온 사람(나) 나는 그날 나의 自敍傳에 自筆의 訃告를 揷入하였다 以後 나의 肉身은 그런 故鄉에는 있지않았다. 나는 自身 나의 詩가 差押當하는꼴을 目睹하기는

차마 어려웠기 때문에.

— 「一九三三, 六, 一」 전문

앞 작품에서는 유우크리트 기하학이 확산되면서 인문적 상상력을 말살하는 위험을 재촉한다고 하면서 사람은 절망하고 다시 탄생해야 한다고 말한다. 두 번째 작품에서 화자는 수량을 재촉하면서 삼십 년을 살아온 과학자나 삼십만개가 넘는 별을 헤어놓은 천문학자, 그리고 그들처럼 이십사 년을 인문적 또는 인간적 고뇌 없이 뻔뻔하게 살아온 자신을 돌아본다. 그러면서 그와 같은 인식을 하게 된 그날 자서전에 부고를 삽입하고, 그때부터 자신의 육신이 과학주의적 영토에는 있지 않다고 한다. 그것은 자신의 시가 과학에 차압당하는 모습을 가만히 앉아 목도할 수는 없기 때문이라고 한다. 유우크리트 기하학, 천평(天坪) 등으로 지칭된 과학이 인문적 상상력이나 시창작과 다소 상반될 수 있다는 사고는 적합하다고 볼 수 있다. 그러면서도 20세기를 지향하는 시인으로서는 쉽사리 그것을 비판하고 부정하기보다는 그 의미를 더욱 깊이 사고하고 시적으로 수용해야 하지 않았을까 생각해본다. 1930년대 대부분의 모더니즘 논자들이나 창작자들은 문물의 실질적 영토를 가지지 못하고 근대를 직핍하게 이해하지 못한 상태에서 근대 정신과 문물을 다소 관념적으로 받아들이고 사유하면서 창작하였다. 이상도 그처럼 구상적 이해와 천착에 이르지 못하고 관념적

테두리에서 사유한 것은 아니었을까 하는 혐의가 짙다.

> 인민이 퍽죽은모양인데거의亡骸를남기지않았다 悽慘한砲火
> 가 은근히 濕氣를부른다 그런다음에는世上것이發芽치않는다
> 그러고夜陰이夜陰에繼續된다
> 猴는 드디어 깊은睡眠에빠졌다 空氣는乳白으로化粧되고
> 나는?
> 사람의屍體를밟고집으로돌아오는길에皮膚面에털이솟았다
> 멀리내뒤에서내讀書소리가들려왔다
>
> ― 「破帖」 부분

'悽慘한砲火'와 '거의亡骸를남기지않았다'는 말을 통하여 문명의 잔혹행위로 많은 인민이 죽은 상황을 암시한다. 포화가 부르는 은근한 습기의 불길함 다음에는 세상의 어떤 것도 발아하지 않는다. 그리고 어둠만이 어둠을 이어 계속된다. 공기는 우윳빛으로 변하고 자연성(自然性)을 상징하는 원숭이는 깊은 잠에 빠졌다. 여기에서 화자는 '나는 어떠한가?'라고 묻는다. 화자는 사람의 시체를 밟고 집으로 오면서 '皮膚面에털이솟'는, 곧 원숭이에 상응하는 비문명의 형체로 화한다. 그리고 이성과 근대문명을 추구하던 '독서의 소리'가 뒤에서 멀리 들려온다. 이성과 과학, 20세기적 발전을 통하여 인간이 이룩한 것은 죽음의 문명이고 인간의 퇴화라는 아이러니한 인식을 드러낸다. 20세기적 근대의 기획이 곧 자본주의화와 상통하고 자본주의화는 필연적으로 물신화와

비인간화를 조장한다면, 다음 작품은 그것의 한 단초를 보여준다.

> 基督은襤褸한行色으로說敎를시작했다.
> 아아르·카아보네는橄欖山을산채로拉撮해갔다.
>
> 一九三〇年以後의일—.
> 네온싸인으로裝飾된어느敎會入口에서는뚱뚱보카아보네가
> 볼의傷痕을伸縮시켜가면서入場券을팔고있었다.
> — 「二人……Ⅰ……」전문

카아보네가 감람산을 산채로 부러뜨려 집어갔다는 것은 기독 정신을 훼절시켰음을 나타낸다. 종교가 인간적 겸양과 정신적 가치를 중시한다고 할 때 카아보네의 행위는 폭력과 오만, 물질적 가치의 확산을 뜻한다. '네온싸인으로裝飾된' 교회는 정신적 가치보다는 물질적 가치를 '카아보네가볼의傷痕을伸縮시켜가면서'는 위압과 폭력을, '入場券'은 상업성을 드러내는 것이다. 이상 시에서 "들어가도좋다던女人이바로제게좀鮮明한貞操가있으니 어떠냔다. 나더러世上에서얼마짜리貨幣노릇을하는세음이냐는뜻이다."(「白晝」에서) 같은 경우도 돈으로 매개되는 남녀관계를 보여준다.

지금까지 필자는 19세기를 봉쇄하고 20세기를 살고자 했던 '이상이 말하는 20세기'가 함의하는 바를 밝혀보고자 했다. 하지만 이상은 그가 생각하는 20세기를 시작품으로 형상화하지 않고 20세기적 근대에 대한 비판으로 넘어갔다. 그의 작품들과 언술들을 통해서 그것을 밝히는 것은 몹시 어려웠다. 사실 그의 동경행 이전의 작품들을 통해 그 의미를 밝힌다는 것이 다소 무리인 측면이 있다고 생각한다. 왜냐하면 그는 당시 자신과 조선의 현실이 답답한 반면 선진 제국들에는 상상도 못할 굉장한 무엇이 있을 것으로 막연하게 동경하고 있었다고 보여지기 때문이다.

3) 20세기 지향과 동경(東京)

비록 식민지 경영을 위한 기능주의적 교육이었지만, 이상은 당시의 조선인으로는 드물게 공과계열 고등교육을 받고 수학과 과학 등의 근대적 학문에 얼마간 눈을 떴다. 그는 상당한 자부심을 가지고 일련의 파격적인 작품 「線에關한覺書」를 그렸고, 「鳥瞰圖」를 썼다. 한편으로 이상은 특히 가문으로 표상되고 19세기로 언급되는 봉건성을 벗어나 20세기 사람이 되고 싶어했다. 이때 그에게 식민 모국의 수도인 동경은 그 자체로 20세기의 상징이었다. 구인회 회원으로 김기림에게 쓴 편지들에는 "지금쯤은 이 李箱이 東京 사람이 되었을 것인데 本町署 高等係에서 '渡航マカリナラヌ'의 吩咐가 지난 달 下旬에 나렸구려! 우습지 않소? 그러나 지금 다시 다른 方法으로 渡航證明을 얻을 道理를 차리

는 中이니 今月中旬—下旬頃에는 아마 李箱도 東京을 헤매는 白面의 漂客이 되리다."[157]와 같이 동경에 가고 싶은 낭만적인 열망과 기대를 거듭 표명한다. 그런데 어찌된 일일까. 이상은 어렵사리 동경에 간[158] 후 오직 실망과 구역질, 신경쇠약과 자살충동을 호소하기 시작한다.

期於코 東京 왔오. 와 보니 失望이오 實로 東京이라는 데는 치사스런 데로구려![159]

내가 생각하던 '마루노우찌빌딩'—俗稱 마루비루—는 적어도 이 '마루비루'의 네 갑절은 되는 宏壯한 것이었다. 紐育 '브로—드웨이'에 가서도 나는 똑같은 幻滅을 당할는지—어쨌든 이 都市는 몹시 '깨솔링' 내가 나는구나! 가 東京의 첫 印象이다.[160]

---

157) 「私信(五)」, 전집3, 231쪽.
158) 이상의 동경행에 대한 몇몇 논자들의 의견을 참조하면서 필자는 그의 동경행 이유를 기본적으로 세 측면에서 보고자 한다. 첫째, 그것은 도저히 구제할 방법이 없는 가난과 확고한 주관으로 자아를 위축시키는 아내 변동림으로부터의 도피적 성격이 강하다. 둘째, 박태원, 구본웅 등을 만나면서 느껴야 하는 동경체험 없음의 소외감, 즉 자존심 강한 이상의 컴플렉스가 작용했다. 셋째, 동생 옥희에게 쓴 편지글 등에서 확연히 드러나는 이국과 선진문물에 대한 막연한 동경이 작용했다. 이것은 작가로서 호기심의 발동임과 동시에 자신의 글쓰기를 검증하고 갱신하려는 심리이기도 했다고 볼 수 있다.
159) 「私信(六)」, 전집3, 233쪽.
160) 「東京」, 전집3, 95쪽.

그리도 선망하던 동경에 기어코 간 이상은 망설임과 아쉬움의 여지조차 없는 실망과 환멸을 느꼈다. 동경은 기대처럼 전혀 굉장하지 않고 오히려 치사하고 개솔린 냄새가 몹시 나는 곳이었다. 가난과 봉건적 잔재의 19세기로부터의 일탈 욕구, 20세기의 표상인 동경을 체험하지 못했음으로 인한 소외와 컴플렉스, 이국과 선진문물에 대한 오랜 동안의 열망을 모두어 어렵사리 감행한 동경행치고는 너무나 허망한 결과였다. 다음 두 글을 대비시켜 볼 때 그 예각이 선명히 드러난다.

> 우리같이 肺가 칠칠치 못한 人間은 우선 이 都市에 살 資格이 없다. 입을 다물어도 벌려도 척 '깨솔링' 내가 滲透되어 버렸으니 무슨 飮食이고간 얼마간의 '깨솔링' 맛을 免할 수 없다. 그러면 東京市民의 體臭는 自動車와 비슷해 가리로다. ……. '애드밸룬'이 着陸한 뒤의 銀座 하늘에는 神의 思慮에 依하여 별도 반짝이련만 이미 이 '카인'의 末裔들은 별을 잊어버린 지도 오래다.161)

> 空氣는 水晶처럼 맑아서 별빛만으로라도 넉넉히 좋아하는 '누가'福音도 읽을 수 있을 것 같습니다. 그리고 또 참 별이 都會에서보다 갑절이나 더 많이 나옵니다. 하도 조용한 것이 처음으로 별들의 運行하는 기척이 들리는 것도 같습니다.
> 客主집 房에는 石油燈盞을 켜 놓습니다. 그 都會地의 夕刊과 같은 그윽한 내음새가 少年時代의 꿈을 부릅니다.162)

---

161) 「東京」, 전집3, 95-98쪽.

동경은 어디에서나 개솔린 냄새 진동하고 거기 사람들은 타고 난 죄업으로 하늘을 바라보지 않고 별을 잊고 지낸다. 앞 글을 요양차 갔던 성천 기행문인 두 번째 글과 비교하면 어떤가. 거기의 공기는 수정처럼 맑아서 별빛만으로도 책을 읽을 수 있을 것 같고 별들의 운행하는 기척이 들리는 것도 같았다. 또 자신과 같이 폐가 튼튼하지 못한 사람을 동경에서 살기 어렵게 하는 깨솔링(석유)이 성천에서는 그윽한 냄새로 표현된다. "어서—차라리—어둬버리기나 했으면 좋겠는데—僻村의 여름—날은 지리해서 죽겠을 만치 길다. 東에 八峰山. 曲線은 왜 저리도 屈曲이 없이 單調로운고? 西를 보아도 벌판, 南을 보아도 벌판, 北을 보아도 벌판, 아—이 벌판은 어쩌자고 이렇게 限이 없이 늘어놓였을꼬? 어쩌자고 저렇게까지 똑같이 草綠色 하나로 되어먹었노?"[163]처럼 죽겠을 만치 지리했던 벽촌의 풍경과 생활이, 한편으로 동경과 대비되었을 때 그것은 참으로 조용하고 깨끗해서 어린시절의 꿈까지 불러오는 것으로 드러난다.[164]

---

162) 「山村餘情」, 전집3, 103쪽.

163) 「倦怠」, 전집3, 141쪽.

164) 김윤식은 이 부분에 대해 논하면서 '서울/성천'의 대칭 구조는 '도쿄/서울(성천)'의 대칭 구조와 흡사하지만 내면상으로는 전혀 다른 구조를 이룬다고 한다. 이를테면 "'서울/성천'에서는 대칭의 어느 쪽에도 회의가 스며들지 않았다. 청동호박을 들고 뛰는 성천의 소년은, 단지 '럭비공을 들고 뛴다'이며 그 이상도 이하도 아니었다. 그것이 유치하다든가 원시적이라든가 서울의 시각의 우월감이 원동력이긴 했어도 멸시의 경지까지 이른

스스로 "'브로-드웨이'에 가서도 나는 똑같은 幻滅을 당할는지"라고 말하듯 그가 갈 수 있는 곳은 어디에도 없다. 그것은 어쩌면 19세기적 요소에 대한 반동으로서의 20세기, 식민속국의 지식인으로서의 식민모국에 대한 막연한 동경이 빚은 필연적인 귀결점일 것이었다. 더구나 이상은 근대의 다면성을 통찰할 만큼의 교육을 받지 않았고 정보도 없었던 것으로 보인다. 그래서 "'나 = 이상'은 모더니즘이 갖고 있는 뒷면을 용인할 수 없었다. 아이러니 치고는 놀라운 아이러니가 아닐 수 없다. 아이러니로서의 방법론이 정작 스스로를 파멸하거나 부정하고 있는 형국이라 할 것이다. '도쿄행 이후'의 '나 = 이상'의 글쓰기의 파탄이랄까 불가능성이 이 아이러니 속에 깃들어 있었다고 볼 것이다."165)라는 김윤식의 견해는 타당하다. 이상은 어느 순간 근대화—20세기—가 희망뿐 아니라 억압과 소외를 함께 지닌다166)는 것을 잊었던 것이다.

결국 19세기로 지칭되는 온갖 것들이 주는 피로에 맞서 정신을

것은 아니었다. 요컨대 낙천적·생명적이었고, 심지어 지적인 유희까지 느껴지는 것이었다. 이에 비해 '도쿄/서울'은 대칭적 구조로서의 글쓰기임엔 틀림없으나, 결정적인 틈이 벌어져 있었다. '생의 의지의 상실'이 바로 그것이다. 도쿄에는 서울(성천)에서의 충만한 '생의 의지'가 철저히 제거되어 있는 곳이었다."라고 한다.(김윤식, 이상문학텍스트연구(서울대학교출판부, 1998), 102쪽).

165) 김윤식, 이상문학텍스트연구(서울대학교출판부, 1998), 97쪽.

166) 유진 런, 김병익 역, 마르크시즘과 모더니즘(문학과지성사), 43쪽.

가다듬고 줄담배를 피우며 머리 속 백지에 구사해온 위트와 파라
독스가 이른 지점이 동경이었던 것이다. 그는 '可憎할 常識의
病'처럼 너무 많은 위트와 파라독스를 구사하다가 마침내 반드시
지켜야 하는 텍스트와 자신의 거리를 잊었던 것인지도 모른다.

4) 동경에서의 환멸과 좌절

19세기를 봉쇄하고 20세기를 살고자 했던 이상이 정작 20세기
의 대명사인 동경에 그리도 어렵게 와서 이른 결론은 "李太白이
노던 달아! 너도 차라리 十九世紀와 함께 殞命하여 버렸었던들
작히나 좋았을까."[167]이다. 이제 이상은 위트와 파라독스를 버리
고, 김윤식이 말한 바 '나 = 김해경'[168]의 맨얼굴로 허망하게 다
음처럼 읊조린다.

> ① 이것은 참 濟度할 수 없는 悲劇이오! 芥川이나 牧野같은
> 사람들이 맛보았을 성싶은 最後 한 刹那의 心境은 나 亦 어
> 느 瞬間 電光같이 짧게 그러나 참 똑똑하게 맛보는 것이 이
> 즈음 한두 번이 아니오.[169]

---

167) 「東京」, 전집3, 98쪽.
168) 김윤식, "세 가지 글쓰기의 층위" 이상문학텍스트연구(서울대학교 출판
　　부, 1998), 67-111쪽 참조.
169) 「私信(七)」, 전집3, 236쪽.

② 내가 서울을 떠날 때 생각한 것은 참 어림도 없는 桃源夢이
었오. 이러다가는 정말 自殺할 것 같소.170)

③ 過去를 돌아보니 悔恨뿐입니다. 저는 제 自身을 속여 왔나
봅니다. 正直하게 살아 왔거니 하던 제 生活이 지금 와보니
卑怯한 回避의 生活이었나 봅니다.171)

삶의 환멸이 언뜻언뜻 자살 충동의 섬광을 보여준다는 것, 자
신이 서울을 떠날 때 생각한 것이 참 어림없는 꿈이었다는 것이
다. 그리고 정직하게 살아왔다고 생각한 자신의 생활이 비겁한 회
피의 생활이었던 것 같다고 한다. 앞 말들은 그 동안 자신의 생각
이 철저하지 못한 것이었다는 점을 인정하는 것이다.

　　　암만 해도 나는 十九世紀와 二十世紀 틈사구니에 끼여 卒
　　倒하려 드는 無賴漢인 모양이오. 完全히 二十世紀 사람이 되
　　기에는 내 血管에는 너무도 많은 十九世紀의 嚴肅한 道德性
　　의 피가 威脅하듯이 흐르고 있소그려.172)

이상은 그토록 염원하던 20세기의 한복판 동경에 와서야 그것
의 허상을 발견하고 당혹해하는 것이다. 이제 이상이 선택할 수
있는 길은 보다 명료해질 수 있었다. 아마 그것은 하루 빨리 귀향

---

170) 「私信(八)」, 전집3, 239쪽.
171) 「私信(九)」, 전집3, 242쪽.
172) 「私信(七)」, 전집3, 235쪽.

하는 것 또는 동경의 중심을 파헤치며 20세기 근대의 참모습 속으로 파고드는 것쯤이었을 것이다. 물론 이 둘은 어느 경우도 선택이 용이하지 않다. 전자의 경우 지금까지의 글쓰기와 추구를 전면적으로 부정하는 것이고, 후자의 경우 어느 것도 보장되지 않은 상태에서 전면적 투신이 요구되기 때문이다. 편지글을 조금만 더 살펴보고자 한다.

> 나는 지금 참 쩔쩔 매는 中이오. 生活보다도 大體 어떻게 했으면 좋을지를 모르겠소.[173)

> 여러 가지를 생각하고 있습니다. 어떻게 했으면 좋을지를 全然 모르겠읍니다. 저는 當分間 어떤 苦難과라도 싸우면서 생각하는 生活을 하는 수밖에 없읍니다. 한 篇의 作品을 못쓰는 限이 있더라도, 아니, 말라비틀어져서 餓死하는 限이 있더라도 저는 지금의 姿勢를 抛棄하지 않겠읍니다.[174)

전자의 인용문에 나타나 있는 바와 같이 이상은 어떻게 했으면 좋을지를 몰라 전전긍긍하고 있다. 이것은 정말 어찌할 바를 모르겠다는 것일 수도 있고, 선택하기 어려움에 대한 말일 수도 있다. 안회남에게 보낸 편지인 후자의 인용문에서 알 수 있는 바는 '생각하는 生活을 하는 수밖에 없다'는 말이다.[175)

---

173) 「私信(八)」, 전집3, 239쪽.
174) 「私信(九)」, 전집3, 241-42쪽.

이상은 대체 "남보다 數十年씩 떨어져도 마음 놓고 지"[176]내
는 당신들과 "지금껏 이 땅에 머물러 屈辱의 朝夕을 送迎하
는"[177] 나를 두고 바둑포석처럼 늘어놓은 '위트와 파라독스'를 얼
마간 반성하는 것이다. 다음 작품은 20세기를 추구하던 이상이
맞닥뜨린 상황을 잘 드러낸다.

不眠症과 睡眠症으로 시달림을 받고 있는 나는 항상 左右
의 岐路에 섰다.
나의 內部로 向해서 道德의 記念碑가 무너지면서 쓰러져
버렸다. 重傷. 세상은 錯誤를 傳한다.

---

175) 김윤식은 이 부분 앞뒤를 아울러 제시하면서 "'도쿄행'이란, '생각하는
생활'을 찾아서였음이 이로써 분명해졌다. 그것이 곧 장래의 작품쓰기임
도 또한 분명해졌다. 이 사실은 강조되어야 하는데, 왜냐하면 <오감도>
에서 <날개>에 이르기까지의 서울에서의 글쓰기에 대한 전면적 부정이
기 때문이다. 곧 이는 서울의 생활에 대한 부정이 아닐 수 없었다. 그 동
안의 서울식 생활(작품)의 초극을 위한 배수진이 바로 도쿄행이었다."(김
윤식, 앞 책, 107쪽)고 언급하였다. 동경행이 서울식 생활을 초극하려는
의도였다는 점에서는 이의가 없지만, 생각하는 생활을 찾아서였다는 말에
는 동의할 수 없다. '생각하는 생활을 하는 수밖에 없다'는 말은 동경에서
겪는 실망과 당혹스러움 앞에서 어찌할 것인가를 생각하겠다는 뜻으로 보
아야 하기 때문이다. 또한 필자가 보기에 '생각하는 생활'이 곧 장래의 작
품쓰기라는 것인지는 분명하지 않다. 이상이 남긴 종반 글들의 맥락을 통
해 알 수 있는 바는 어떤 결단을 내려야 하는 기로에서 스스로의 결의를
다지고 있는 정도의 모습이다. 다만 그가 작가였다는 점을 감안한다면 생
각하는 생활이 작품쓰기를 포함하는 것일 개연성은 있다.
176) 「散墨集」, 전집3, 353쪽.
177) 「私信(一)」, 전집3, 217쪽.

12+1=13 이튿날(卽 그때)부터 나의 時計의 침은 三個였다.
— 「一九三一年 (作品第一番)」 부분

　결국 이상은 19세기와 20세기 사이에서 불면증과 수면증으로 시달리며 기로에 섰던 것이다. 19세기의 표상인 도덕의 기념비가 내부로 향해서 무너졌지만 화자는 그것을 이겨내지 못하고 중상을 입는다. 그런데 그 순간 세상은 그것이 착오라고 전한다. '12+1=13'이 20세기라면 그것은 한편으로 화자에게 '착오'로서 부여된 세기였던 것이다. 그리하여 시인이 몸부림을 통하여 맞닥뜨린 모습은 다음과 같은 흉내내기로 귀착되는 것이지 않았을까.

　　벌판한복판에 꽃나무하나가있소. 近處에는 꽃나무가 하나도 없소 꽃나무는 제가생각하는 꽃나무를 熱心으로 생각하는 것처럼 熱心으로 꽃을 피워가지고 섰소 꽃나무는 제가생각하는 꽃나무에게갈수없소 나는 막달아났소 한꽃나무를爲하여 그러는 것처럼 나는참그런 이상스러운흉내를 내었소.
— 「꽃나무」 전문

　근처에 다른 꽃나무는 하나도 없는 벌판에 꽃나무 하나가 있다. 그 꽃나무는 자신이 열심히 생각하던 꽃나무처럼 열심히 꽃을 피워가지고 있다. 세상의 가족들과 여인들과 여타의 사람들로부터 운명처럼 소외되어 있던 화자는 내면속으로 칩거하여 자신만의 꽃나무, 이상 세계를 가꾼 것이다. 그러나 그것은 내면에 환상화

된 공간이기 때문에 그곳을 벗어나 그토록 열심히 생각한 꽃나무에게로 갈 수는 없다. 그래서 화자는 한 꽃나무를 위하여 열심을 다했던 것처럼 마구 달아난다. 자신이 그렇게도 열망하며 가꾸어 온 꽃이 실현될 수 없는 여전한 소외로서의 환상임을 알고 '흉내를 내었소'라고 말하는 것이다. 이상은 동경에 가서 지향점과 현실의 극심한 간극과 모순을 경험하면서 삶과 문학의 파탄을 맞게 된다. 후진성과 소외를 넘어서려던 바람은 현실에 대해 철저하게 사고하지 못함으로써 흉내내기에 그치고 말았던 것이다.

이상은 19세기로 표상되는 가족주의와 봉건적 후진성을 벗어나고 싶었지만 그 반대항으로 설정한 20세기에 대해 깊이 숙고하지 못한 것으로 여겨진다. 그는 당시 급변하던 서울의 모습에서 얼마간 근대—20세기—의 모순을 직감하였고 그것들에 대한 비판적 글쓰기를 하기도 했다. 하지만 19세기를 벗어나고 싶은 열망이 커지는 만큼 20세기에 대한 동경이 강렬해지면서 근대의 이면에까지는 철저하지 못함으로써 근대의 중심인 동경에 가서 극심한 환멸과 좌절을 겪게 된다.

Ⅳ. 김수영 시에 드러난 아이러니

김수영 시에 드러난 아이러니를 살피
는데 있어서 4시기로 나누어 접근하고
자 한다.[178] 그것은 첫째 6·25 이전,
둘째 6·25 발발 이후에서 4·19 이전,
셋째 4·19 직전 「하… 그림자가 없다」
에서 1963년까지, 넷째 「巨大한 뿌리」
이후에서 사망하기까지의 시기이다. 이

---

178) 유재천("김수영의 시 연구", 연세대 박사 논문, 1986)과 강연호("김수영
　　시 연구", 고려대학교 박사 논문, 1995)는 4·19를 중심으로 전기와 후기
　　로 나눈다. 김종윤("김수영 시 연구", 연세대 박사 논문, 1987)은 1940년
　　대, 1950년대, 혁명의 감격과 좌절을 동시에 수용해야 했던 1960년대 초
　　반, 소시민적 삶의 비애를 통해 현실적 조건에 억압당하는 존재의 비극성
　　을 보여주는 혁명 이듬해부터 임종시까지의 4단계로 구분한다. 김현은 자
　　유를 중심으로 김수영의 시적 변모 과정을 3단계로 나눈 바 있다.("자유
　　와 꿈" 황동규 편, 김수영의 문학(민음사, 1983)).

러한 시기 구분은 한국 역사의 중요한 전이점과 시적 변모를 참
고로 삼은 것이다. 김수영의 생과 시적 추구가 누구보다도 역사의
전개와 깊은 관련 하에서 이루어졌다는 점에서 이와 같은 시기
구분의 가능성은 인정될 수 있다고 본다. 물론 그의 작품 형질이
주요한 역사적 시기마다 전혀 다른 모습을 보이는 것은 아니고,
실제로 앞 시기 자신이 구사하던 방법을 완전히 벗어나는 작가는
거의 없기도 하다. 그럼에도 미지[179]를 향하여 부단히 투척하려
는 것이 김수영의 기본적인 시작 태도였고, 그에 따라 끊임없는
시적 모험을 지속하였다[180]는 점은 그의 시를 단일한 관점에서
파악할 수 없게 한다. 앞서 나눈 각 시기의 시적 변모를 아이러니
적 관점을 주로 하여 살펴보고 그 의의를 밝혀 보려는 것이 본서
의 주된 의도이다.

그간 논자들은 김수영 시의 아이러니에 대해 적지 않게 언급하
였다. 김종윤은 김수영의 아이러니가 현실적 삶에 안주하고 있는
일상적, 현실적 자아와 도덕성을 지향하는 본질적, 이상적 자아
사이의 갈등에 의해 야기된다고 본다. 즉 세상의 허위에 눈감지
않으려는 김수영의 예술가적 양심이 진실의 관점에서는 세상을
완전히 거부하지만 현실의 관점에서는 세상을 완전히 받아들이는

179) 김수명 편, 김수영 전집2 - 산문(민음사, 1981), 187쪽. 이하 이 책에서의
　　인용은 '전집2'로 밝힌다.
180) 전집2, 350쪽.

비극적 인식을 낳고, 그것이 작품에서 아이러니를 형성한다는 것
이다. 그리고 김수영의 후기시로 가면서 아이러니가 세련되게 구
사되는데, 그 중에서 가장 극적인 아이러니는 정직성을 드러내고
있는 상황적 아이러니라고 한다.[181]

이은정은 김수영의 내면에 이상적 자아인 주체
아와 현실적 자아인 객체아가 공존하면서 대립한다
고 본다. 그와 같은 내적 갈등에서 아이러니가 시작
되기 때문에 김수영의 아이러니는 냉소나 자학과
결합되어 나타난다는 것이다. 김수영의 아이러니는
이중화된 자아가 합일되기를 지향했지만 결국에는
자기 모순과 비극적 현실인식을 확인하는데 머물렀
다고 한다.[182]

황혜경은 박사논문에서 김수영 시의 아이러니를 폭넓게 연구
하였다. 그녀는 김수영 시의 아이러니를 기법적 전개양상의 측면
과 정신의 지향성 측면으로 나누어 살피고 그 특성과 문학사적
의의 규명을 시도하였다. 김수영 시의 아이러니를 기법적 측면에
서 첫째, 전도와 거부의 이미지 둘째, 거리화와 두 가지 어조 셋
째, 내적 해제와 비적합 진술 넷째, 상황·행위의 분열과 극적 구

---

181) 김종윤, "김수영 시 연구"(연세대학교 국어국문과 박사논문, 1987), 131-36,
    168-72쪽.
182) 이은정, 현대시학의 두 구도(소명출판, 1999), 194-206쪽.

조 다섯째, 조화 부재의 역설로 고찰하였다. 정신의 지향성 측면
에서 김수영 시의 아이러니는 시인이 지닌 비극적 세계응시로부
터 맹목적인 진행에의 열망을 거쳐 자유에 이르는 궤적 가운데
생성된다고 본다. 앨런 와일드의 분류를 적용한 아이러니의 사적
측면에서 볼 때 김수영 시의 아이러니는 분열된 세계를 직시하고
그 세계에 방어적 태도를 취하는 분열의 아이러니라고 본다.[183]

유재천은 김수영 시의 아이러니가 5 · 16 이후
자유를 잃고 진정한 문학을 할 수 없는 절망감에
서 비롯한다고 본다. 시적 자유를 이행하지 못하
고 소시민적으로 살 수 밖에 없는 자신에 대한
부정과 그것을 통한 사회적 저항의 모습을 형상
화한다는 것이다.[184]

한명희는 김수영이 자신의 모순된 상황을 깨닫고, 그것을 조소
하거나 자학하는 모습으로 드러나는 경우가 많다고 본다. 자신이
가진 이상에 대한 자부심과 일상인으로서 가진 욕망을 확인할 때
그 간극에서 아이러니가 발생한다는 것이다.[185]

---

183) 황혜경, "김수영 시의 아이러니 연구"(이화여자대학교 국어국문과 박
　　사논문, 1998).
184) 유재천, "김수영의 시 연구"(연세대학교 국어국문과 박사논문, 1986),
　　77-89쪽.
185) 한명희, "김수영의 시정신과 시방법론 연구"(서울시립대학교 국어국문과
　　박사논문, 2000), 180-85쪽.

필자는 본론에 들어가기 전에 아이러니에 대한 김수영의 인식을 살펴보고자 한다. 그는 "아이러니는 말하는 태도이며, 말하고 싶은 그 무엇을 효과 있게 강조하기 위한 수단에 불과한 것이라고 볼 수 있다. 따라서 주된 작업은, 말하고자 하는 그 무엇을 어떻게 시의 수준에까지 올려놓느냐 하는 것이고, 이런 경우에 아이러니는 그러한 積荷作業을 수월하게 해치울 수 있는 역할을 할 수 있는 것이다."186)라고 함으로써 말하는 태도와 효과의 수단으로써 단순하게 생각하였다.

이와 같은 태도는 이상과 비교해 볼 때187) 다소 상반된다고 할 수 있다. 즉 이상은 의식의 층위에서 세계를 아이러니로 이해하면서도 생활의 층위에서는 거부의 모습을 보여주었다. 그에 비해 김수영은 의식적 층위에서 아이러니 자체에 대해 아주 협소한 관점

---

186) 전집2, 382쪽.

187) 황혜경은 이상과 김수영 시에 드러난 아이러니의 차이를 다음과 같이 말한다. "이상과 김수영의 시에 보이는 아이러니는 분열의 아이러니로 낙원을 설정하고 있지 않으며 분열되고 파편화된 세계에 대해 방어적 태도를 취하고 있다. 그러나 같은 분열의 아이러니 범주에 속하더라도 시인 개인의 특성과 세계에 대한 방어적 태도의 차이로 하여 아이러니의 지향성이 다르게 나타난다. 이상이 경험적 현실의 객관적 의미를 차단한 채, 분열된 세계에 대한 직접적인 대면을 거부하고, 분열된 세계의 모습이 轉移된 자신의 內部像만을 바라보다가 자아 분열이 극대화되어 탈출구 없는 불안과 공포에 잠기게 되었다면 김수영은 밖을 바라보며 자아와 세계와의 관계를 생각하고, 고민하고, 또 여러 가지 관계 맺기를 시도함으로써 외부 상황에 좌우되지 않는 자율성을 획득한 힘있는 자아를 만들어 가고 있었다."(황혜경, 앞 논문, 140쪽).

을 가지고 있었다. 그렇지만 세계를 살아가는 생활인으로써는 줄곧 아이러니 의식과 태도를 견지하였다. 따라서 1950년대 이후 김수영이 자신의 시에 생활현실을 담아내고자 할 때 아이러니는 보다 넓고 깊게 쓰이게 되었다. 지식적 이해로서의 아이러니에 대한 이해나 언급과는 달리 김수영이 철저하게 아이러니를 추구한 시인이었음은 곳곳에서 드러난다.

> 모든 실험적인 문학은 필연적으로는 완전한 세계의 구현을 목표로 하는 진보의 편에 서지 않을 수 없게 되는 것이다. 모든 전위문학은 불온하다.[188]

> 이 내일의 시는 未知다. 그런 의미에서 시인의 정신은 언제나 미지다. 고기가 물에 들어가야지만 살 수 있듯이 시인의 미지는 시인의 바다다. 그가 속세에서 愚人視되는 이유가 거기 있다. 기정사실은 그의 적이다. 기정사실의 정리도 그의 적이다.[189]

아이러니 작가는 형상화 과정에서 아이러니를 다양한 방식으로 구현할 수 있다. 그렇지만 텍스트에 드러나는 수사로서의 아이러니 이전에 세계를 아이러니로 이해하는 시선이 먼저 마련되어야 한다. 김수영은 '완전한 세계의 구현을 목표로 하는' 불온한

---

188) 「實驗的인 문학과 정치적 자유」, 전집2, 158-59쪽.
189) 「詩人의 精神은 未知」, 전집2, 187쪽.

전위문학을 지향했다. 그는 기존의 것을 부정하고 내일의 미지로 향하고자 한 것이다. '실험'은 당시대의 부정적 현실, 굳어진 권위를 부정하고 새로운 세계를 탐구하는 것이고, '불온'은 이미 관습화 된 시의 관점에서 새로움을 일컫는 말이다. 마찬가지로 미지를 향하는 것도 기정 사실을 거부하는 자세와 상관될 수 있다.

앞서 거듭 고찰했던 바처럼 부정을 통해 미지의 진실을 탐색하려는 태도야말로 아이러니스트의 고유한 모습이다. 그렇다면 "시인은 영원한 배반자다. 寸秒의 배반자다. 그 자신을 배반하고, 그 자신을 배반한 그 자신을 배반하고, 그 자신을 배반한 그 자신을 배반한 그 자신을 배반하고… 이렇게 무한히 배반하는 배반자. 배반을 배반하는 배반자… 이렇게 무한히 배반하는 배반자다."[190]라고 말하는 김수영은 그 자신의 아이러니에 대한 이해 유무와는 관계 없이 생활을 하고 시를 쓰는 과정에서 가장 투철하게

---

190) 「詩人의 精神은 未知」, 전집2, 189쪽.

아이러니를 인식하고 실천한 시인이라고 할 수 있다.

본서에서는 앞선 연구자들의 논의를 숙고하면서 김수영 시를 4기로 나누어 아이러니적 관점에서 살펴볼 것이다. 그리고 각각의 시기에서 한 작품을 선정하고 아이러니적 관점에서 논의하여 그 의미를 밝힐 것이다. 그리고 이와 같은 고찰은 아이러니가 형상화 방법이기 이전에 시인의 세계관이라는 점을 근저로 이루어질 것이다.

1. 아이러니스트의 태도와 모더니즘의 영향

1) 아이러니스트의 태도

아이러니가 그것을 구사하는 작가나 그것이 구현된 작품을 읽는 독자 쌍방에게 진지한 탐구를 요하는 지적 행위라는 점은 앞서 밝힌 바 있다. 아이러니는 자신과 상황에 함몰되지 않으며 적당한 거리를 확보하여 스스로와 세계를 냉엄하게 관찰할 때에야 가능한 것이다. 아이러니스트는 냉정하게 대상으로부터 심리적 거리를 유지해야 하고, 지성적이고 비판적인 시선으로 부단히 진실을 탐구해야 한다.

김수영 작품에서도 아이러니가 구현된 것들은 보다 객관적 거리를 확보하고 숙고하는 방식으로 구성된다. 한편으로 김수영은 시창작의 한 태도로써 세계와 자기에 대한 관찰을 직접 시화(詩化)하기도 하는데, 이것은 아이러니를 구현하는 전단계에서의 시적 형상화라 할 수 있다. 이와 같은 태도가 드러나는 작품들을 살펴본다.

> ① 비가 그친 후 어느날—
> 나의 방안에 설움이 충만되어 있는 것을 발견하였다

오고가는 것이 直線으로 혹은
對角線으로 맞닥드리는 것같은 속에서
나의 설움은 유유히 자기의 시간을 찾아갔다
                        ―「방안에서 익어가는 설움」 부분

② 고통의 영사판 뒤에 서서
  어룽대며 변하여가는 찬란한 현실을 잡으려고
  나는 어떠한 몸짓을 하여야 되는가

  하기는 현실이 고귀한 것이 아니라
  영사판을 받치고 있는 晝夜를 가리지 않는 어둠이
  표면에 비치는 현실보다 한치쯤은 더
  소중하고 신성하기도 한 것인지 모르지만
                        ―「映寫板」 부분

③ 여름뜰을 흘겨보지 않을 것이다
  여름뜰을 밟아서도 아니될 것이다
  默然히 默然히
  그러나 속지 않고 보고 있을 것이다
                        ―「여름뜰」 부분

④ 만약에 나라는 사람을 유심히 들여다본다고 하자
  그러면 나는 내가 詩와는 反逆된 생활을 하고 있다는 것을
  알 것이다

  먼 山頂에 서있는 마음으로

나의 자식과 나의 아내와
그 주위에 놓인 잡스러운 물건들을 본다
　　　　　　　　　　　— 「구름의 파수병」 부분

　필자는 앞 작품들을 통하여 그 맥락적 의미를 밝히기보다 아이러니적 세계인식을 가능하게 하는 작가의 태도라는 측면을 주로 살펴보고자 한다. ①에서 화자는 방안에 설움이 충만해 있는 것을 '발견'하고, 그것이 유유히 자기의 시간을 찾아가는 것을 '본다'. 이처럼 아이러니는 자신이 처한 가장 가까운 곳—방안—으로부터 상황과 문제를 보고 발견하려는 태도에서 비롯된다. ②는 작가의 아이러니적 태도를 이해하는데 상당히 의의가 있는 작품이다. 화자는 '영사판 뒤'라는 반성적 사유가 가능한 거리와 이면의 공간에서 '변하여가는 현실을' 잡으려고 하는 자신의 몸짓에 대해 묻고 있다. 화자는 표면에 비치는 현실보다 밤낮을 가리지 않는 어둠이 더 소중하고 신성하기도 한 지 모르겠다고 생각한다. 거리를 두고 현실을 바라보면서 물음을 던지고, '뒤'라는 배면(背面)에서 표면적 현실에 함몰되어 있었다면 생각하지 못했을 것을 생각하고, 보지 못했을 것을 보아내는 것은 아이러니적 태도이다.

　③에서 여름뜰을 흘겨보거나 밟지 않겠다는 것은 왜곡하거나 억압·부정하지 않겠다는 것이다. 묵묵히 속지 않고 보고 있겠다는 것은 대상의 이면을 정직하게 응시하는 태도이다. ④에서도

역시 '유심히 들여다' 보기와 그 결과로서 '시와는 반역된 생활을 하고 있다는 것을 알'게 된다. 그에 따라 가장 가까이에 있는 자식과 아내와 주위를 먼 산정에 서 있는 마음으로 본다.

이상에서처럼 객관화 할 수 있는 거리를 확보하여 자신과 주변을 들여다보고 의문을 가지며 상식과 상반되는 것 또는 표층을 넘어서 중층적인 것들의 의미를 발견해 가는 것이야말로 아이러니적 태도이다. 앞 작품들에 드러난 바와 같은 태도는 보이지 않는 이면에 어떤 진실이 있을 수 있다는 세계인식에서 비롯된 것이라 할 수 있다.

2) 「아메리카 타임誌」의 아이러니

흘러가는 물결처럼
支那人의 衣服
나는 또하나의 海峽을 찾았던 것이 어리석었다

機會와 油滴 그리고 능금
올바로 精神을 가다듬으면서
나는 數없이 길을 걸어왔다
그리하야 凝結한 물이 떨어진다
바위를 문다

瓦斯의 政治家여

너는 活字처럼 고웁다
내가 옛날 아메리카에서 돌아오던 길
뱃전에 머리 대고 울던 것은 女人을 위해서가 아니다

오늘 또 活字를 본다
限없이 긴 활자의 連續을 보고
瓦斯의 政治家들을 凝視한다
— 「아메리카 타임誌」 전문

이 시에서 '지나인'은 일본인들이 중국인을 비하해 부르던 말로[191] 중화(中華)에서 몰락한 모습을, '의복'은 그것을 착용하는 사람들의 신분이나 상태 등을 드러내주는 표상이다. 오랜 동안 우리나라에 직접적으로 막강한 영향을 미치던 중국과 중국인이 근·현대에 들어서며 패권을 상실하여 물결의 흐름처럼 지나간다. 그리하여 화자는 다른 모델, 곧 전거(典據)로서의 해협을 찾게 된다. 여기서 바다가 드넓게 열린 공간이라면 해협은 육지와 육지 사이에서의 흐름과 정주(定住) 또는 느린 흐름이 가능한 공간을 나타낸다. 그런데 화자는 왜 흘러간 중화 대신에 다른 해협을 찾았던 것이 어리석었다고 말하는 지 다소 난감한데 차츰 밝히고자 한다.

2연 첫행에서 '機會와 油滴 그리고 능금'이 무엇을 의미하는

---

191) 김승희, "김수영의 시와 탈식민주의적 반언술" 김승희 편, 김수영 다시 읽기(프레스21, 2000), 372쪽.

가를 추론하기는 쉽지 않다. 이후 김수영의 시작품에는 이와 같이 이미지나 의미에 상관성이 없이 쓰여 독자들에게 난해함을 주는 시구들이 빈번하게 등장한다.

이에 대해 노철은 「바뀌어진 地平線」의 "사과와 手帖과 담배와 같이/ 人間들이 걸어간다/ 뮤우즈여/ 앞장을 서지 마라/ 그리고 너의 노래의 音階를 조금만/ 낮추어라/ 오늘의 憂鬱을 위하여/ 오늘의 輕薄을 위하여"를 들면서 다음과 같이 말한다.

> '사과', '手帖', '담배' 역시 문장 구조에 수렴되기는 하지만 어떤 의미를 부여할 수가 없다. 사과, 수첩, 담배와 인간이 나란히 걸어가는 모습은 하나의 심상으로만 성립할 뿐 의미를 살필 수가 없다. 이러한 심상은 '뮤우즈여, 오늘의 憂鬱과 輕薄을 위하여 앞장서지 말고 노래의 音階를 낮추고 함께 가자'는 의미와 나란히 놓임으로써 시적 긴장을 만들고 있을 뿐이다. 개념이 함유하고 있는 역동적인 사태를 시로 표현하는 것이 김수영의 시작 방법인 것이다.
> 사고의 흐름을 연쇄적으로 표현한 시작 방법과 개념이 함유하고 있는 역동적 사태를 표현하는 시작 방법은 김수영 시의 주된 창작원리로서 반복이나 비약과 관련을 갖는다. 연상 과정이 여러 장면을 접목하는 꼴라쥬 방식이 아니라 사고의 흐름을 연쇄적으로 표현하면서 역동적인 긴장을 드러낸다.[192]

2연 1행의 난해함에 비하여 2·3행은 명료하게 서술되어 있다.

---

192) 노철, 한국현대시 창작방법연구(월인, 2001), 81쪽.

그런데 역시 4·5행의 이해가 쉽지 않다. 정신을 가다듬으며 수없이 길을 걸어와서 '凝結한 물이 떨어'지고 '바위를 문다'는 것이 무슨 의미일까. 필자는 2·3행에 서술된 과거의 수고와 노력의 결과로써 현재 떨어지는 '凝結한 물'로 이해하고 그것이 바위를 문다고 본다. 그리고 '바위를 문다'를 바위라는 견고한 대상에 뿌리내린다, 도전한다 또는 뚫는다 등으로 생각한다. 2연에서 알 수 있는 것은 화자가 정신을 가다듬는, 곧 「孔子의 生活難」에서 드러낸 '바로 보'려는 노력에 의해 어떤 의지가 실현되는 단계에 이르렀다는 점이다.

3연은 다소 돌연하게 느껴지는데, 1·2행에서는 와사의 정치가가 활자처럼 곱다[193]고 한다. 필자는 3행의 아메리카를 1연에서 또 하나 찾았던 해협이라고 본다.[194] 시적 화자는 옛날 아메리카에서 돌아오던 길에 울었는데 그것이 여인을 위한 울음 같은 사사로운 것이 아니라고 한다. 이쯤에서 '活字'의 의미를 되짚어 볼 필요가 있는데, 활자가 서적을 의미하는 것으로 볼 때 1947년

---

193) 김승희는 "'활자처럼 고운' 정치가는 '와사'(가스)의 은유를 통해 실재하지 않는 무실체성, 만질 수도 없고 보이지도 않는 정체성이 없는 존재이면서 그렇기에 더 큰 권력을 가진 남근적 존재로 군림하게 된다."(김승희 편, 앞 책, 373쪽)고 한다.

194) 필자는 김수영이 「巨大한 뿌리」에서 "大韓民國官吏, 아이스크림은 미국놈 좆대강이나 빨아라"고 말하기까지 미국에 대해 반복적으로 갈등적 인식을 드러내고 양면적인 가치 부여를 한 것으로 본다. 이에 대해서는 다른 자리에서 좀더 논구하고자 한다.

같은 해에 쓴 「가까이 할 수 없는 書籍」[195]은 몇 가지를 밝혀준다. 이 시에서 서적은 "가루포루니아라는 곳에서 온 것만은/ 確實"한 것으로, 가까이 할 수 없고, 주변 없는 사람이 만져서는 아니되고, 심지어 만지면은 죽어버릴 듯 말 듯 되는 엄연(嚴然)한 것이다. 그리고 화자는 그 책을 일상적인 괴로움을 잊고 멀리 보고 있는데, 그렇게 멀리 보고 있는 듯한 것이 타당해서 괴롭고, 그 책장이 번쩍일 때는 연속되는 괴로움으로 이를 깨문다고 한다. 화자는 그 책을 강렬히 소망하지만, 그것은 신비와 권위에 싸여 범접하기 힘든 곳에서 번쩍이고 있는 것이다. 가루포루니아에서 온 서적이 「아메리카 타임誌」라면, 그 활자는 엄연(嚴然)하고 번쩍이고 가까이 할 수 없으면서 계속 괴로움을 주는 매체이다.

---

195) 다소 길지만 논의의 전개를 위해 옮긴다. "가까이 할 수 없는 書籍이 있다/ 이것은 먼 바다를 건너온/ 容易하게 찾아갈 수 없는 나라에서 온 것이다/ 주변없는 사람이 만져서는 아니될 冊/ 만지면은 죽어버릴듯 말 듯 되는 冊/ 가리포루니아라는 곳에서 온 것만은/ 確實하지만 누가 지은 것인줄도 모르는/ 第二次大戰 以後의/ 긴긴 歷史를 갖춘 것같은/ 이 嚴然한 冊이/ 지금 바람 속에 휘날리고 있다/ 어린 동생들과의 雜談도 마치고/ 오늘도 어제와 같이 괴로운 잠을/ 이루울 準備를 해야 할 이 時間에/ 괴로움도 모르고/ 나는 이 책을 멀리 보고 있다/ 그저 멀리 보고 있는 듯한 것이 妥當한 것이므로/ 나는 괴롭다/ 오오 그와 같이 이 書籍은 있다/ 그 冊張은 번쩍이고/ 연해 나는 괴로움으로 어찌할 수 없이/ 이를 깨물고 있네!/ 가까이 할 수 없는 書籍이여/ 가까이 할 수 없는 書籍이여."

‘政治家여/ 너는 活字처럼 고웁다’에서 정치가도 앞의 활자와
같은 속성을 가지고 있음을 알 수 있는데, ‘고웁다’는 것은 반어
로서 가까이 할 수 없고 괴로움을 준다는 의미이다. 사고와 행위
의 준거가 되었던 중국의 패권과 영향력이 사라진 자리를 대신할
새로운 모델을 찾아 나선 화자는 ‘정신을 가다듬으면서 수없이
길을 걸어’야 한다는 것을 터득했다. 그것의 구체적인 모습으로는
「가까이 할 수 없는 書籍」에서 본 바처럼 활자의 괴로움에 이를
깨물었고 「아메리카 타임誌」에서는 뱃전에 머리 대고 우는 것으
로 드러난다. 화자는 이와 같은 과정을 통해 1연의 ‘어리석었다’
는 자기반성을 이루게 되는 것이다.

4연을 보면 가까이 할 수 없었던, 그 괴로움으로 이를 깨물고
울먹이며 보던 활자를 오늘 또 본다. 그렇게 할 수 있는 것은 2연
에서 본 바와 같은 단련의 과정이 있었기 때문이다. 지금 활자는
한없이 길게 연속되는데, 화자는 그것을 보면서 엄연(嚴然)하고
가까이 할 수 없으면서 자신을 괴롭히는 정치가들을 응시한다. 이
때의 정치가는 현실에 가장 큰 영향력을 행사하는 인물로서, 화자는
그들에 대한 긴장 어린 견제를 멈추지 않겠다고 말하는 것이다.

앞 시196)도 전체적으로 아이러니적 구조에 이르지는 못하고, 3

---

196) 김상환은 “김수영이 책의 이미지를 구성하고 그것을 묘사할 때, 그는 언
　　제나 자기 자신에 대해서 말하고 있으며, 더 정확히 말해서 시인으로서의
　　자기 의식을 서술하고 있다”(김승희 편, 앞 책, 121쪽)고 본다. 한편 이 시
　　와 「가까이 할 수 없는 書籍」 같은 시에서 “책은 열리기를 미루는 운동

연의 돌연한 변환과 2연 1행의 비동질적 시어들의 병치 등이 아이러니적 의장을 보여준다. 그리고 3연 1·2행의 "瓦斯의 政治家여/ 너는 活字처럼 고웁다"에서 '고웁다'는 아이러니를 구현하는 반어로 쓰이고 있다.197)

3) 모더니즘의 영향과 아이러니의 가능성

김수영이 신시론 동인들과 『새로운 都市와 市民들의 合唱』을 상재했을 때, 그의 시적 출발은 모더니즘에 기반하고 있었음이 분

속에서 사물화되고 즉 물화되고 즉자적 타자가 된다. 시인은 책의 내면을 친밀하게 개방하는 빛이 부재한 어두움 속에서 책의 이미지를 구성한다. 그러나 그렇게 겨우 구성된 책은 아직 책이 아니다. 그것은 열리는 책이 아니고 읽히지 못하는 책이다. 책이 열리기를 거부하면서 즉 자신의 본질을 부정하면서 현상하는 이 모순으로부터 시인의 고통은 시작되고 그 설움이 시작된다. 이 불면의 고통과 설움의 시간은 그 책의 열림이 가능해지는 지점까지 지속될 수밖에 없다. 시인은 그 진정한 책의 도래에서 비로소 마감될 그 불면의 시간을 견뎌야 한다. 바로 그 견딤 속에 시인의 행위의 본질이 있는 것"(김승희 편, 앞 책, 125-26쪽)이라고 한다.

197) 이 부분에서 필자의 견해를 밝히는 것이 필요한 것으로 여겨진다. '비동질적 시어들의 병치'가 아이러니적 의장을 보여준다는 것은 연구취지에서 정리했던 바 상대성이론과 양자역학에서 관찰주체를 인정하는 것에서 그 의의를 찾을 수 있다. 세계를 연속적이고 일관된 것으로 보려는 시선이 동일 이미지를 구성하는 시어들을 구사한다면, 모순과 차이 가운데에서 의미를 찾으려는 시선이 흔히 비동질적 시어들을 연속적으로 구사한다. 아이러니는 이와 같은 충돌과 부정 속에서만 구현될 수 있다. 그리고 필자가 이해하는 바 기본적으로 아이러니는 낭만파 이후 수사법이라기보다는 존재 원리라고 보고, 그것은 전체 구조속에서 파악된다고 본다.

명하다.198) 그러나 그는 대체로 동인들의 시작 경향을 탐탁하지 않게 생각하고 있었는데,199) 그것은 그들이 표방하는 모더니즘이 현실과 동떨어진 것이라는 점에서였다. 한국에서의 30년대 이후 모더니즘 수용이 주로 기교적인 측면에서 이루어진 데 반하여, 김수영은 모더니즘 본래의 정신이 '부단한 갱신'에 있다는 점을 이해하고 시창작에 수용하려고 노력한 것으로 여겨진다. 그는 "詩의 모더니티란 외부로부터 부과하는 감각이 아니라 내면에서 우러나오는 지성의 火焰이며, 따라서 그것은 시인이—육체로서—추구할 것이지 詩가—기술면으로—추구할 것이 아니다."200)라고 한다.

6 · 25 이전에 쓰여진 그의 시들은 "30년대의 모더니즘은 결과적으로 언어의 기교에 치중하는 형식주의적 성격을 띠게 되고 그것은 그대로 이후 모더니즘 시의 일반적 경향으로 굳어진다. 언어의 세련성 추구와 지성의 강조, 그리고 문명 속에서의 인상과 감각을 작품화시키려 한 이 시기 모더니즘은 이론과 실제 작품간의 괴리를 낳게 된 것이다"201)라는 비판을 벗어나는 작품을 생산하

---

198) 김병익, "진화 혹은 시의 다양성"『세계의 문학』, 1983. 3.
　　　김흥규, "김수영론을 위한 메모"『심상』, 1978. 1.
　　　염무웅, "김수영론" 황동규 편, 김수영의 문학(민음사, 1983).
199) 「박인환」, 「연극하다가 시로 전향」, 김수영 전집2(민음사, 1981).
200) 전집2, 350쪽.
201) 강연호, "김수영 시 연구"(고려대 국어국문과 박사논문, 1995), 21쪽.

고 있다. 하지만 이 시기의 작품들이 포오즈[202]를 완전히 벗어나 시인의 육성[203]을 담아내고 있는가는 미지수인데 이에 대해서는 작품들을 살펴보면서 논의를 진행하고자 한다.

현전하는 김수영의 작품 가운데 최초의 것은 조연현이 주관한 『예술부락』지에 실렸던 「廟庭의 노래」이다. 하지만 많은 논자들은 그의 실질적 처녀작으로 「孔子의 生活難」을 꼽는다.[204]

꽃이 열매의 上部에 피었을 때
너는 줄넘기 作亂을 한다

나는 發散한 形象을 求하였으나
그것은 作戰같은 것이기에 어려웁다

국수─ 伊太利語로는 마카로니라고
먹기 쉬운 것은 나의 叛亂性일까

---

202) 김수영의 다음과 같은 언급들은 주목을 요한다. "우리의 현대시가 겪어야 할 가장 큰 난관은 포오즈를 버리고 사상을 취해야 할 일이다."(전집2, 363쪽). "그러니까 진정한 정리가 오려면 우선 포오즈가 없어져야 한다. 그리고 포오즈가 없는 詩란, 두말할 것도 없이 견고한 자기풍의 시가 될 것이다."(전집2, 380쪽).

203) 김수영은 다음과 같이 언급한 바 있다. "이들에게는 한결같이 앞에서 말하는 체취를 찾아볼 수 없다. (중략) 이들에 대해서 전체적으로 肉聲이 모자란다는 말을 나는 감히 할 수 있을 것 같다."(전집2, 389쪽).

204) 김수영은 「孔子의 生活難」이 『새로운 都市와 市民들의 合唱』에 수록하기 위해 급작스럽게 粗製濫造한 히야까시같은 작품이며, 자신의 마음의 목록으로부터 깨끗이 지워버렸다고 한다(전집2, 226-30쪽).

동무여 이제 나는 바로 보마
事物과 事物의 生理와
事物의 數量과 限度와
事物의 愚昧와 事物의 明晳性을

그리고 나는 죽을 것이다
— 「孔子의 生活難」 전문

이 작품은 마지막 두 연의 명료함에도 불구하고 전체적으로 무척 모호하고 난해하지만 그런대로 이후 그의 시적 행로와 밀접한 상관성을 지니는 것으로 이해된다. 여러 논자들의 논의 가운데 염무웅은 앞 세 연의 돌연한 전환, 제4연과 제5연 사이에 있는 바와 같은 엉뚱한 비약, 의미의 혼란과 단절, 그리고 이 모든 것들의 결합으로 이루어지는 소격효과(疎隔效果)를 김수영이 노린 것 같다고 본다.[205] 필자는 이 작품이 수많은 논란을 불러올 만큼의 모호함과 미숙성이 있다는 점을 인정하면서,[206] 한편으로 그것이

---

205) 염무웅, "김수영론" 황동규 편, 김수영의 문학(민음사, 1983), 142쪽.
206) 강웅식은 이 작품에서 보이는 바와 같은 언어사용을 다음과 같이 해명한
다. "김수영은 두 가지 방식의 언어 사용을 자신의 시에서 동시에 포섭한
다. <공자의 생활난>의 경우, 제1연에서 제3연까지는 '언어의 작용' 부
분이고, 제4연과 제5연은 '언어의 서술' 부분이다. 다시 말해 전반부는
'의미를 이루지 않으려는 충동'이 작동된 부분이고, 후반부는 '의미를 이
루려는 충동'이 작동된 부분이다. 따라서 이 시의 전반부의 구절들을 어
떤 산문적인 의미로 치환하려는 시도는 거의 무의미하다. 그 구절들 자체

아이러니적 의장(儀裝)에서 비롯된 측면이 있다고 본다. 통속적 관념과 일상적 시선을 거스르면서 형상화함으로써 세계를 다시 생각해 보게 하고 보다 진실에 근접하려는 것이 아이러니의 기본적인 의의였다면 앞 작품은 그 가능성을 보여준다.

1연에서 '꽃이 열매의 上部에' 핀다는 것은 전도(顚倒) 현상을 나타내는 것으로, 이를테면 세상사가 합리적으로 이루어지지 않는 상황을 뜻한다. 이때 4연에서 '동무'로 지칭된 '너'는 하릴없이 반복적인 줄넘기 장난(作亂)이나 하게 된다. 세상사의 불합리와 동무인 너의 무의미한 행위를 보는 나는 '發散한 形象을 求하였'던 사람이다. 여기서 발산한 형상이란 자아든 타자든 가장 자유롭고 아름다운 모습으로 실현되는 것을 나타낸다. 하지만 그것은 1연 1행에 제시된 바와 같이 모순된 사회에 또 하나의 부조리를 보탤 수도 있는 '作戰같은 것이기에 어려움다'. 세상에서 상대를 이기거나 어떤 대상물을 획득하는데 있어서의 작전은 대부분 정공법이나 순리를 벗어나서 이루어지기 때문이다.

이쯤에서 작품의 제목인 '孔子의 生活難'을 숙고할 필요가 있

가 의미의 전달을 목표로 한 것이 아니기 때문이다. 의미 전달을 목표로 한 부분은 후반부인데, 거기서 드러나는 것은 화자의 어떤 태도 혹은 의지의 다짐이다. 김수영은 이처럼 하나의 작품 안에 '언어 서술'의 측면과 '언어 작용'의 측면을 동시에 포섭하여 그 양자의 충돌을 통해 '긴장'과 '힘'을 유발시키는 방식을 자신의 시쓰기의 기본 전략으로 삼았다."(강웅식, "김수영의 시의식 연구"(고려대학교 박사논문, 1998), 57쪽).

다. 필자는 시적화자 '나'가 곧 '공자'로 치환될 수 있다고 보는데, 공자는 인(仁)을 최고의 가치로 삼아 정의롭고 아름다운 세계, 곧 발산한 형상을 구했던 사람이다. 하지만 그의 정도를 받아줄 만한 군주가 없었고 세상에서 그의 이상을 이루기 위해서는 작전이 필요했기에 그것은 지난한 것이었다. 정도를 벗어나 얻는 권력이나 부 대신에 가난을 상징하는 국수207)를 쉬이 먹을 수 있는 것은 통속성에 대한 일종의 반란성이다. 여기서 '반란성'은 "시인은 영원한 배반자"208)라고 말하는 김수영에게 아주 중요한 함의를 지니는 말이다. 그는 평생의 시업에서 부단히 배반하고자 했으며, 그런 의미에서 이 작품은 이후 그의 시적 행로를 예견하는 것으로 읽히기도 한다.

이상에서와 같은 통속적 관념에 대한 반란성이야말로 아이러니의 본질적 속성이라고 볼 수 있는데, 그것은 물론 세계의 진실성에 보다 근접하고자 하는, 곧 '바로 보'고자 하는 노력이다.「孔子의 生活難」은 역설적 표현과 연과 연 사이의 급격한 변환, 그리고 김수영 시작을 일관하며 아이러니의 본질적 속성이 되는

---

207) 김기중의 다음과 같은 언급을 참조할 수 있겠다. "'국수'는 '밥'과 대조되면서 가난한 삶의 모습을 떠올리게 하는데 "이태리어로는 마카로니"라는 어사 또한 얄팍한 이국 취향과 관계되는 것이 아니라 이 작품이 창작된 1945년 당시의 현실 상황과 관련되면서 '패전국의 음식'이라는 함축을 짙게 내포한다. 국수는 가난한 이들의 음식이다."(김기중, "윤리적 삶의 밀도와 시의 밀도" 김승희 편, 앞 책, 200쪽).

208) 전집2, 189쪽.

‘반란성’의 언급과 바로 보겠다는 의지의 표명 등 상당한 의의를
드러낸다. 하지만 1, 2연의 경우 아이러니적으로 해석하기보다 은
유적으로 해석하는 것이 보다 타당해 보이는 점, ‘반란성’이나
‘바로 보’겠다는 의지를 형상화하기보다 직접적 언술로 표현한
점 등은 전면적으로 아이러니가 구현된 작품으로 볼 수 없게 한
다. 다음 작품을 보고자 한다.

웃음은 自己自身이 만드는 것이라면 그것은 얼마나 서러운 것
일까
푸른 목
귀여운 눈동자
진정 나는 機械主義的 判斷을 잊고 시들어갑니다.
馬車를 타고가는 사람이 좋지 않어요
웃고 있어요
그것은 그림
토막방 안에서 나는 宇宙를 잡을듯이 날뛰고 있지요
고운 神이 이 자리에 있다면
나에게 무엇이라고 하겠나요
아마 잘있으라고 손을 휘두르고 가지요
문턱에서.

— 「웃음」 부분

生後의 토끼가 살기 위하여서는
戰爭이나 혹은 나의 眞實性모양으로 서서 있어야 하였다
누가 서있는 게 아니라

토끼가 서서 있어야 하였다
그러나 그는 캉가루의 一族은 아니다
水牛나 生魚같이
音程을 맞추어 우는 법도
習得하지는 못하였다
그는 고개를 들고 서서 있어야 하였다

蒙昧와 年齡이 언제 그에게
나타날는지 모르는 까닭에
暫時 그는 별과 또하나의 것을 쳐다보고 있어야 하는 것이다
또하나의 것이란 우리의 肉眼에는 보이지 않는 曲線같은 것일까

樵夫의 일하는 소리
바람이 생기는 곳으로
흘러가는 흘러가는 새소리
갈대소리

「올 겨울은 눈이 적어서 토끼가 은거할 곳이 없겠네」

「저기 저 하아얀 것이 무엇입니까」
「불이다 山火다」

— 「토끼」 부분

부분 인용한 앞 두 편의 시는 해석과 이해가 요원할 정도로 대단히 난해하다. 그 난해함은 무엇에서 비롯되는 것일까. 우선 행과 행 사이의 이미지 전개의 단절성을 들 수 있다. 이를테면 앞

시의 "馬車를 타고가는 사람이 좋지 않어요"는 앞·뒤의 시행과 어떤 상관성이 있는지, '좋지 않어요'는 화자의 부정적 의지 표명인지 아니면 좋다는 설의적 표현인지 모호하다. 이미지의 중첩과 보완을 통하여 의미 탐색을 가능하게 하던 시들과는 사뭇 다른 구성이라 하겠다. 더구나 그것이 "진정 나는 機會主義的 判斷을 잊고 시들어갑니다."나 "戰爭이나 혹은 나의 眞實性모양으로 서서 있어야 하였다"와 같은 한 시행내에서조차 생경한 수사로 결합될 때 이해의 실마리를 잡아내기는 더욱 어려워진다. 그리고 두 번째 작품의 3·4행과 같은 당위적 재진술과 5행과 같은 허사(虛辭)의 진술 등도 전체의 맥락을 모호하고 난해하게 만든다. 그런데 이와 같은 단절적 이미지의 전개나 생경한 수사적 결합, 당위적이거나 허사적인 진술 등은 아이러니를 유발하는 요소가 될 수 있다. 하지만 그와 같은 시적 진술이 곧 아이러니의 구현이라고 보기는 어렵다.

아이러니는 그것을 구사하는 작가의 지적 산물로서 작가가 아이러니로 재현하고자 하는 대상을 깊이 있게 통찰하고 일상적 시선으로 볼 수 없는 진실을 시적 형상으로 드러내야 한다. 그리하여 진지하게 작품에 접근하는 독자들이 아이러니를 간취할 수 있도록 해야 한다. 6·25 이전 김수영 작품에 보이는 급격한 변환, 이미지의 단절적 구사 등의 시적 진술들은 당시 모더니즘의 영향하에 나온 것들로 보인다. 제1시기로 구분한 6·25 이전 작품은 모두 8편인데 그 가운데 「아메리카 타임誌」 등 네 편을 들면서 아이러니적 관점에서 고찰하였다. 그의 시 창작 행위는 기교를 중심으로 하는 당시 다른 시인들에 비하여 상대적으로 모더니즘의 폐해를 벗어나 아이러니적 가능성을 보여주었으나 아이러니가 전면적으로 구현된 작품은 없다고 본다.

2. 현실생활의 아이러니적 변용

1) 수사법으로서의 아이러니

6 · 25 발발 이후에서 4 · 19 직전까지의 김수영 작품의 주조(主調)는 이상과 현실 사이에서의 지속적인 갈등, 생의 버거움과 설움 등의 형상화라 할 수 있다. 성장과정에서의 병약함과 계속적인 가세의 기움, 6 · 25 때의 북한 의용군 징발과 거제도 포로수용소에서의 경험, 그리고 아내와의 관계[209] 등이 이 시기의 시적 주조와 깊은 상관성을 지닌다고 생각한다.

이 시기의 작품에는 자신과 세계의 양면성을 동시에 바라보려는 아이러니적 인식이 증대되어 있고 아이러니가 구현된 작품들도 상당히 발견된다. 우선 부분적으로 아이러니적 의장(儀裝)이 드러나는 작품을 보고자 한다.

---

209) 김수영이 북한 의용군에 끌려간 후 포로가 되고, 그 후 미군 통역으로 일하고 있는 사이, 부인 김현경은 김수영의 선린상고 동창인 이종구와 부산 광복동에서 동거하였다. 김현경은 1950년 12월 28일 피난지에서 김수영과의 첫아들을 낳은 바 있다. 부산에 살고 있던 김수영이 정부가 환도한 후 부인을 찾아가 함께 가자고 말했을 때 그녀는 거절하였다고 한다. 이들 부부는 1954년 말이나 1955년 초쯤에 재결합하였다.(최하림, 김수영 평전(실천문학사, 2001), 195-99쪽, 236쪽 참조)

① 정말 내가 捕虜收容所를 脫出하여나오려고
  無數한 動物的企圖를 한 것은
  이것이 거짓말이라면 용서하여 주시요,
  捕虜收容所가 너무나 자유의 天堂이었기 때문이다.
  老婆心으로 萬一을 念慮하여 말해두는 건데
  이것은 寸毫의 諷刺味도 逆說도 불쌍한 發惡도 靑年다운
狂氣도 섞여 있는 말이 아닐 것이다.
                — 「祖國에 돌아오신 傷病捕虜 同志들에게」 부분

② 티끌도 아까운
  더러운 것일수록 더한층 아까운
  이 길로 마냥 가면 어디인지 아는가

  더러운 것 중에도 가장 더러운
  썩은 것을 찾으면서
  비로소 마음 취하여보는
  이 더러운 길
                          — 「더러운 香爐」 부분

③ 클락 게이블
  그리고 너절한 大衆雜誌
  墮落한 오늘을 위하여서는
  내가 「오늘」보다 더 깊이 떨어져야 할 것이다

  그러나 사람들이 웃을까보아
  나는 적당히 넥타이를 고쳐매고 앉아있다
  뮤우즈여

너는 어제까지의 나의 세력
오늘은 나의 地平線이 바뀌어졌다
　　　　　　　　　— 「바뀌어진 地平線」 부분

　　인용한 앞 작품들에 아이러니적 발화가 드러나는 것은 쉽게 알
수 있다. 하지만 아이러니는 원칙적으로 한 작품의 내적 맥락에서
구사되고 이해되어야 한다. 보다 거시적인 관점에서는 한 시인의
시력(詩歷) 전체를 통괄해야 그가 구사한 아이러니를 바르게 이
해할 수 있다. 그리고 또한 한 작품 전체가 아이러니로 구현될 수
도 있지만, 수사적 관점에서 볼 때 많은 작품의 경우 아이러니적
진술과 아이러니가 아닌 진술이 혼재되어 있어 이해를 어렵게 하
기도 한다. 따라서 아이러니가 구현된 작품을 이해하기 위해서는
상당한 긴장과 지적 노력이 동반되어야 한다.

　　①에서 화자는 탈출하여 나오려고 무수히 동물적 기도, 즉 맹
목적 기도를 했던 포로수용소를 두고 자유의 천당이었다고 한다.
더구나 노파심으로 말한다고 하면서 자신의 말이 조금도 풍자나
역설, 광기에서 하는 것이 아니라고 한다. 시인은 다른 작품에서
"戰亂도 서러웠지만/ 捕虜收容所 안은 더 서러웠다"(「여자」에
서)고 말하고 있는데, 이 작품에시는 그 서러움과 끔찍함을 아이
러니를 써서 강조하고 있다.

　　②에서 화자는 "더러운 것일수록 더한층 아까운"이라거나 "썩

은 것을 찾으면서/ 비로소 마음 취하여” 본다고 하는데, 이것은 상식적으로 생각할 수 있는 것과 배치된다. 이와 같은 것은 흔히 역설로 일컬어지는 것으로써 필자는 그것을 아이러니의 하나로 본다.210) 작품 전체에서 볼 때211) 화자는 누구에게도 발각되지 않고 감추고 있는 고독이 있는데, 고독의 지댓돌 위에 있는 더러운 향로를 보면서 자신을 그것에 전치(轉置)시킨다. 이와 같은 전치

---

210) 아이러니와 역설의 관계에 대해서는 II장 2의 3)에서 정리한 바 있다. 이승훈은(“아이러니의 시적 논리” 『석우』(춘천교육대학 논문집, 1975. 12.), 88쪽)에서 역설을 언어적 아이러니로 본다. 오세영도 패러독스와 아이러니가 언어진술과 지시하는 대상과의 관계에서 서로 상반하는 의미를 내포하는 동일성을 지닌다고 한다. 그러나 패러독스가 진술된 언어 자체에 모순이 있다면, 아이러니는 언어와 대상 사이에 놓인 모순의 문제라고 한다. 따라서 “많은 의미에서 파라독스는 아이러니의 下位概念으로 혹은 아이러니의 한 특성으로 간주”(“아이러니와 파라독스” 『시문학』(1981. 11.), 46-47쪽)되었다고 언급한다.

211) 논의를 이해하는데 필요하다고 생각되어 「더러운 香爐」의 나머지 부분을 인용한다. “길이 끝이 나기 전에는/ 나의 그림자를 보이지 않으리/ 적진을 돌격하는 전사와같이/ 나무에서 떨어진 새와같이/ 적에게나 벗에게나 땅에게나/ 그리고 모든것에서부터/ 나를 감추리// 검은 철을 깎아 만든/ 고궁의 흰 지댓돌 우의/ 더러운 향로 앞으로 걸어가서/ 잃어버린 愛兒를 찾은 듯이/ 너의 거룩한 머리를 만지면서/ 우는 날이 오더라도// 철망을 지나가는 비행기의/ 그림자보다는 훨씬 급하게/ 스쳐가는 나의 고독을/ 누가 무슨 신기한 재주를 가지고/ 잡을 수 있겠느냐// 향로인가보다/ 나는 너와 같이 자기의 그림자를 마시고 있는 향로인가보다// 내가 너를 좋아하는 원인을/ 네가 지니고 있는 긴 역사였다고 생각한 것은 過誤였다// 길을 걸으면서 생각하여보는/ 향로가 이러하고/ 내가 그 향로와 같이 있을 때/ 살아 있는 향로/ 소생하는 나/ 덧없는 나// 이 길로 마냥 가면/ 이 길로 마냥 가면 어디인지 아는가”

와 공감대의 형성을 통해 자신의 고독이 비로소 마음 취할 수 있는 것은 가장 더럽고 썩은 것이라고 말하는 것이다.

「더러운 香爐」에서 아이러니는 화자의 고독과 더러운 향로를 병치(倂置)하여 동질성을 확인하는 데서 부분적으로 구현된다. 상관성이 없는 대상물들을 아이러니로 결합하여 의미를 확장하려는 노력은 신비평가들이 아이러니를 구사하는 기본적인 책략이었다. 그간 신비평가들을 비롯한 많은 아이러니 논자들은 아이러니가 세계의 구성원리라는 점을 인식하면서도 종종 수사법적 차원에서 논의를 진행했다. 그런 경우 논의의 간명성은 확보할 수 있었으나 흔히 형식적이고 도식적인 한계를 드러냈다. 아이러니 연구에서 더욱 중요한 것은 상식과 표층을 넘어서려는 부정과 역동의 양상, 그 시정신의 탐구라고 필자는 생각한다.

③은 시신(詩神)인 뮤우즈(Muse)가 솔직한 고백을 싫어하기에 투기와 경쟁과 사기 등과 같은 인간들의 생활에 대해서 이야기하지 않겠다고 한다(7연). 지금까지 뮤우즈는 고갱, 녹턴, 물새 등으로 표명된 것과 같은 우아함과 서정에 몰두하여 왔는데, 이제 시인이 그와 같은 시의 뒤를 따라가기에는 싫증이 난 것이다(10연). 생활을 하여 나가기 위해서는 경박성이 필요한 것이 현실이고(1연), 화자에게 뮤우즈는 어제까지의 세력이었지만 오늘은 화자의 지평선이 바뀐 것이다(5연). 이제 화자는 현실 너머의 추상이나 이데아가 아니라 사과와 수첩과 담배와 같이 인간들이 걸어

가는(끝연) 오늘을 노래하겠다는 것이다.

이 작품은 시가 무엇을 그려야 하는가에 대한 시인의 의식을 드러내고 있다. '오늘과 來日의 差異를 正視하기 위하여'(6연) 자신과 주변의 상황을 꼼꼼히 살펴보면서 한 지점에 이르게 된다. 즉 오늘의 현실을 깊이 있고 생생하게 그려내기 위해서는 오늘의 '타락한 현실'보다 더 깊이 떨어져야 한다는 것이다. 자신의 시쓰기에 대한 반성적 사유와 뮤우즈(Muse)에 대한 통념의 부정을 통하여 새로운 인식에 이르는 아이러니스트의 태도가 역동적으로 드러난다. 앞에 인용한 부분의 "墮落한 오늘을 위하여서는/ 내가 「오늘」보다 더 깊이 떨어져야 할 것이다"는 수사적 차원에서 볼 때 역설적 아이러니이다.

이상에서 살펴본 바 부분적으로 구사된 아이러니는 시 전체의 맥락에서 살펴보아야 보다 적절하게 의미를 파악할 수 있다. 시인이 어느 부분을 아이러니로 구현한다는 것은 그것을 통해서야 자신이 드러내고자 하는 것에 보다 근접할 수 있기 때문이다.212) 시

---

212) 이를테면 김소월과 한용운 시에서 빈번하게 구사된 역설적 아이러니는 그들이 이해한 세계가 역설적이었기 때문에 사회적 통념과 일상적 어법으로는 세계를 구현할 수 없었던 데에서 비롯된 것이다. 그들에게 사랑이라는 가장 농밀한 마음은 거리를 무화시킴에 의해서가 아니라 그만큼의 거리를 통해 확인되는 것이었다. 그리고 그것은 다시 님에게 가까이 가고 싶음, 언뜻언뜻만 보여지는 님에 대한 안타까움의 긴장을 통해 유지되는 것이었다. 사실 아이러니는 정처 없는 부정을 통하여 끊임없는 모색을 해나가는 긴장의 과정이다.

인이 말하고 싶었던 바는 작품 전체를 통하여, 나아가 그의 전반
적인 시 쓰기 과정을 통하여 비로소 드러난다.

　2) 「付託」의 아이러니

　　　자라나는 竹筍모양으로
　　　付託만이 늘어간다

　　　귀치않은 付託을 하러 오는 사람들이
　　　갖다주는 것으로 延命을 하고 보니
　　　拒絶할 수도 없는

　　　캄캄한 事務室 한복판에서
　　　나는 눈이 먼 암소나 다름없이 善良한데
　　　이 空間의 넓이를 가리키면서
　　　한꺼번에 구겨지자 없어지는 벼락과 천둥
　　　이것이 또 앞으로 얼마나 계속될는지

　　　여미지 못하는 생각 위에
　　　여밀 수 없는 付託이여
　　　차라리 竹筍같이 자라는대로 맡겨두련다

　　　일찌기 現實의 出發을 하지 못한 것을 뉘우치며
　　　오늘밤도 보아야 할 竹筍의 거치로운
　　　꿈은
　　　完全히 無視를 당하고나서야

비로소 安心할 수 있는
부끄러움이 없는
부끄러움을 더한층 뜻있게 하기 위하여
있으리라는 믿음에서

만만치 않은 付託
내가 너의 머리 위에
너를 대신하여
벼락과 천둥을 때리는 날까지
터전이 없으면 나의 머리 위에라도
잠시 이고 다니며 길러야 할
너는 不幸하기 짝이없는 竹筍이다

唯一한 時間을 聯想시키는
만만하지 않은 付託과 竹筍이 자라노니라
— 「付託」 전문

이 시에서 화자는 부탁이 봄비 온 뒤의 죽순처럼 늘어가는데 부탁을 하러오는 사람들이 갖다주는 것으로 생활하기 때문에 그것을 거절하지 못 하는 상황이다. 화자는 캄캄한 사무실에서 이러한 상황과 자신을 숙고하면서 자신이 세상을 잘 모르고 선량하다고 생각한다. 그러한 자신에 비해 부탁을 하러오는 사람들과 관행에 젖어 부탁과 그 대가를 받아들이는 사무실에서 일하는 사람들은 한통속이 되어 있다. 실질적으로는 화자도 그들과 다름 없이 부탁을 받고 그것을 받아들이지만, 자신과 상황에 대해 거듭 숙고

하는 자세가 반성을 가능하게 만들고 역전의 상황을 꿈꾸게 만든
다.213)

3연 4행의 '벼락과 천둥'은 각자의 예리한 양심 또는 그러한
상태를 견지하도록 일깨우는 것을 나타낸다고 할 수 있다. 이제
화자는 사태의 확인을 통하여 이와 같은 상태가 얼마나 계속될
지 걱정한다. 하지만 당장 자신이 어떤 실천으로 나아가지는 못하
는데 그것은 2연에서 밝힌 바 부탁하는 사람들이 갖다주는 것으
로 연명하기 때문이다. 걱정과 생각만 늘다가 화자가 택하는 것은
그것들을 자라는 대로 맡겨두겠다는 것이다. 그것들은 자신이 노
심초사한다고 해결될 수는 없고 무시를 통하여 안심할 수 있고
부끄러움을 없앨 수 있다고 생각하는 것이다. 이렇게 끝난다면 이
작품은 진정한 의미의 아이러니가 구현된 작품이라고 볼 수 없을
텐데 화자는 무시가 부끄러움을 한층 뜻 있게 하기 위한 것이라
한다. 자신의 양심을 자극하지만 쉽사리 어떻게 하기 힘든 상황
앞에서 그것의 전말을 객관화시켜 살핀 다음 일부러 무시해버림
으로써 결정적인 순간을 기다리는 것이다.

---

213) 이영섭은 이에 대해 "이것도 아이러니다. 시인 자신도 세상의 허위성과
타협하고 있는 자신을 인지하고 있다. 즉 세계와 화해적 태도를 견지
하고 있는 것이다. 자신이 타락하고 있음을 인지하고 있는 것은 타
락이 아니다. 그것은 오히려 도덕적 삶을 향해 나아가기 위한 든든
한 힘으로 전환될 수 있는 바탕이다."라고 한다.(이영섭, 김수영 시
연구(연세대학교 국어국문학과 석사논문, 1976), 151쪽)

필자는 6연의 '너'를 단순한 '부탁'이라고 보기보다는 부탁을 하고 수락하는 사람들과 상황을 나타내는 말로 본다. 그들은 타성에 젖어 스스로는 벼락과 천둥을 때릴 수 없게 되었기에 그 적당한 때를 찾을 때까지 자신의 머리 위에서 기르겠다고 한다. 1-3연에서의 반성적 시선은 이제 타기해야 할 대상과의 대결의 장으로 전이된다. 그것으로 연명을 하는 화자에게 부탁은 여전히 만만치 않지만, 이제 화자는 벼락과 천둥을 때릴, 즉 양심을 일깨울 유일한 시간을 연상하는 것이다. 하지만 이렇게 현실을 바로 보고 바꾸어내려는 관념적 의지가 생활 속에서 실현되는 것이 쉬운 일은 아니다. 그래서 바로 보려는 의지와 행위는 그에게 괴로움을 주고 설움과 비애를 자아낸다. 다음 작품들은 이러한 상황을 잘 보여준다.

여편네와 아들놈을 데리고
落伍者처럼 걸어가면서
나는 자꾸 허허……웃는다
　　〈중　략〉

生活은 孤絶이며
悲哀이었다
그처럼 나는 조용히 미쳐간다
조용히 조용히……

— 「生活」 부분

나의 天性은 깨어졌다
더러운 붓끝에서 흔들리는 汚辱
바다보다 아름다운 歲月을 건너와서
나는 태양을 줏었다고 생각하지는 않았지만
설마 이런것이 올줄이야
怪物이여

— 「PLASTER」 부분

　생활을 고절과 비애로 느끼는 화자가 스스로 반추해보는 자신의 모습은 낙오자처럼 보인다. 옆에는 아내와 아이가 있는데 자꾸 허허로운 웃음이 나오며 조용히 미쳐간다. 이것은 감당하기 힘든 생활에 대한 허탈함과 생활을 적당히 헤쳐나가지 못하는 자신에 대한 조소이다. 심지어 화자는 자신의 천성이 깨어졌으며 괴물(같은 것)을 만났다고 말한다. 두 번째 작품에서 '이런것'은 'plaster'를 지칭하는 것으로 시들간의 맥락에서 볼 때 자신의 이상이 왜곡되고 좌절되는 것으로 이해할 수 있다. 하지만 시인은 그러한 상태에 자신을 방치하지 않고 거듭 앞을 응시하고 나아간다. 생활에서의 고절감과 비애감, 그것이 자아내는 피로를 고찰하기 시작하는 것이다.

3) 현실생활의 수용과 아이러니적 대응

  이제 6·25 이후에서 4·19 직전까지의 작품 가운데 아이러니로
구현된 몇몇 작품을 검토하면서 그 의미를 살펴보고자 한다.

    너무나 잘 아는
    循環의 原理를 위하여
    나는 疲勞하였고
    또 나는
    永遠히 疲勞할 것이기에
    구태여 옛날을 돌아보지 않아도
    설움과 아름다움을 대신하여있는 나의 긍지
    오늘은 필경 긍지의 날인가보다

    내가 살기 위하여
    몇개의 번개같은 幻想이 必要하다 하더라도
    꿈은 敎訓
    靑春 물 구름
    疲勞들이 몇배의 아름다움을 加하여 있을 때도
    나의 源泉과 더불어
    나의 最終點은 긍지
    波濤처럼 搖動하여
    소리가 없고
    비처럼 퍼부어
    젖지 않는 것
    그리하여

疲勞도 내가 만드는 것
긍지도 내가 만드는 것
그러할 때면은 나의 몸은 항상
한치를 더 자라는 꽃이 아니더냐
오늘은 필경 여러 가지를 합한 긍지의 날인가보다
암만 불러도 싫지 않은 긍지의 날인가보다
모든 설움이 합쳐지고 모든 것이 설움으로 돌아가는
긍지의 날인가보다
이것이 나의 날
내가 자라는 날인가보다

— 「矜持의 날」 전문

화자는 피로와 피로의 이행을 순환의 원리로 이해하면서 '설움'으로서의 현실의 하중과 '아름다움'으로서의 이상적 지향을 대신하는 긍지를 발견한다. 그 긍지는 옛날의 기억 같은 것에서 오는 것이 아니고 현실 생활에서 파생되는 피로를 능동적으로 수락하는 것에서 기인한다.

2연에서 화자는 현실을 살아가기 위해서 불가피하게 환상[214] 이 필요하더라도 꿈은 교훈이 된다고 한다. 뒤에서 살펴 볼 「序詩」에서도 알 수 있는 바, 교훈은 사회의 이념이나 규칙 같은 것

---

214) 김수영은 "지금은 이 繁雜한 現實 우에 하나하나 幻想을 붙여서 보지 않아도 좋다/ 꺼먼 얼굴이며 노란 얼굴이며 찌그러진 얼굴이며가 모두 幻想과 現實의 中間에 서서 있기에"(「거리(二)에서」)라고 읊는 바, 그에게 환상은 현실을 변조하거나 가리는 것 또는 현실과 상치되는 것임을 알 수 있다.

을 의미한다. 결국 환상으로서의 꿈은 물이나 구름과 같이 흘러가 버리는 것일 뿐이다. 이처럼 현실을 살아가기 위하여 피로들이 환상과 아름다움을 더하여 있을 때도 원천과 함께 최종점은 긍지라고 하여 '긍지'의 확장을 보여준다. 그 긍지는 요동해도 소리가 없고 퍼부어도 젖지 않는 내면화 된 것으로 그려진다. 여기서 '피로'를 '설움'과 구분할 필요가 있는데, 피로가 보다 직접적·구체적·즉발적·단발적이라면 설움은 그것보다 심층적·추상적·지속적 성격을 지닌다고 본다. '설움'의 이와 같은 이해는 "모든 설움이 합쳐지고 모든 것이 설움으로 돌아가는/ 긍지의 날인가보다"라는 작품의 끝부분을 이해하는 데도 필요하다.

　화자는 이와 같이 긍지를 확인하고 확장하면서 더욱 능동적으로 나아가 피로도 긍지도 자신이 만드는 것이며, 그러할 때마다 자신은 한치를 더 자라는 꽃이 되는 듯 하다고 한다. 이러한 적극성은 김수영에게 '피로'보다 원천적이고 전방위적인 설움[215]까지도 순환의 원리로 이해하고 긍지로 수락하는 자신감을 갖게 한다.

---

215) 정현종은 김수영의 설움에 대해, "그의 설움의 연원은 대개 세 가지로 말해볼 수 있다. 즉 시인의 과거—6·25를 전후한 우리의 역사와 겹쳐져 있는 과거가 그 하나이고, 생활 현실이 두번째 연원이며, 세번째는 위의 두 가지와 좀 다른 것으로서, 설움의 의미라고 할 수 있는데, 즉 살아있다는 증거로서의 설움이다. 그의 설움은 그것이 우리의 역사적 고난이나 생활 현실에서 나온 것이기 때문에 …(중략)… '설움'은 한결 현실적이고 우리의 한에 가까운 우리만의 슬픔같은 느낌을 준다."(정현종, "詩와 행동, 추억과 역사" 황동규 편, 앞 책, 228쪽)고 한다.

염무웅은 김수영의 이러한 태도에 대해 다음과 같이 언급한다.

> 각박한 생활이 주는 한없는 고달픔, 정직하고 진실하게 살려
> 는 갈망, 생활과 갈망의 괴리에서 오는 자책과 자의식, 그리고
> 이 모든 것들에 물들여져 있는 비애와 우수—아마 우리는 50년
> 대 김수영의 시를 이렇게 요약해 볼 수 있을 것이다. 그런데 그
> 의 문학의 최대의 강점은 어떤 정지된 상태에 만족할 줄 모르는
> 지침없는 탐구욕, 끊임없이 앞을 향해 움직이는 정신이 그를 지
> 배한다는 사실이다.216)

시인은 "모든 觀念의 말단에 서서 생활하는 사람만이 이기는
법이다/ 새로운 目標는 이미 作業을 시작하고 있었다/ 驛을 떠난
汽車 속에서/ 능금을 먹는 아이들의 머리 우에서/ 설명이 필요하
지 않은 喜悅 우에서/ 四十年間의 組版經驗이 있는 近視眼의
老職工의 가슴속에서/ 가장 深刻한 나의 愚鈍 속에서/ 새로운
目標는 이미 나타나고 있었다"(「玲瓏한 目標」에서)와 같이 생활
속으로 한발 더 다가간다. 그리고 다음과 같은 시를 완성한다.

> 言語는 나의 가슴에 있다
> 나는 謀利輩들한테서
> 言語의 단련을 받는다
> 그들은 나의 팔을 支配하고 나의
> 밥을 支配하고 나의 慾心을 지배한다

---

216) 염무웅, "김수영론" 황동규 편, 김수영의 문학(민음사, 1983), 153-54쪽.

그래서 나는 愚鈍한 그들을 사랑한다
나는 그들을 생각하면서 하이덱거를
읽고 또 그들을 사랑한다
生活과 言語가 이렇게까지 나에게
密接해진 일은 없다

言語는 원래가 유치한 것이다
나도 그렇게 유치하게 되었다
그러니까 내가 그들을 사랑하지 않을 수가 없다
아아 謀利輩여 謀利輩여
나의 化身이여

— 「謀利輩」 전문

김수영은 이 작품에서 '모리배'라는 일반의 부정적 개념을 재고하면서 자신의 시작 태도를 간명하게 드러낸다. 흔히 시인에게 언어는 작업의 질료이자 최종 심급으로 이해된다. 그런데 화자는 1연에서 가슴에 있다는 그러한 언어를 모리배들한테 단련받는다고 하여 독자들을 놀라게 한다. 여기에서 독자들의 놀람은 시인이 구사하는 언어는 무수한 단련(鍛鍊)을 통하여 얻어지는 순수한 결정체(結晶體)라는 통념에 대한 배반에서 비롯된다. 화자는 부연하기를 그처럼 모리배들이 자신을 단련할 수 있는 것은 자신의 팔과 밥과 욕심에 대한 지배를 통해서라고 한다. 팔과 밥과 욕심을 지배한다는 것은 육체와 심리의 욕구와 에너지원을 통제한다는 의미로 그것들은 생명 부지와 생활 유지에 불가결한 것들이다. 이처럼 자신의 선천적 후천적 필요 충족을 위하여 이익을 도모하는 사람들이 모리배이고, 생활이 그 같은 이익의 창출에 의해 가능해진다면 모리배는 다름 아닌 범상한 일상인들이 되는 것이다.

추상이나 관념, 그리고 환상이 아닌 생활의 구체적 필요들을 주목하고 그것들의 의미를 되새길 때 생활과 언어가 밀접하게 된다. 혹자들은 일상 생활과 거기에서 배태되는 언어들을 유치하다고 하지만, 언어라는 것은 원래 구체적 대상들과 질감들을 표현하면서 만들어진다. 그리고 일상인들이야말로 유치한 언어를 부리면서 현실에 밀착하여 살아가는 모리배들이다. 이제 화자는 자신의 언어에 대한 숙고를 통하여 자신과 모리배의 동질성을 획득하며 생활의 구체적 실감으로 나아가는 것이다.

이상에서처럼 시인은 생활의 버거움과 비애감을 그것 자체로 시적 대상으로 삼아 아이러니를 구현한다. 이 시기의 아이러니는 "세상의 허위에 눈감지 않으려는 그의 예술가적 양심은 진실의 관점에서는 세상을 완전히 거부하지만 현실의 관점에서는 그것을 완전히 받아들이는"[217] 태도와 결부된다. 이처럼 그는 생활 속으로 들어가 자신의 존재, 일반의 통념과 대결하면서 생활을 배반하는 첨단의 노래를 부르는 것이다. 다음 시는 자신의 시쓰기에 대

---

217) 김종윤, "김수영 시 연구"(연세대 대학원 국문과, 1987), 133쪽.

한 사유의 한 지점을 아이러니로 보여준다.

> 나는 너무나 많은 尖端의 노래만을 불러왔다
> 나는 停止의 美에 너무나 等閑하였다
> 나무여 靈魂이여
> 가벼운 참새같이 나는 잠시 너의
> 흉하지 않은 가지 위에 피곤한 몸을 앉힌다
> 成長은 소크라테스 이후의 모든 賢人들이 하여온 일
> 整理는
> 戰亂에 시달린 二十世紀 詩人들이 하여놓은 일
> 그래도 나무는 자라고 있다 靈魂은
> 그리고 敎訓은 命令은
> 나는
> 아직도 命令의 過剩을 용서할 수 없는 時代이지만
> 이 時代는 아직도 命令의 過剩을 요구하는 밤이다
> 나는 그러한 밤에는 부엉이의 노래를 부를 줄도 안다
>
> 지지한 노래를
> 더러운 노래를 生氣없는 노래를
> 아아 하나의 命令을

— 「序詩」 전문

이 작품은 문면(文面) 그대로 읽기보다 아이러니로 읽어야 한다. 문면대로 읽었을 때 지금까지 너무 첨단의 노래만을 불러온 점을 반성하고 이제 정지의 미에 관심을 기울이겠다는 뜻으로 이해할 수 있다.218) 그러나 이 작품은 그와는 거리가 먼 이야기를

하고 있다.

　일순간 화자는 자신이 첨단의 노래만을 불렀고 나무의 서정성이나 영혼의 고요함 등과 같은 정지의 미에 등한했다고 생각하며 정지미의 대상들에게서 쉬고자 한다. 쉬면서 생각해보면 성장은 소크라테스 이후의 현인들이 해왔고, 정리는 전란에 시달린 20세기 시인들이 하여 놓은 일이다. 곧 그간 화자는 피곤을 감내하면서 첨단의 노래만을 불러왔는데, 이미 시인들과 현인들이 그리 해왔던 것이다. 그렇다면 이제 첨단의 노래를 부른다는 것은 무의미하고 정지의 미를 추구하는 것만이 의미 있는 것이 아닐까 생각하게 된다.

　좀더 숙고하던 화자는 정지한 것처럼 보이던 나무와 영혼이 자라고 있는 것을 알게 되고, 교훈과 명령까지도 자라는 것을 발견한다. 이처럼 정지해 있는 것은 없다는 인식은 그 다음의 시적 확장으로 이어진다. 여기에서 교훈과 명령이라는 말은 돌연하게 느

---

218) 강연호는 이 작품이 "이제 <停止의 美>를 부르겠다는 태도의 전환을 이 작품에서 「序詩」라 명명하고 있는 것으로 보인다."고 한다. 그러면서 그는 다음과 같이 말한다. "<命令의 過剩을 요구하는 時代>는 행복한 시대가 아닐 것이다. 그렇지만, 바로 그렇기 때문에 시인은 현실 속으로 하강하고 침잠하여 그것을 노래하겠다고 다짐하고 있다. 당대의 모더니즘 운동이 갖는 한계에 비추어 볼 때, 김수영의 이러한 <停止의 美>를 향한 태도의 전환은 오히려 역설적으로 <尖端의 노래>에 가까워졌다고 할 수 있다. 그가 하강과 침잠을 통해 인식하게 되는 것은 뒤떨어진 현실의 허위와 모순이다. 그는 이러한 것들에 대한 싸움을 대부분 자기 자신을 향한 비판과 풍자로 바꾸어 수행하게 된다."(강연호, 앞 논문, 111쪽).

꺼지지만 다음 행들에서 그것들의 함의를 유추할 수 있다.

1연 12행의 '명령의 과잉'이란 부자유함을 초래할 정도로 억압과 강제가 지나친 상태를 의미한다. 지금까지도 명령의 과잉을 용서할 수 없는 시대였는데, 그러한 상태가 개선될 여지는 보이지 않고 오히려 시대는 아직도 명령의 과잉을 요구한다는 것이다.

이처럼 시대가 명령의 과잉을 요구하는 밤에는 부엉이의 노래를 부를 줄도 아는데, 그것이 지지하고 더럽고 생기없는 것이라고 한다. 심지어 그것은 자라나는 하나의 명령과 같은 것이라고도 한다. 이와 같은 맥락에서 볼 때 '교훈'은 그 사회의 규칙이나 통제 이념 같은 것이라 할 수 있다. 따라서 이제 화자가 그러한 밤에 부를 수 있는 노래는 첨단의 노래일 수밖에 없게 된다. 화자는 이 작품에서 반성의 포오즈를 취하면서 숙고를 통하여 시적 확장으로 나아가고, 결국 첨단의 노래를 부를 수밖에 없음을 드러낸다.

김수영 시작품에서 6·25 이후 4·19 직전까지의 가장 큰 특징은 생활과 현실을 발견하는 시선이고[219] 부단히 앞을 향하는 정신이다.[220] 즉 그는 생활의 버거움과 그에서 기인하는 비애감

---

219) 김수영은 "우리나라의 현실을 가장 잘 대변할 수 있는 시는 어떤 시인가? 가장 밑바닥에서 우러나오는 가장 절박한 시를 쓰려면 어떻게 하면 되는가?"(전집2, 191쪽)라거나 "시인의 스승은 현실이다. 나는 우리의 현실이 시대에 뒤떨어진 것을 부끄럽고 안타깝게 생각하지만, 그보다도 더 안타깝고 부끄러운 것은, 이 뒤떨어진 현실을 직시하지 못하는 詩人의 태도이다. 오늘날의 우리의 현대시의 양심과 작업은 이 뒤떨어진 현실에 대한 자각이 모체가 되어야 할 것 같다."(전집2, 350쪽)라고 한다.

자체를 시적 대상으로 삼아 아이러니를 구현하는 것이다. 그것은 생활속으로 밀착하여 그 생활의 통념과 허위를 드러내려는 고도의 전략으로서의 아이러니적 태도였다. 이제 그와 같은 시선과 정신이 4 · 19를 맞아 어떻게 변용 · 확장되는가를 살펴보고자 한다.

---

220) 김수영은 다음과 같이 언급한 바 있다. "어제의 시나 오늘의 시는 그(시인-필자)에게는 문제가 안된다. 그의 모든 관심은 내일의 시에 있다. 그런데 이 내일의 시는 未知다. 그런 의미에서 시인의 정신은 언제나 미지다."(전집2, 187쪽).

3. 개혁에 대한 바람과 혁명의 좌절

1) 4 · 19혁명과 그 좌절

　4 · 19혁명은 김수영의 시적 향방을 확연하게 바꾸는 대사건이었다.[221] 혁명 직후「우선 그놈의 사진을 떼어서 밑씻개로 하자」나「祈禱」같은 작품에서는 흥분이 채 가시지 않은 육성이 거의 그대로 드러나기도 한다. 제3기에서 1963년까지 아이러니가 구현된 작품의 대부분은 혁명을 무화시키려는 사람들에 대한 분노, 왜곡되어가는 혁명을 무력하게 보면서 좌절하는 자신을 형상화하는

---

221) 다음의 언급들은 김수영에게 있어서 4 · 19가 어떤 의미였던가를 잘 밝혀준다.
　“4 · 19는 김수영에게 시에 대해 일대 전환기를 마련한 사건이었다. 그는 민중의 힘이 승리한 것에 말할 수 없는 감격과 기쁨을 맛보았다. 그의 인생에 있어서 가장 환호작약한 시기였다. 4 · 19를 전후한 시기 중에 그는 가장 직접적으로 산문, 일기, 시 속에서 혁명과 자유에 대한 이상을 소리 높여 외친다. 이 기간은 그에게 현실에 대한 태도 변화와 함께 시에 있어서도 언술 방법의 대변환을 이룩한 가장 혁명적인 시기가 된다.”(김혜순, 김수영(건국대 출판부, 1995), 23-24쪽).
　“4 · 19 혁명은 시인에게 참으로 거대한 이상주의적 저항 에너지의 분출이요 아름다운 자생적 생명의 솟구침이었던 것 같다. 중심 또는 독재가 주는 모든 억압에 대해 비판적, 저항적, 부정적이었던 그는 4 · 19라는 순수 자생적인, 순수 민중적인 항거를 통해 그가 그토록 욕망했던 탈중심적 발산을 경험하게 되었던 듯하다.”(김승희 편, 앞 책, 378-79쪽).

데 쓰인다. 작품들을 살펴보면서 논의를 진행하겠다.

> 우리들의 敵은 늠름하지 않다
> 우리들의 敵은 카크 다글라스나 리챠드 위드마크 모양으로 사
> 나웁지도 않다
> 그들은 조금도 사나운 惡漢이 아니다
> 그들은 善良하기까지도 하다
> 그들은 民主主義者를 假裝하고
> 자기들이 良民이라고도 하고
> 자기들이 選良이라고도 하고
> 자기들이 會社員이라고도 하고
> 電車를 타고 自動車를 타고
> 料理집엘 들어가고
> 술을 마시고 웃고 雜談하고
> 　　　　　　　　— 「하…… 그림자가 없다」 부분

1960년 4월 3일에 쓴 것으로 기록되어 있는 이 작품은 4·19
를 예감하고 쓴 것처럼 보인다. 적과 전선과 싸움의 태도와 방법
에 대해 말하고 있는데 부분 인용한 앞 시에서는 '적'에 대한 일
반적 관념을 다시 생각하게 한다. 흔히 내부를 결속하고 결의를
다지기 위하여서도 다소 적을 공포스럽고 악하게 위장한다. 그런
방식은 특정한 시기에 실질적 전선을 갖추고 있을 경우 얼마간
소기의 목적을 달성할 수 있을지 모른다. 하지만 가시적인 전선
없이 적의 실체를 똑바로 알고 지속적으로 싸워나가야 하는 상황

에서는 그와 같은 위장이 부적절할 수 있다. 실제의 적, 일상의 적은 유난히 늠름하거나 사납지도 않고 악한도 아니다. 그들은 보통사람처럼 요릿집에 가고 술도 마시고 웃고 잡담도 하는 것이다.

타기해야 할 대상들에 대한 앞과 같은 이해 덕분이었을까. 혁명이 일어나고 잠깐 세상은 개변하는 것처럼 보였다. 김수영은 4·19를 통하여 하늘과 땅이 일치되는 새로운 세계를 보았고, 자신의 생에서 상대적으로 드높은 자유를 경험했다.

> 형, 사실 나는 4·19 때에 하늘과 땅 사이에 통일을 느꼈소. 그때는 정말 남도 북도 없고 미국도 소련도 아무 두려울 것이 없습디다. 하늘과 땅 사이가 온통 자유 독립 그것뿐입디다. 헐벗고 굶주린 사람들이 그처럼 아름다워 보일 수가 있습디까! 나의 온몸에는 티끌만한 허물도 없습디다. 그러니까 나의 몸은 전부가 바로 주장입디다. 자유입디다. 4월의 재산은 바로 그것이었소.[222]

하지만 새 정권은 민의를 모으고 도약할 통솔력이 없었고, 그 사이로 구세력이 건재함을 과시하기 시작한다. 김수영의 말을 빌리면 불쌍한 것은 천국이 온다고 바라고 있는 백성들뿐이었다.

룻소의 「民約論」을 다 精讀하여도

---

222) 최하림, 앞 책, 288쪽.

執權黨에 阿附하지 말라는 말은 없는데
民主黨이 제일인 세상에서는
民主黨에 붙고
革新黨이 제일인 세상이 되면
革新黨에 붙으면 되지 않는가
귀에 걸면 귀걸이 코에 걸면 코걸이가
第二共和國 이후의 政治의 鐵則이 아니라고 하는가
여보게나 나이 사십을 어디로 먹었나
八·一五를 六·二五를 四·一九를
뒈지지 않고 살아왔으면 알겠지
大韓民國에서는 共產黨만이 아니면
사람따위는 幾千名쯤 죽여보아도 까딱도 없거든
— 「晚時之歎은 있지만」 부분

　그의 일기와 시작품들을 보면 4·19 후 한두 달이 지나면서 혁명이 왜곡될 기미를 발견하고 염려하면서 풍자하는 것을 알 수 있다. 1960년 6월 30일 일기에는 "第二共和國!/ 너는 나의 적이다./ 나는 오늘 나의 완전한 휴식을 찾아서 다시 뒷골목으로 들어간다./ 그리고 거기에는 어제의 나는 없어!/ (중략) 第二共和國!/ 너는 나의 적이다. 나의 완전한 휴식이다./ 영광이여, 명성이여, 위선이여, 잘 있거라."라며 불신과 부정을 드러낸다. 앞 작품도 발빠르게 시류에 편승하여 살아가는 사람들과 그것이 용납되는 사회를 풍자적으로 아이러니화하고 있다.

　스스로의 주견을 가지고 신념 있게 살기보다는 집권세력에 아부하고 영합하면서 사는 것이 정치의 철칙이 되었다. 그런데 그와 같은 철칙은 비단 제2공화국만의 풍조는 아니고 얼마간의 역사를 지닌 것이다. 심지어는 혁명의 과정에서 반혁명 세력으로써 사람을 죽이고도 버젓이 잘 살아가는 사람들도 있는 것이다. 이와 같은 상황에서 시인의 감성과 지성은 극도로 예민하게 되고, 다음과 같은 작품을 산출하게 된다.

> 폴리號颱風이 일기 시작하는 여름밤에
> 아내가 마루에서 거미를 잡고 있는
> 꼴이 우습다
>
> 하나 죽이고
> 둘 죽이고
> 넷 죽이고
> ....
>
> 야 고만 죽여라 고만 죽여
> 나는 오늘아침에 誓約한 게 있다니까
> 남편은 어제의 남편이 아니라니까
> 정말 어제의 네 남편이 아니라니까
>
> — 「거미잡이」 전문

짧게 형상화 된 이 작품은 일견 유기적이지 않고 다소 뜬금없는 것처럼 보일 수도 있는데, 바로 그 뜬금없음과 화자의 발성이

어우러져 아이러니를 만들고 있다. 1연에서 화자는 태풍이 일기 시작하는 여름밤에 아내가 마루에서 거미를 잡고 있는 모습을 보면서 단순하게 우습다고 생각한다. 하지만 아내가 집요하게 계속 거미를 죽여가는 것을 보자, 숨이 차오르면서 자신은 어제의 남편이 아니고 아침에 서약한 게 있다고 다급히 외친다. 이것은 서로 아무런 상관도 없는 것처럼 보이는 상황을 병치하여 관계시키면서 독자들의 연상을 불러온다.

김수영은 피로써 쟁취한 4·19가 왜곡되고, 청산되어야 할 대상들이 건재한 것을 보면서 울분을 느낀다. 한편으로 그와 같은 상황을 바꿀 수 있는 일을 도모할 수 없다는 데에 무기력과 자괴감을 느끼고 실의에 빠진다. 이와 같이 예민할대로 예민해진 상태에 있는 화자에게 여름밤 계속해서 거미를 죽이는 아내의 행위는 남다른 의미로 다가든다. 즉, 봄날의 혁명이 변질되고 말살되어가는 여름밤 아내의 행위는 화자의 무기력에 대해 자책감과 위기감을 유발한 것이다.[223]

---

[223] 「거미잡이」에서 거미를 잡는 아내의 행위를 통해 자책감과 위기감을 느끼는 화자에게 '거미'가 가지는 의미를 살펴보는데 김수영의 다음 작품이 참고가 된다. "내가 으스러지게 설움에 몸을 태우는 것은 내가 바라는 것이 있기 때문이다.// 그러나 나는 그 으스러진 설움의 풍경마저 싫어진다.// 나는 너무나 자주 설움과 입을 맞추었기 때문에/ 가을바람에 늙어가는 거미처럼 몸이 까맣게 타 버렸다."(「거미」 전문) 자신과 동일자인 '거미'는 바라는 것이 있었지만 그것을 실현하지 못하고 설움에 몸을 태우는 존재인 것이다.

예민한 독자는 이 작품을 통하여 "아이러니가 현실의 부조리에 대한 시인의 비판정신을 간접화 하는 효과를 지닌다는 점을 염두에 둘 때, 아이러니가 시적 방법으로 선택된다는 것은 시인의 양심에 가해지는 시대적 질곡이 그만큼 가혹했음을"[224] 눈치채게 되는 것이다.

다음 시는 김수영이 그토록 염려하고 불안해했던 4·19혁명정신의 왜곡과 변질이 점점 가시화되던 시기에 쓰여진 것이다.

電話를 걸고 그는 떠나갔다
공연한 이야기만 남기고 떠나갔다
그의 이야기가 絶望인 것이 아니라
그의 모습이 絶望인 것이 아니라
그가 돈을 가지고 갔다는 것이 아니라
그가 犯罪者이었다는 것이 아니라
더우기나 그가 外國地洋服이나
지 아이 가리를 하고 있었다는 것도 아니라
그가 나갔을 때

강은교는 이에 대해 다음과 같이 말한다. "이 시가 보여주는 것은 '거미'가 된 시인의 구체적 모습이며 이는 '거미'라는 시적 대상으로 구현되면서 시인의 변신을 보여준다. 다시 말하면 시의 표층으로 떠오른 '거미'는 '아내'와의 시적 대응을 통해 원 모티브 의식이 투영되어 있는 변신 이미지를 이루고 있는 것이다. 여기서 그의 '거미'는 시적 공간에 소외되어 있는 그의 변신을 나타내는 모티프라고 할 수 있다."(강은교, "김수영 시의 모티브 연구" 김승희 편, 앞 책, 341쪽).

224) 김종윤, 앞 논문, 136쪽.

洋盤伴奏曲이 感傷的이었다는 것이 아니라
더우기나 푸른 창가에
黃昏이 걸터앉아있었다는 것이
더우기나 아니라
나의 周圍에 말짱 「反動」만 앉아있어
객소리만 씨부리고 있었다는 것이
더우기나 더우기나 아니라

이런 黃昏에는 시베리아의
어느 이름없는 개울가에서
들오리가 서투른 앉음새로
병아리를 품고 있을지도 모른다
심심해서 아아 심심해서

— 「黃昏」 전문

이 작품에서 전화를 걸어 공연한 이야기만 남기고 떠나갔다고 말하고서는 '아니라'는 말의 반복을 통해 자신의 진술을 지속적으로 부정해가는 태도는 아이러니하다. 이 경우 아이러니는 기본적으로 부정을 통해 대타항들을 숙고하게 하는 태도라는 것을 의미한다. 화자는 창가에 황혼이 있었거나 반동들이 객소리만 하고 있었다는 것이 아니라고 부정하지만, 이와 같은 발화가 독자들에게 아이러니를 유발하려는 시인의 의도된 방법임은 물론이다.[225]

---

225) 작품에 아이러니가 구사되는 경우 독자들은 성급하게 그 의미를 추출하려고 하기보다는 작가가 그것을 통해 의도하는 이면을 보려는 신중한 태도로 접근해야 한다. 독자들은 작가가 왜 아이러니를 구사하는가, 그와 같

왜냐하면 화자는 "여기에 있는 것은 中庸이 아니라/ 踏步다 죽은
平和다 懶惰다 無爲다/ (但「中庸이 아니라」의 다음에「反動이
다」라는/ 말은 지워져있다"(「中庸에 대하여」 4연에서)라거나 "民
主黨이 제일인 세상에서는/ 民主黨에 붙고/ 革新黨이 제일인 세
상이 되면/ 革新黨에 붙으면 되지 않는가/ 귀에 걸면 귀걸이 코
에 걸면 코걸이가/ 第二共和國 이후의 政治의 鐵則이 아니라고
하는가"(「晩時之歎은 있지만」 1연)라고 반동들과 기회주의자들
을 질타했기 때문이다.

　화자는 그가 남기고 갔다는 '공연한 이야기'나 '그'의 실체는
끝내 드러내지 않은 채, 자신의 '주위'에 대해서까지 말한다. 그리
고 2연에서는 시베리아 개울가의 들오리가 병아리를 품고 있을지
도 모른다는 돌연한 이야기가 전개된다. 2연의 이야기는 그 자체
가 느닷없기도 하고, 막연한 추측형 '―을지도 모른다'에 '심심해
서 아아 심심해서'라는 끝행이 더해지면서 중층적으로 아이러니
화 되는 것이다. 사실 이 작품만으로 작품에 구현된 아이러니의
시적 의미를 명료하게 밝히기는 아주 어렵다. 이런 경우 시인이
처한 개인적, 역사적 상황과 시적 행로를 함께 고려하여 검토해야
한다. 그러면서 시행과 시행의 관계, 시어의 함의와 함께 시를 구

은 아이러니를 통하여 드러나는 작가의 세계관은 무엇인가, 작가가 구현
한 아이러니를 통해 성취되는 작품의 효과는 무엇인가를 염두에 두어야
한다. 또한 아이러니가 단순히 표현방식으로서의 수사법이기 이전에 그와
같은 방식으로 표현될 것을 요하는 세계관을 전제함을 늘 상기해야 한다.

성하는 태도를 숙고해야 한다. 이처럼 접근할 때 「黃昏」은 실패한 혁명 이후의 분노와 절망감, 공허함을 드러내는 작품이라는 것을 알 수 있다.

2) 「그 방을 생각하며」의 아이러니

革命은 안되고 나는 방만 바꾸어버렸다
그 방의 벽에는 싸우라 싸우라 싸우라는 말이
헛소리처럼 아직도 어둠을 지키고 있을 것이다

나는 모든 노래를 그 방에 함께 남기고 왔을 게다
그렇듯 이제 나의 가슴은 이유없이 메말랐다
그 방의 벽은 나의 가슴이고 나의 四肢일까
일하라 일하라 일하라는 말이
헛소리처럼 아직도 나의 가슴을 울리고 있지만
나는 그 노래도 그 전의 노래도 함께 다 잊어버리고 말았다

革命은 안되고 나는 방만 바꾸어버렸다
나는 인제 녹슬은 펜과 뼈와 狂氣—
失望의 가벼움을 財産으로 삼을 줄 안다
이 가벼움 혹시나 歷史일지도 모르는
이 가벼움을 나는 나의 財産으로 삼았다

革命은 안되고 나는 방만 바꾸었지만
나의 입속에는 달콤한 意志의 殘滓 대신에

다시 쓰디쓴 냄새만 되살아났지만

방을 잃고 落書를 잃고 期待를 잃고
노래를 잃고 가벼움마저 잃어도

이제 나는 무엇인지 모르게 기쁘고
나의 가슴은 이유없이 풍성하다
—「그 방을 생각하며」전문

전6연으로 되어 있는 앞 작품은 1·2연을 하나의 축으로, 3-6 연을 또다른 축으로 읽을 수 있다. 앞 두 연은 과거 지향적 측면을 지니고, 뒤의 연들은 현재 또는 미래지향적 성격을 지니고 있다. 또한 앞 두 연의 '방'이 과거로 귀속되는 공간인데 반하여, 뒤 연들에 쓰인 방은 현재나 미래로 열려 있는 공간이다. 이에 대해 이종대는 다음과 같이 언급한다.

> 전반부 '방'에서의 모든 행위는 '헛소리'로 형상화되지만 후반부에 와서 돌이켜 본 그 '과거의 방'은 '역사'로서의 방이며, '나의 재산'으로 삼을 수 있는, 의미있는 방으로 형상화되고 있다. 다시 말하면 '때묻은 혁명'의 공간이지만 그 공간은 화자에게 '때'로 인하여 아무짝에도 쓸모없는 혁명이 아니라 나름의 의미를 지닌 사건으로 작용하고 있음을 보이고 있다.[226]

---

226) 이종대, 앞 논문, 114쪽. 더하여 이종대는 「그 방을 생각하며」에 드러난 시인의 새로운 인식에 대해 다음과 같이 말한다. "그러나 여기서 무엇보다 지적되어야 할 것은 이러한 자각이 4.19혁명에 의해서 비로소 시작된

시인이 그렇게도 환호작약하던 4 · 19[227]가 성공적인 시민 혁
명으로 진전되기보다는 왜곡되고 변질되어 나가자 화자는 혁명을
꿈꾸던 방을 바꾸고 쓰디쓴 입맛을 느낀다. 화자는 기대와 노래와
낙서와 가벼움과 같은 자유까지 잃은 것이다. 그런데 화자는 놀랍
게도 이와 같은 것을 잃고도 "이제 나는 무엇인지 모르게 기쁘고/
나의 가슴은 이유없이 풍성하다"고 말한다. 많은 것들을 잃었으
면서 기쁘고 풍성하다고 하는 것은 아이러니이다. 일견 이와 같은
태도는 상황과 자신에 대한 풍자 또는 체념의 상태를 표현한 것
처럼 보인다.

하지만 이것은 시인이 지난한 역사적 사건을 경험하면서 아이
러니적 변주를 통해 나름대로 통찰하면서 이른 한 지점을 보여준

것이 아니라는 점이다. 앞의 논의에서도 확인된 바이지만 김수영의 시의
가장 중심적 토대는 모더니티의 실현이며, 그것의 시작은 과거의 질서체
계에서 벗어나는 일이다. 그러나 4.19혁명은 그것에 부여된 이러한 의미
와는 거리가 먼, 근원적 질서의 붕괴와 새로운 질서체계를 지향하는 형상
을 보이지 않고 질서의 외형만 바뀌는 수준에 그치고 만다는 것이 김수영
의 4.19혁명에 대한 인식이다."(앞 논문, 115쪽).

227) 유재천은 4 · 19가 김수영 시에 미친 영향으로 첫째, 언론의 자유에 대한
인식 둘째, 사랑이라는 개념의 발견과 민중에 대한 새로운 인식이라고 한
다. 이외에도 완전을 추구하는 것으로서의 혁명에 대한 확고한 인식이 이
루어진다고 한다.(유재천, 앞 논문, 73-74쪽).
이종대는 4 · 19혁명기의 김수영 시가 갖는 각별한 의미로 먼저 화자의
목소리 방향이 내부에서 외부로, 그리고 다시 내부로 바뀌는 과정을 보여
준 점, 대부분의 선행연구자들이 이 시기 시로부터 '참여시'를 말하고 있
는 점을 든다.(이종대, 앞 논문, 116쪽).

다. 시인이 읊었던 바 "어둠 속에서도 불빛 속에서도 변치않는/ 사랑을 배웠다 너로해서// 그러나 너의 얼굴은/ 어둠에서 불빛으로 넘어가는/ 그 刹那에 꺼졌다 살아났다/ 너의 얼굴은 그만큼 불안하다"(「사랑」, 1, 2연)처럼 혁명정신은 꺼졌다 살아날 만큼 불안하지만, 그 과정들을 통하여 변치 않을 사랑을 배운 것이다.[228]

달리 말하면 그것은 "自由를 위해서/ 飛翔하여본 일이 있는/ 사람이면 알지/ 노고지리가/ 무엇을 보고/ 노래하는가를/ 어째서 自由에는/ 피의 냄새가 섞여있는가를/ 革命은/ 왜 고독한 것인가를// 革命은/ 왜 고독해야 하는 것인가를"(「푸른 하늘을」)에서 알 수 있는 바와 같은 고독의 체득이다.[229] 이처럼 시련과 실망으로 귀착될 수밖에 없을 것 같은 상황에서 의미와 희망을 발견하는

---

228) 김종윤은 이와 같은 상황을 다음과 같이 설명한다. "혁명의 완벽한 실패를 인식함에 따라 자유를 위한 싸움의 어려움과 절실함을 동시에 체험하게 된다. 그러나 혁명의 역사적 인식은 그에게 조급성을 버리고 혁명의 완수를 역사적 비전으로 간직하게 만든다. 따라서 '실망'은 가벼운 것이 되고, 오히려 그러한 역사적 비전을 '財産으로 삼을 줄' 알기 때문에 그의 가슴은 '이유없이 풍성'해 질 수 있는 것이다."(김종윤, 앞 논문, 36쪽).
   박수연은 좌절을 기쁨으로 바꾸어놓을 줄 아는 김수영의 여유가 어디에서 온 것일까라고 묻고, 그것은 "무엇보다도 시를 통한 존재의 혁명을 생각하고 있었기 때문일 것이다."라고 말한다.(박수연, "김수영 시 연구"(충남대학교 국어국문과 박사논문, 1999), 180-81쪽).
229) 김수영의 다음과 같은 언급을 참고하고자 한다. "〈4월 26일〉 (1960년-필자) 후의 나의 정신의 變移 혹은 발전이 있다면, 그것은 강인한 고독의 感得과 인식이다. 이 고독이 이제로부터의 나의 창조의 원동력이 되리라는 것을 나는 너무나 뚜렷하게 느낀다. 혁명도 이 위대한 고독이 없이는 되지 않는다."(전집2, 332쪽).

태도의 이면에는 세계를 변증과 아이러니로 통찰하는 안목이 있
다. 그리고 그와 같은 상황에서 시인으로서의 자각을 보이는 것은
김수영의 독특한 시적 태도이기도 하다. 그와 같은 태도는 다음과
같은 언급에서도 확인할 수 있다.

> 우리의 주위는 모든 정경이 절박하기만 하다. 눈으로는 차마
> 볼 수 없는 기가 막힌 일들이 너무 많아서 우리는 참말로 눈을
> 돌릴 곳이 없다. 우리의 양심의 24시간은 온통 고문의 연속이
> 다. 그러나 이런 때일수록 시는 좀더 여유를 가져야 할 것같다.
> 시대는 언제나 聖人이 되라고만 하지 시인이 되라고는 하지 않
> 는다. 그것은 시인을 만들어야 할 때도 성인이 되라고 한다. 이
> 런 유혹에 쏠려들 때 항용 가장 위험한 자위의 시가 나오기 쉽
> 다.[230]

양심이 24시간 온통 고문을 받아야 할 정도로 절박한 상황은
실천적으로 자기를 희생하는 성인이 될 것을 요구한다. 그렇지만
시대가 성인이나 투사를 원하는 것 같을 때일수록 시인은 좀더
여유를 가져야 한다. 그리하여 시가 자위와 구호, 생경한 억지로
떨어지지 않도록 해야 한다는 것이다. 이처럼 현상에 즉자적으로
맞서기보다는 이면을 통찰하면서 다가올 미래를 기약하는 태도
또한 절박한 상황에서 아이러니스트가 취할 수 있는 한 태도이
다.[231]

---

230) 전집2, 196쪽.

3) 무기력한 자신에 대한 풍자와 요설

다음 작품이 김수영 시 제3기의 아이러니적 사고와 그에 바탕
을 둔 시적 형상화를 잘 보여준다고 생각되어 다소 길지만 전문
을 인용하고자 한다.

　나는 하필이면
　왜 이 詩를
　잠이 와
　잠이 와
　잠이 와 죽겠는데
　왜
　지금 쓰려나
　이 순간에 쓰려나
　罪囚들의 말이
　배고픈 것보다도
　잠 못 자는 것이
　더 어렵다고 해서

---

231) 아이러니적 세계관을 가지고 그것을 시적 형상화의 주된 방법으로 쓰는
시인이 어떤 일관된 시적 주제를 구현하기를 바라기는 어렵다. 여러 차례
밝혔듯이 아이러니는 작가의 세계관, 즉 세계를 이해하는 준거이며 태도
이다. 이때 '준거이며 태도'라는 의미는 부동의 관념이나 척도를 의미하
지 않는다. 그것은 통념과 상식, 현상과 허위를 향하여 정처 없는 부정을
부단히 행하는 태도이다. 따라서 시인이 처한 시대에서 그가 겨냥하는 통
념과 허위가 무엇인가에 따라 아이러니로 드러나는 시적 주제는 달라질
수 있다.

그래 그러나
배고픈 사람이
하도 많아 그러나
詩같은 것
詩같은 것
안 쓰려고 그러나
더구나
〈四 · 一九〉 詩같은 것
안 쓰려고 그러나

껌벅껌벅
두 눈을
감아가면서
아주
금방 곯아떨어질 것
같은데
밥보다도
더 소중한
잠이 안 오네
달콤한
달콤한
잠이 안 오네
보스토크가
돌아와 그러나
世界政府理想이
따분해 그러나
이 나라

백성들이
너무 지쳐 그러나
별안간
빚 갚을 것
생각나 그러나
여편네가
짜증낼까
무서워 그러나
동생들과
어머니가
걱정이 돼 그러나
참았던 오줌 마려
그래 그러나

詩같은 것
詩같은 것
써보려고 그러나
〈四·一九〉詩같은 것
써보려고 그러나

— 「〈四·一九〉詩」 전문

    1961년 4월 14일에 쓴 것으로 기록되어 있는 이 작품은 4·19
가 시인에게 어느 정도 지속적으로 안타까움과 미련, 그로 인한
속박(束縛)의 거처로 작용했는가를 잘 보여준다. 1연에서 화자가
정말 몹시 졸린 상태에서 시를 안 쓰려고 생각하고 있건, 아니면
정신이 또렷한 상태에서 어떻게든 시를 써보려고 노력하는 것을

역설적으로 진술하고 있건, '詩같은 것'을 쓰는 것 또는 4·19 1
주년이라는 것에 크게 매여 있음을 알 수 있다. 물론 이처럼 그날
을 기념하여 써야 한다는 당위적 심정과 쓸 수 없다 또는 쓰기
어렵다는 현실의 간극에는 "詩를 쓰는 마음으로/ 꽃을 꺾는 마음
으로/ 자는 아이의 고운 숨소리를 듣는 마음으로/ 죽은 옛 戀人을
찾는 마음으로/ 잊어버린 길을 다시 찾은 반가운 마음으로/ 우리
가 찾은 革命을 마지막까지 이룩하자"(「祈禱」 1연)에서처럼 누
구보다도 열광하고 성취를 다짐하던 혁명이 실패했다는 시인의
참담함이 배어 있다.

2연에서 화자는 '그러나'라는 부정어법을 구사하면서 내면의
안타까움 또는 갈피잡기 힘든 버거움을 마치 잠꼬대 같은 어법을
써서 풀어나간다. 이때 독자들은 시의 문맥을 통해 어떤 논리적
의미를 추출하려는데 집중하기보다는 먼저 시인이 왜 이와 같은
시적 방법을 구사하는가를 헤아릴 수 있어야 한다. 잠이 안 오는
상태와 그러나 따분해진 세계정부이상과 그러나 지친 백성들과
그러나 갚아야 할 빚, 그리고 그러나 여편네의 짜증과 그러나 걱
정되는 가족들 그러나 참았던 오줌이 마렵다는 언술에는 일관된
맥락이 없다. 짧게 행갈이 되면서 부정어법으로 거듭 변주되는 아
이러니의 시적 구성이 독자들을 당혹시키는 것이다. 이 경우 독자
들이 호흡을 가다듬으며 행간과 시인의 의도를 헤아릴 수 있다면
이와 같은 시적 구성으로서만 비로소 드러날 수 있는 시적 정조

와 의미를 찾아낼 수 있게 된다.

이것은 "혁신계 정치가나 교원노조나 대구의 데모를 아직도 빨갱이처럼 백안시하고 있다. (중략) 또 이 모이값이 떨어지려면 미국에서 도입농산물자가 들어와야 한다는데, 언제까지 우리들은 미국놈들의 턱밑만 바라보고 있어야 하나? 여하튼 이만한 불평이라도 아직까지는 마음놓고 할 수 있으니 다행이지만 일주일이나 열흘후에는 또 어떻게 될는지 아직까지도 아직까지도 안심하기는 빠르다."(「아직도 안심하기는 빠르다 ― 4·19 1周年」)에서 보이는 바와 같은 안심할 수 없음, 즉 불안을 드러내려는 의도에서 구사된 것이다. 이와 같은 시적 구사에 대해 노철은 다음과 같이 언급한다.

> 수다스런 의식의 노출은 서사지향적 이야기가 풍자 그 자체인 것처럼 4.19에 대한 화자의 의식을 보여줌으로서 풍자의 효과를 만들고 있다. 죄수들의 잠 고문, 배고픈 사람이 많은 것 등의 현실과 世界政府理想 등의 관념적 구호의 대비를 통해 4.19의 참모습이 상실된 현실을 드러내고 있는 것이다. 이러한 시작 방법은 의식 흐름을 정직하게 기록함으로써 시인 자신이 말하고자 하는 의미를 표현한 방법이라 할 수 있다. 김수영은 이러한 의식의 흐름을 탐구한 끝에, 의식 흐름의 자유로운 면모를 비약과 반복 등의 시상 전개 방식으로 나타내게 된다.[232]

---

232) 노철, 한국현대시 창작방법 연구(월인, 2001), 93쪽.

화자는 마지막 연에서 4·19를 기념하는 시를 써보고 싶다는, 써야 한다는 자신의 심중을 좀더 드러내면서도 '그러나'라는 부정어법으로 맺음으로써 여전히 독자들에게 아이러니적 울림을 남기는 것이다.

이상에서처럼 김수영은 혁명 발생 불과 한두 달이 지나면서부터 4·19가 왜곡, 훼손되고 마침내는 좌절할 것 같은 불안을 느낀다. 그런 가운데 혁명의 흥분이 가라앉으면서 집권세력의 구태의연함, 구세력의 기회주의적 변신, 민중들의 우매함 등을 질타하기 시작하는데, 풍자와 조롱, 반복적인 부정어법 등으로 아이러니화 한다. 그런데 결국 김수영이 그토록 염려하던 반혁명이 일어나고, 그는 「新歸去來」 연작을 쓰게 된다.

> 여편네의 방에 와서 起居를 같이해도
> 나는 이렇듯 少年처럼 되었다
> 興奮해도 少年
> 計算해도 少年
> 愛撫해도 少年
> 어린놈 너야
> 네가 성을 내지 않게 해주마
> 네가 무어라 보채더라도
> 나는 너와 함께 성을 내지 않는 少年
>
> 바다의 물결 昨年의 나무의 體臭
> 그래 우리 이 盛夏에

온갖 나무의 追憶과
물의 體臭라도
다해서
어린놈 너야
죽음이 오더라도
이제 성을 내지 않는 법을 배워주마

여편네의 방에 와서 起居를 같이해도
나는 점점 어린애
나는 점점 어린애
太陽 아래의 단하나의 어린애
죽음 아래의 단하나의 어린애
언덕 아래의 단하나의 어린애
愛情 아래의 단하나의 어린애
사유 아래의 단하나의 어린애
間斷 아래의 단하나의 어린애
點의 어린애
베개의 어린애
苦悶의 어린애

여편네의 방에 와서 起居를 같이해도
나는 점점 어린애
너를 더 사랑하고
오히려 너를 더 사랑하고
너는 내 눈을 알고
어린놈도 내 눈을 안다
— 「여편네의 방에 와서」 전문

점점 왜곡되어 가던 4 · 19가 마침내 5 · 16쿠데타 세력에 의해 완전히 좌절되었을 때 김수영은 어딘가로 잠적했다가 5, 6일만에 삭발을 하고 나타났다고 한다.[233] 5 · 16 후 처음으로 쓴 앞 작품에는 화자의 심리적 위축 상태가 확연히 드러난다. 김수영이 4 · 19혁명의 가장 큰 의의를 언론자유에 두었다면 5 · 16은 글을 쓸 때 38선 같은 것이 알찐거리는[234] 자기검열의 기제로 작동한다. 이 작품에서의 발화 양상은 "5 · 16 이후의 김수영 시의 절망감은 이러한 전제와 함께 이해될 수 있다. 혁명의 실패와 함께 언론의 자유도 상실되고 진정한 문학, "완전한 투신"을 할 수 없게 된 것이다. 여기서 그의 시는 시적 자유를 이행하지 못하고 소시민적으로 살 수 밖에 없는 자신에 대한 부정과 자기 부정을 통한 역설적인 사회적 저항의 모습을 띠게 나타나게 된다."[235]와 상관될 수 있다.

앞 시의 화자는 여편네의 방에 와서 흥분하거나 계산하거나 애무해도 소년처럼 되었고 타자로 등장한 어린놈 네가 무어라 보채도 너와 함께 성을 내지 않게 되었다고 한다. '성을 내지 않'는다는 말은 우선 성적 의미로 쓰일 수 있지만, 한편으로는 화를 내야 할 대상 앞에 무력함을 나타내는 것일 수 있다. '바다의 물결'과

---

233) 김혜순, 앞 책, 26쪽.
234) 전집2, 359쪽.
235) 유재천, "김수영의 시 연구"(연세대 박사논문, 1986), 78쪽.

'작년의 나무의 체취'는 생애 최고의 환희로 맞았던 4·19를 환기한다. 혁명 1년여가 조금 지난 이 한여름에 그 추억과 체취를 다해, 그리고 죽음이 오더라도 성을 내지 않는 법을 배워주겠다는 것은 역설적 아이러니이다.

3연에서 화자는 자신이 점점 어린애가 된다고 하면서 태양, 죽음 등의 아래의 단 하나의 어린애라고 한다. 여기서 '—아래의'로 반복되는 시행들은 다양한 상상을 변주함으로써 특정한 범주에 제한되지 않는 사고의 다층적인 공간을 형성한다. 그럼으로써 여편네의 방에 숨어들다시피 붙어 있는 시적 자아가 느끼는 위축의 정도가 전면적임을 보여준다. 다음 시를 보자.

마지막의 몸부림도
마지막의 洋服도
마지막의 神經質도
마지막의 茶房도
(중략)

깨끗이 버리고
(중략)

農夫의 옷차림으로 갈아입고
석경을 보니
(중략)

시원하고
뽐프의 물이 시원하게 쏟아져나온다고
어머니가 감탄하니 과연 시원하고
무엇보다도
내가 정말 詩人이 됐으니 시원하고
인제 정말
진짜 詩人이 될 수 있으니 시원하고
시원하다고 말하지 않아도 되니
이건 진짜 시원하고
이 시원함은 진짜이고
自由다

— 「檄文」 부분

「檄文」이 아이러니로 구현되어 있다는 것은 김수영이 4·19에서 행했던 "民主主義의 첫 기둥을 세우고/ 쓰러진 성스러운 學生들의 雄壯한/ 紀念塔을 세우자/ 아아 어서어서 썩어빠진 어제와 결별하자"(「우선 그놈의 사진을 떼어서 밑씻개로 하자」 1연에서)나 "우리는 우리가 찾은 革命을 마지막까지 이룩하자"(「祈禱」끝연 끝행)와 같은 시적 발언들과의 대비를 통하여 확연히 드러난다. 역시 이 작품에서도 후반기 그의 시적 특질의 하나인 요설236)

---

236) 김수영은 요설에 대해 다음과 같이 말한다. "나의 시 속에 饒舌이 있다고들 한다. 내가 소음을 들을 때 소음을 죽이려고 요설을 한다고 생각해주기 바란다. (중략) 그러나 내 詩 안에 요설이 있다면 〈문학〉이 있는 것이 된다. 요설은 소음에 대한 변명이고, 요설에 대한 변명이 〈문학〉이 된다고 말할 수 있다."(전집2, 307쪽).

에 가까운 변주와 반복적 형태가 눈에 띈다. 이것들은 중층적 또는 다의적 상상의 공간을 열면서 독자들을 이끌어간다.

이 시에서 처음으로 쓰인 서술어가 '깨끗이 버리고'이고 그 다음에는 '農夫의 몸차림으로 갈아입고/ 석경을 보니' 시원하다는 것이다. 그와 같은 언술은 김수영의 시사적 맥락에서 볼 때 아이러니로 읽힌다. "요는 휴식을 바라서는 아니되고, 소음이 그치는 것을 바라서는 아니된다. 싸우는 중에, 싸우는 한가운데서 휴식을 얻는다. 이 말도 말로 하면 싱겁게 된다."(「시작 노우트 ⑦」)[237] 라거나 "旣成六法全書를 基準으로 하고/ 革命을 바라는 者는 바보다/ (중략) 그대들은 悠久한 公序良俗精神으로/ 爲政者가 다 잘해줄 줄 알고만 있다/ (중략) 아아 새까맣게 손때묻은 六法全書가/ 標準이 되는 한/ 나의 손등에 장을 지져라/ 四·二六革命은 革命이 될 수 없다/ (중략) 革命의 六法全書는 「革命」 밖에는 없으니까"(「六法全書와 革命」에서)라고 하던 시인은 깨끗이 버리고 석경에서 시원함을 느낄 사람이 아니기 때문이다.

이 작품에서 시인은 사회에서 패퇴하고 물러난 자신에 대한 풍자로써 아이러니를 구현하고 있다. '정말 詩人이 됐으니 시원하고'는 자신이 진정한 시인의 길과는 다른 길에 있다는 것을 뜻한다. 그 '시원함은 진짜이고 自由다'라는 것은 자신의 허위와 부자

---

237) 전집2, 308쪽.

유함에 대한 조롱인 것이다.

앞서 살펴본 작품들에 보이는 짧은 시행들의 구성과 반복, 이미지의 일관성 없는 시어들의 구사 등은 모순과 부정적 현실에 직핍하는 시인의 전략이라 할 수 있다. 이에 대해 김기중은 다음과 같이 언급한다.

> 김수영이 그 안에서 자신의 시적 입지를 마련하는 세속적 공간은 어둠의 현실이며 불의와 억압의 현실이다. 그 같은 산문적 상황 속으로 자신의 시적 세계를 열어놓음으로써 그의 시는 미학적으로 구조화되기보다는 다소 무질서하고 혼돈스러우며 때로는 모호하게 보일 정도로 확산된다. 그것은 모순과 갈등 속에서 부정적인 현실 상황과 시인의 의식을 낯설게 만들어 시인뿐만 아니라 독자 또한 사물화된 안이한 삶과 허위 의식으로부터 벗어나 적극적이고 능동적인 의식으로 삶과 세계를 바로 볼 것을 요구하는 윤리적 밀도의 공간이다.[238]

세 번째 시기에 대한 마지막 논의로 부분 인용한 세 편의 작품을 살펴본다.

> ① 겨자씨같이 조그맣게 살면 돼
> 복숭아가지나 아가위가시에 앉은
> 배부른 흰새모양으로

---

238) 김기중, "윤리적 삶의 밀도와 시의 밀도" 김승희 편, 앞 책, 205쪽.

잠깐 앉았다가 떨어지면 돼
연기나는 속으로 떨어지면 돼
구겨진 휴지처럼 노래하면 돼

— 「長詩(一)」 부분

② 「히시야마 슈우조오」의 낙엽이 생활인 것처럼
五·一六 이후의 나의 생활도 생활이다
복종의 미덕!
思想까지도 복종하라!
일본의 「진보적」 지식인들이 이 말을 들으면 필시 웃을 것이다
─당연한 일이다

— 「轉向記」 부분

③ 아픈 몸이
아프지 않을 때까지 가자
온갖 식구와 온갖 친구와
온갖 敵들과 함께
敵들의 敵들과 함께
무한한 연습과 함께

— 「아픈 몸이」 부분

①에서처럼 조그맣게 살고, 배부른 흰새 모양으로 떨어지고, 구겨진 휴지처럼 노래하는 것은 풍자를 사용한 아이러니다. 시인은 일찍이 "번개와같이 떨어지는 물방울은/ 醉할 瞬間조차 마음에 주지 않고/ 懶惰와 安定을 뒤집어놓은 듯이/ 높이도 幅도 없이/ 떨어진다"(「瀑布」에서)고 노래한 바 있기 때문이다. 또한 혁

명을 앞두고는 "우리들의 싸움은 하늘과 땅 사이에 가득차있다"
(「하…… 그림자가 없다」에서)고 쓰기도 했다.

②에서 사상까지도 복종하는 복종의 미덕은 김수영의 생각과
정반대되는 언급이다. "언어를 통해서 자유를 읊고, 또 자유를 산
다. 여기에 시의 새로움이 있고 또 그 새로움이 문제되어야 한
다."239)라거나 "우리나라의 시단은 자고로 완전한 자유를 누려본
일이 없다. 자유가 없는 곳에 무슨 시가 있는가! (중략) 문제는 한
국시단에 '자유의 회복'에 둔감한 시인이 너무나 많다는 사실이
다. 내가 시를 보는 기준은 이 '자유의 회복'의 신앙이다."240)라던
시인에게 5·16 후의 억눌린 생활은 생활이 아닌 것이다. 이런
상황은 중공, 소련 같은 곳에 초빙을 받아 가서 여러 가지 유익한
것을 배우고 비판도 자유롭게 하는241) 일본의 진보적 지식인들이
보면 웃지 않을 수 없는 일이다.

③에서 시인은 그럼에도 부단히 나아가고자 하는 모습을 보여
준다. 그리고 그 나아감은 식구와 친구뿐만 아니라, 온갖 적들까
지, 적들의 적들까지 함께 하는 것으로 표명된다.

이 시기 김수영의 시에 구현된 대부분의 아이러니는 민중의 거
대한 힘으로 성취한 4·19혁명이 왜곡되고 마침내는 굴절되는

---

239) 전집2, 196쪽.
240) 전집2, 125쪽.
241) 전집2, 339쪽.

가운데 생성되었다. 그 과정에서의 분노와 무기력함을 역설과 풍자, 요설 등으로 아이러니화한 것이다. 시인은 현실을 부단히 개혁하면서 자유롭게 영위하는 화해로운 생활을 꿈꾸지만, 현실의 변환이란 한 개인의 의지와 행동으로는 버거운 것일 수밖에 없었던 것이다.

4. 세계에 대한 긍정과 사랑의 발견

1) 「巨大한 뿌리」의 아이러니

시인의 창조적인 정신의 위대함은 표상적인 것과 근원적인 것, 미시적인 것과 거시적인 것 등을 함께 바라보면서 그것들을 예술적 상상력 속에 융합시키는 것이다. 한 실존자로서의 개체적 삶의 문제를 통해 모든 존재자를 포함하는 보편적 물음을 찾음으로써 인생의 의미를 탐구하고 터득해나가는 것이다. 이처럼 개별적인 것과 보편적인 것, 현상적인 것과 본질적인 것을 아우르려는 자세는 김수영에게 있어 아이러니적 화해의 양식으로 형상화 된다.242) 그리고 이와 같은 아이러니적 화해의 중요한 전환점을 보여주는 작품은 「巨大한 뿌리」이다. 따라서 필자는 이 작품을 김수영 시력(詩歷)의 한 시기가 시작되는 지점으로 삼고자 한다.

---

242) 아이러니는 본질적으로 세계의 갈등과 모순을 인식하고 드러내는 것이다. 아이러니스트는 화해와 안주보다는 부정과 부단한 탐색의 길을 선택한다. 한편으로 아이러니스트는 부정의 과정을 통해 자신과 세계에 대한 화해의 순간을 맞을 수 있다. 이를테면 「巨大한 뿌리」가 그에 해당한다고 본다. 하지만 아이러니스트가 계속 아이러니스트로 남으려면 그는 지속적으로 상식과 허위를 거부하고 이면과 진실에 이르려는 걸음을 멈춰서는 안 된다.

5·16 후 극히 위축되어 일상과 자신에 침잠해 있던 김수영은 이사벨 버드 비숍의『한국과 그 이웃나라들』을 읽게 된다. 1898년에 영문으로 발간된 이 책은 4·19혁명을 자유와 도약의 계기로 만들지 못하고 무질서와 여전한 부패 가운데서 보내다가 결국 반혁명을 맞아 비애에 잠겨 있던 김수영에게 대단한 충격을 준 것 같다. 끊임없이 현실과 생활의 구체성을 성취하고자 했으나 여전히 상당히 관념적이었으며, 역사의 전개에 대한 분노를 가지고 비판은 했지만 올바른 역사의 전개와 성취에 대한 대안적 인식은 부족하던 시인은 드높은 한 지점을 발견한 것이다. 작품을 보면서 논의하고자 한다.

나는 아직도 앉는 법을 모른다
어쩌다 셋이서 술을 마신다 둘은 한 발을 무릎 위에 얹고
도사리지 않는다 나는 어느새 南쪽식으로
도사리고 앉았다 그럴 때는 이 둘은 반드시
以北친구들이기 때문에 나는 나의 앉음새를 고친다
八·一五 후에 김병욱이란 詩人은 두 발을 뒤로 꼬고
언제나 일본여자처럼 앉아서 변론을 일삼았지만
그는 일본대학에 다니면서 四年동안을 제철회사에서

노동을 한 强者다

나는 이사벨 버드 비숍女史와 연애하고 있다 그녀는
一八九三년에 조선을 처음 방문한 英國王立地學協會會員이다

그녀는 인경전의 종소리가 울리면 장안의
남자들이 모조리 사라지고 갑자기 부녀자의 世界로
화하는 劇的인 서울을 보았다 이 아름다운 시간에는
남자로서 거리를 無斷通行할 수 있는 것은 교군꾼,
내시, 外國人의 종놈, 官吏들 뿐이었다 그리고
深夜에는 여자는 사라지고 남자가 다시 오입을 하러
闊步하고 나선다고 이런 奇異한 慣習을 가진 나라를
세계 다른곳에서는 본 일이 없다고
天下를 호령한 閔妃는 한번도 장안外出을 하지 못했다고……

傳統은 아무리 더러운 傳統이라도 좋다 나는 光化門
네거리에서 시구문의 진창을 연상하고 寅煥네
처갓집 옆의 지금은 埋立한 개울에서 아낙네들이
양잿물 솥에 불을 지피며 빨래하던 시절을 생각하고
이 우울한 시대를 패러다이스처럼 생각한다
버드 비숍女史를 안 뒤부터는 썩어빠진 대한민국이
괴롭지 않다 오히려 황송하다 歷史는 아무리
더러운 歷史라도 좋다
진창은 아무리 더러운 진창이라도 좋다
나에게 놋주발보다도 더 쨍쨍 울리는 追憶이
있는 한 人間은 영원하고 사랑도 그렇다

비숍女史와 연애를 하고 있는 동안에는 進步主義者와
社會主義者는 네에미 씹이다 統一도 中立도 개좆이다
隱密도 深奧도 學究도 體面도 因習도 治安局
으로 가라 東洋拓植會社, 日本領事館, 大韓民國官吏,
아이스크림은 미국놈 좆대강이나 빨아라 그러나

요강, 망건, 장죽, 種苗商, 장전, 구리개 약방, 신전,
피혁점, 곰보, 애꾸, 애 못 낳는 여자, 無識쟁이,
이 모든 無數한 反動이 좋다
이 땅에 발을 붙이기 위해서는
—第三人道橋의 물 속에 박은 鐵筋기둥도 내가 내 땅에
박는 거대한 뿌리에 비하면 좀벌레의 솜털
내가 내 땅에 박는 거대한 뿌리에 비하면

怪奇映畵의 맘모스를 연상시키는
까치도 까마귀도 응접을 못하는 시꺼먼 가지를 가진
나도 감히 想像을 못하는 거대한 거대한 뿌리에 비하면……
— 「巨大한 뿌리」 전문

    화자는 아직도 앉는 법을 모른다고 말함으로 시를 시작한다. 남들과 함께 자리에 앉는 것도 하나의 '법'이 있다면, 그것을 모른다고 하는 것은 만나고 관계맺기, 생활을 하는 방식에 미숙하거나 무지하다는 것이다. 이와 같은 상황에서는 필연적으로 심리가 불안해지고 눈치보기가 생기면서 상대들을 따라서 고쳐 앉게 된다. 하지만 어떤 외형이 그것의 전모를 드러내는 것은 아니다. 이를테면 김병욱이란 시인은 일본여자처럼 발을 뒤로 꼬고 다소곳이 앉아 변론을 일삼았지만 사년 동안 제철회사에서 노동을 한 강한 사람이다. 이처럼 생각한다면 외면적으로 무지하고 무력해 보이는 민중들이나 좌절과 굴욕의 점철처럼 보이는 역사의 이면에서 무엇인가 의미를 발견할 수도 있게 된다. 3연[243]에서 화자는

'연애하고 있다'고 표현하여 즐겁게 몰두하고 있음을 보여준다. 그 내용은 19세기말 세계 최대 식민주의국의 서구중심 문화 우월주의를 체득하고 있는 한 여성의 눈에 비친 세계 다른 곳에서는 본 일이 없는 1800년대 말 서울의 기이한 관습이다. 그런데 화자는 그것에서 후진성과 혐오를 느끼는 것이 아니라 전통을 발견한다. 그리고 전통은 아무리 더러운 것이라도, 역사는 아무리 더러운 것이라도, 진창은 아무리 더러운 것이라도 좋다는 파격적인 인식을 보여준다.[244] 나아가 썩어빠진 대한민국이 오히려 황송하고 이 우울한 시대를 패러다이스처럼 생각한다고 말한다. 그렇다면 김수영은 과연 돌변했고 정말 더러운 전통·역사·진창이 그 자체로 좋다고 하는 것일까. 물론 그것이 아니다. 그는 그 후진성으로 인해 부단히 거부하던 역사를 새삼 정직하게 인식하고 수락하

---

243) "노동을 한 强者다"를 한 연으로 처리한 것이 다소 의아하지만 필자는 하나의 연으로 인정하고 논의를 진행한다.

244) 작품의 이 부분에 이르는 과정에서 볼 수 있었던 수다 또는 요설에 대해 노철은 다음과 같이 말한다. "김수영은 이 두 이야기를 수다스럽게 말하고 나서 자신이 하고자 하는 말을 한다. '더러운 歷史라도 좋다/ 진창은 아무리 더러운 진창이라도 좋다/ 나에게 놋주발보다도 더 쨍쨍 울리는 追憶이/ 있는 한 人間은 영원하고 사랑도 그렇다.'는 구절이 이에 해당한다. 지금까지 비시적인 산문투로 진행되던 시가 이 대목에서 강렬한 어조와 서정적 율격을 사용하며, '놋주발보나도 너 쨍쨍 울리는 追憶'과 같은 비유를 사용한다. 이 부분을 율독해 보면 지금까지 에피소드를 듣고 있던 독자는 갑자기 시적인 구절과 서정적 운율에 빠지게 된다. 김수영의 시는 이렇듯 몇 마디의 의미를 위해 나머지 구절을 배치하는 방식을 즐겨 사용한다."(노철, 앞 책, 40쪽).

기 시작했고, 그것이 쨍쨍 울리는 추억이 되어 사람의 영원함과
사랑을 불러오는 감동을 솟구치게 한 것이다. 그러니까 더러운 전
통·역사·진창은 추억이 자라난 토양이었고, 인간의 그리움과
사랑은 추억에서 발화하는 것이다. 최동호는 이에 대해 다음과 같
이 해명한다.

> 여기서 우리가 간과해서는 안 될 것은 (5)와 (6)에서[245] '역사/
> 진창'의 변증법이다. 그는 4·19의 정치적 혼란과 관리들의 무
> 능과 부패에서 역사의 진창을 체험했을 것이며, 이에 대해 깊이
> 절망했을 것이다. 그런 그가 비숍 여사의 『한국과 그 이웃나라
> 들』을 읽으면서 불과 70여 년 전의 한국의 상황을 리얼하게 목
> 격하였을 것이며, 역사의 진창보다는 그 진창 속에 사는 인간들
> 의 삶과 그들에 대한 사랑을 느꼈을 것이다.
> 　19세기 말의 인간들의 삶이나 20세기 중반의 인간들의 삶에
> 서 어떤 동질성의 발견과 더불어 그들의 삶의 영원성에 대한 인
> 식은 '더러운 전통' '더러운 역사' '더러운 진창'이라는 약간 반
> 어적 어법을 통해 참다운 역사 그리고 참다운 사랑에의 눈뜸을
> 가능케 했다는 것이다.[246]

이처럼 전통의 가치를 인식하고 수락한 화자는 4연에서[247] 외

---

245) (5)는 "역사는 아무리 더러운 역사라도 좋다.", (6)은 "진창은 아무리 더
　　러운 진창이라도 좋다."이다.(필자)
246) 최동호, "김수영의 시적 변증법과 전통의 뿌리" 김승희 편, 앞 책, 75쪽.
247) 김수영 시를 탈식민주의 반언술의 관점에서 분석하고 있는 논문에서 김
　　승희는 다음과 같이 말한다. "4연에서는 더욱더 능동적 사랑의 힘과 맹목
　　적 자기 긍정이 강화된다. "비숍 여사와 연애를 하고 있는 동안에는 진보

래사상인 진보주의나 사회주의, 현실성 없는 통일안이나 중립안, 그리고 체면, 인습 같은 구습과 일제와의 상관물, 부패하고 무능한 관리 등을 모두 부정한다. 그리고 천시되고 외면당했던 물건들과 소외되고 배우지 못한 사람들을 긍정한다. 이와 같은 태도는 "김수영은 이러한 반전통적인 것들에 대해 철저한 비판적 자세를 취하고 요강, 망건, 장죽 등 무수한 반동에 대한 긍정과 호의를 보여준다. 이러한 전통에 대한 긍정은 맹목적인 전통 추수나 국수주의적인 태도와는 다르다. 그것은 우리의 삶을 구속하는 벽으로서의 우리의 역사적 전통과 현실에 대한 정직한 인식과 그것을 토대로 한 혁명만이 이 땅에 뿌리박을 수 있는 새로운 사회를 창조해 낼 수 있다는 신념"248)에 바탕을 둔 것이라고 할 수 있다. 그런데 여기서 주목할 점의 하나는 이러한 무수한 반동들에 대한 긍정이 이 땅에 발을 붙이기 위한 능동적인 의식적 선택으로 이

주의자와/ 사회주의자는 네에미 씹이다 통일도 중립도 개좆이다"와 같이 4·19 시에서 보여주던 카니발적 반언술이 다시 나타난다. 쌍욕, 비어, 대립 무너뜨리기, 상징 질서 이전 카오스로 돌아가 환희의 공간 만들기가 바로 그것이다. 그것은 다시 분열된 주체가, 그리하여 소시민적 주체로 소외되어 다른 사람의 타자로 살아가고 있던 주체가 상상계로, 거울 단계 속의 자기 동일시, 이상적 자아와의 만남, 나르시시즘으로 되돌아가고 있음을 암시한다. 그리하여 탈식민주의적 해체의 카니발적 목소리가 드러난다."고 본다. 탈식민주의 반언술과 세계의 표면을 넘어 이면을, 중심을 지나 주변들의 의미를 탐구하려는 아이러니적 태도는 상당 부분 일치한다. 실제로 아이러니는 탈식민주의적 텍스트에서 종종 구사된다.
248) 유재천, "시와 혁명" 김승희 편, 앞 책, 105쪽.

루어진다는 것이다. 그리고 자신이 박는 거대한 뿌리에 비하면 제 3인도교의 철근기둥은 좀벌레의 솜털이고, 그 뿌리는 웅장하고 오랜 가지, 곧 전통을 가지고 있다고 한다.

「巨大한 뿌리」에서 "언제나 일본여자처럼 앉아서 변론을 일삼았지만// 노동을 한 强者다"라거나 "天下를 호령한 閔妃는 한번도 장안外出을 하지 못했다"라는 말은 아이러니적 표현이다. 또한 "傳統은 아무리 더러운 傳統이라도 좋다", "이 우울한 시대를 패러다이스처럼 생각한다" 등은 분명히 아이러니로 쓰였다. 그런데 필자가 이 작품에서 아이러니로 주목하는 것은 앞과 같은 수사(修辭)로서의 표현에 머무르는 것은 아니다.

김수영은 4·19에서의 환호작약함과 5·16에서의 좌절을 경험하면서도 극단적인 정조에 함몰하지 않고 이 작품을 썼다. 그리고 그 과정에서 자신과 세계에 대해 부단한 부정을 행하였다. 그것은 화해할 수 없는 자신과 세계를 향해 시인은 누구인가와 역사는 어떻게 구성되는가에 대한 끊임없는 물음을 통해 이루어진 것이었다. 이와 같이 부정을 통하여 새로운 단계에 이르려는 정신과 태도야말로 아이러니의 본질적인 모습이다. 다음은 아이러니적 화해에 이른 시기의 작품이다.

> 이런 驚異는 나를 늙게 하는 동시에 젊게 한다
> 아니 늙게 하지도 젊게 하지도 않는다

이 다리 밑에서 엇갈리는 기차처럼
늙음과 젊음의 분간이 서지 않는다
다리는 이러한 停止의 증인이다
젊음과 늙음이 엇갈리는 순간
그러한 速力과 速力의 停頓 속에서
다리는 사랑을 배운다
정말 희한한 일이다
나는 이제 敵을 兄弟로 만드는 實證을
똑똑하게 천천히 보았으니까!

— 「現代式 橋梁」 부분

네 얼굴은 眞理에 도달했다
어저께 眞理에 도달했다
어저께 歡喜를 잃었기 때문이다

— 「네 얼굴은」 부분

　　시인이 아이러니의 변주를 통해 이른 화해의 경지는 스스로에게도 경이롭기 그지없다. 자신이 이 땅에 박는 거대한 뿌리가 다리라면, 그 다리 아래에서 교차되는 젊음과 늙음의 속력이 정돈되면서 사랑을 배운다. 이전이었다면 젊음이면 젊음으로, 늙음이면 늙음으로 엇갈리는 것이었을 것들이 희한하게도 정돈을 이룬다. 그리고 바로 인간의 추억과 역사의 전동에 대한 굳건한 뿌리, 곧 다리가 이와 같은 정지의 증인이 된다. 시인은 낡고 구역질나는 전통을 수락하면서 사랑을 간취했듯이 적이 될 수도 있었을 상대를 형제로 만들게 된 것이다. 그리고 시인은 이상과 같이 만들어진 다리야말로 '현대식 교량'이라고 생각하는 것이다. 박수연은 김수영에게 이와 같은 사랑의 여유가 생기게 된 것이 역사의 뿌리인 전통을 만났기 때문이라고 하면서 다음과 같이 언급한다.

> 이 전통은 과거이되 현실 속에 있는 과거이며, 그래서 현실과 함께 미래로 가는 과거이다. 역사는 이 현실을 훌쩍 뛰어넘은 저곳에 있지 않고 그 미래를 과거와 함께 만들어내는 이곳에 있다. 미래는 50년대의 그의 시처럼 과거와 단절된 어떤 것이 아니라 그 과거를 현재에 실현함으로써 오는 것이다. 역사가 초월적이라면, 그것은 현실과 무관하기 때문이 아니라 영원히 현실 속에 묶여 시간을 흐르기 때문이다.[249]

앞과 같은 희한한 일이 가능하게 된 것은 바로 어제 환희를 잃고 진리에 도달했기 때문이다. 낡고 더럽던 것들을 긍정하는 것은 환희를 잃는 것이었고, 그것을 통해 인간의 영원함과 사랑에 이른 것은 새로운 진리에 도달한 것이다. 더러운 전통을 인식하고 수락하면서 '거대한 뿌리'를 박기 시작했다고 왜소하고 나약한 자신과 답답하고 부정한 현실을 모두 인정하는 것은 아니다. 하지만 외면하지 않고 세계와 보다 여유롭게 대면하게 되었다고 볼 수 있다.

---

249) 박수연, 앞 논문, 183쪽.

2) 아이러니적 사유의 확장과 심화

　작가가 아이러니의 변주를 통한 한 지점에서 아이러니적 화해
에 이르고 자신과 세계를 향해 계속해서 부정을 행하지 않는다면
그는 더 이상 아이러니 작가일 수 없다. 「巨大한 뿌리」이후 김
수영은 아이러니적 사유의 확장과 심화를 보여준다.

　　　나무뿌리가 좀더 깊이 겨울을 향해 가라앉았다
　　　이제 내 몸은 내 몸이 아니다
　　　이 가슴의 動悸도 기침도 寒氣도 내것이 아니다
　　　이 집도 아내도 아들도 어머니도 다시 내것이 아니다
　　　오늘도 여전히 일을 하고 걱정하고
　　　돈을 벌고 싸우고 오늘부터의 할일을 하지만
　　　내 생명은 이미 맡기어진 생명
　　　나의 秩序는 죽음의 秩序
　　　온 세상이 죽음의 價値로 변해버렸다

　　　익살스러울만치 모든 距離가 단축되고
　　　익살스러울만치 모든 질문이 없어지고
　　　모든 사람에게 告해야 할 너무나 많은 말을 갖고 있지만
　　　세상은 나의 말에 귀를 기울이지 않는다

　　　이 無言의 말
　　　이때문에 아내를 다루기 어려워지고
　　　자식을 다루기 어려워지고 친구를

다루기 어려워지고
이 너무나 큰 어려움에 나는 입을 봉하고 있는 셈이고
무서운 無誠意를 자행하고 있다

이 無言의 말
하늘의 빛이요 물의 빛이요 偶然의 빛이요 偶然의 말
죽음을 꿰뚫는 가장 무력한 말
죽음을 위한 말 죽음에 섬기는 말
고지식한 것을 제일 싫어하는 말

이 萬能의 말
겨울의 말이자 봄의 말
이제 내 말은 내 말이 아니다
                                        ― 「말」 전문

　화자는 겨울을 향해 좀더 깊이 가라앉는 나무뿌리를 보면서 아이러니적 사유를 발동하기 시작한다. 자신은 매일처럼 생활을 영위할 것이지만 자신의 생명이 맡기어진 생명이며 질서는 죽음의 질서라는 것이다. 김수영은 "나에게는 아직도 해결하지 못하고 있는, 그리고 앞으로도 좀처럼 해결하지 못할 것 같은 세 가지 문제가 있다. 죽음과 가난과 賣名이다. 죽음의 구원. 아직도 나는 시를 통한 구원을 받지 못하고 있는 것처럼 죽음에 대한 구원을 받지 못하고 있다. 그런 의미에서는 40여 년을 문자 그대로 헛산 셈이다."(「茉莉書舍」에서)250)라고 말한다. 이와 같은 생각은 기

침이나 한기, 아내나 아들도 자신에게 속한 것이 아니며, 나아가
온 세상이 죽음의 가치로 변해버렸다고 느끼게 한다. '죽음의 질
서와 가치'251)를 인식한 화자에게 세계는 익살스럽게 느껴지는데,
여기서의 익살스러움이란 어떤 경계를 넘어서거나 깨우침을 얻은
사람에게 그 이전의 세계가 다소 낯설고 우스꽝스럽게 느껴지는
것이다.

　나무뿌리가 겨울을 향해 가라앉는 것을 숙고함으로서 터득한
가치와 질서는 화자에게 심대한 의의가 있는 것이었으나 가족을
포함한 세상 사람들에게는 엉뚱하거나 별 관심거리가 될만한 것
이 아니다. 이제 사람들에게 알려주어야 할 많은 말을 가진 화자
와 그것에 관심이 없고 가치도 모르는 사람들 간에 단절이 생기
게 된다. '無言'은 죽음의 질서나 가치에 대한 깨달음을 말로 이
해시키기 어려움, 즉 말할 수 없음을 뜻하기도 한다. 이때 화자는

---

250) 전집2, 73쪽. 더하여 김수영은 "남자도 그렇고 여자도 그렇고 죽음이라
　　는 전제를 놓지 않고서는 온전한 형상이 보이지 않는다. (중략) 나의 여자
　　는 죽음 반 사랑 반이다. 나의 남자도 죽음 반 사랑 반이다. 죽음이 없으
　　면 사랑이 없고 사랑이 없으면 죽음이 없다."(「나의 戀愛詩」, 전집2, 89
　　쪽)라고도 한다.
251) 김종철은 이에 대해, "우리가 판단하는 바에 의하면, 김수영의 시적 세계
　　의 밑바닥에는 죽음에 대한 의식이 유난히 짙게 깔려 있다. 아마도 그의
　　후기 시에서 눈에 띄게 나타나는 사랑의 테마 역시 이러한 죽음에의 의식
　　이라는 뿌리로부터 우러나온 것이며, 현실에 대한 그의 다양하지만 동시
　　에 근본적인 관심이 모두 이 뿌리를 근간으로 하고 있는 것으로 추측된
　　다."(김종철, "詩的 眞理와 詩的 成就" 황동규 편, 앞 책, 88쪽)고 한다.

입을 봉하게 되는데, 그것이 사람들에 대한 무성의임을 스스로 밝히게 된다.

무언의 말은 하늘의 빛이면서 우연의 빛으로 죽음의 질서와 가치를 인식함으로써 죽음을 꿰뚫는, 하지만 말로 소통할 수 없는 가장 무력한 말이다. 그것은 나무뿌리의 가라앉음을 통해 우연히 터득한 것처럼 고지식한 것을 제일 싫어하는 말이다. 하늘의 빛이자 물의 빛이며 죽음을 꿰뚫는 이 말은 겨울뿐만이 아니라 봄의 말이기도 한 만능의 말이다. 그것을 통해 생의 의미를 다시 반추하고 구성할 수 있다는 의미에서도 만능의 말이다.[252] 이처럼 우주적 명상과 죽음의 경계를 넘어 세계를 간취한 화자가 곰삭혀 발화하는 말은 표피적 관계로 얽힌 생활 속에서 살아가는 자신의 말이 아닌 것이다.

---

252) 이은정은 이 작품에서 말은 시를 상징한다고 하면서 다음과 같은 인식의 전환이 이루어졌다고 언급한다. "시의 말은 무력하지만 "죽음을 꿰뚫"을 수 있는 말이며 모든 것을 초월할 수 있는 '만능'의 말이다. 그제서야 비로소 '말'은 죽음을 상징하는 "겨울의 말"이자 삶을 상징하는 '봄의 말'을 통합할 수 있게 되는 것이다. 1연의 첫행 "이제 내 몸은 내 몸이 아니다"는 4연의 끝행에서 "이제 내 말은 내 말이 아니다"라는 동일한 구문으로 반복되지만, 1연에서 4연에 이르는 동안 이루어진 인식의 전환은 매우 크다. 1연에서 타자로서의 '내 몸'이 진정한 '나'가 아니라고 부정하며 출발했다면, 4연에서는 주체로서의 나를 상징하는 '내 말'은 나의 시를 통해 모순된 원리를 포괄하고 본래적 자아로서의 나를 회복하려는 신뢰를 표현한다."(이은정, 현대시학의 두 구도(소명출판, 1999), 198-99쪽).

설파제를 먹어도 설사가 막히지 않는다
하룻동안 겨우 막히다가 다시 뒤가 들먹들먹한다
꾸루룩거리는 배에는 푸른 색도 흰 색도 敵이다

배가 모조리 설사를 하는 것은 머리가 설사를
시작하기 위해서다 性도 倫理도 약이
되지 않는 머리가 불을 토한다

여름이 끝난 壁 저쪽에 서있는 낯선 얼굴
가을이 설사를 하려고 약을 먹는다
性과 倫理의 약을 먹는다 꽃을 거두어들인다

文明의 하늘은 무엇인가로 채워지기를 원한다
나는 지금 規制로 詩를 쓰고 있다 他意의 規制
아슬아슬한 설사다
言語가 죽음의 벽을 뚫고 나가기 위한
숙제는 오래된다 이 숙제를 노상 방해하는 것이
性의 倫理와 倫理의 倫理다 중요한 것은

괴로움과 괴로움의 履行이다 우리의 行動
이것을 우리의 詩로 옮겨놓으려는 생각은
단념하라 괴로운 설사

괴로운 설사가 끝나기든 입을 다물어라 누가
보았는가 무엇을 보았는가 일절 말하지 말아라
그것이 우리의 증명이다

— 「설사의 알리바이」 전문

약을 먹어도 별 소용없이 설사가 막히지 않는다. 배가 모조리 설사를 하는 것은 머리가 설사를 시작하기 위해서인데, 그것에는 성(性)도 윤리(倫理)도 약이 되지 않는다. 여기서 '성과 윤리'라는 말을 통해서 설사의 원인이 음식물에 있는 것이 아니고 사회의 부당한 구속에 있음을 알 수 있다. 이제 화자는 좀더 능동성을 보여주는데 가을도 꽃을 거두어들이고 설사를 하려고 성과 윤리의 약을 먹는다고 한다.

4연에서 화자는 문명의 하늘이 자유롭고 창조적인 무엇인가로 채워지기를 원한다고 한다. 하지만 자신이 쓰는 시는 타의의 규제 하에 쓰여지게 된다고 한다. 그렇기에 화자는 문명의 하늘에 무엇인가를 채우려 하는 시작 행위와 선험적 구속력 사이에서 설사를 하게 된다.

성과 윤리는 언어가 죽음의 벽을 뚫고 나가려 할 때마다 방해하는 것으로, 사회의 자유와 구성원들의 창조성을 가장 손쉽게 통제하는 수단으로 쓰인다. 그래서 화자는 설사를 할 수밖에 없는데 설사를 한다는 행위가 괴로운 일임은 물론이다. 하지만 여기서 중요한 것은 그 괴로움을 이어 행위하는 것이다. 왜냐하면 설사의 괴로움은 성과 윤리의 구속을 타기하려는 자유를 향한 의지의 발동이기 때문이다. 하지만 이러한 행동을 섣불리 시로 옮기려고 해서는 안 되는데, 그것은 시쓰기가 이미 타의의 규제 하에 이루어지고 있기 때문이다. 물론 이때 시쓰기가 가치 없다는 것은 아니

다. 오히려 김수영은 이처럼 괴로운 설사를 이행하는 "모험은, 자
유의 서술도 자유의 주장도 아닌 자유의 이행이다. 자유의 이행에
는 전후좌우의 설명이 필요 없다. 그것은 援軍이다. 원군은 비겁
하다. 자유는 고독한 것이다. 그처럼, 시는 고독하고 장엄한 것."
(「詩여, 침을 뱉어라」에서)253)이라고 한다.

즉 문명의 하늘에 무엇인가를 자유로이 채울 수 있는 시를 쓸
수 있기까지의 괴로움과 고독을 이행하는 것이다. "그러나 이런
건 말로 하면 싱겁다. 그냥 혼자 알고 있으면 된다. 이런 고독을
고독대로 두지 않기 때문에 〈문학〉이 싫다는 것이다. 침묵은 履
行"이기 때문에 말이다.

> VOGUE야 넌 잡지가 아냐
> 섹스도 아냐 唯物論도 아냐 羨望조차도
> 아냐—羨望이란 어지간히 따라갈 가망성이 있는
> 상대자에 대한 시기심이 아니냐, 그러니까 너는
> 羨望도 아냐
>
> 마룻바닥에 깐 비니루 장판에 구공탄을 떨어뜨려
> 탄 자국, 내 구두에 묻은 흙, 변두리의 진흙,
> 그런 가슴의 죽음의 표식만을 지켜온,
> 밑바닥만을 보아온, 빈곤에 마비된 눈에
> 하늘을 가리켜주는 잡지
> VOGUE야

---

253) 전집2, 252쪽.

신성을 지키는 시인의 자리 위에 또하나
넓은 자리가 있었던 것을 자식한테
가르쳐주지 않은 죄—그 죄에 그렇게
오랜 시간을 시달리면서도 그것을 몰랐다
VOGUE야 너의 세계에 스크린을 친 죄,
아이들의 눈을 막은 죄—그 죄의 앙갚음
VOGUE야

그리고 아들아 나는 아직도 너에게 할 말이
왜 없겠는가 그러나 안한다
안하기로 했다 안해도 된다고
생각했다 안해야 한다고 생각했다
너에게도 엄마에게도 모든
아버지보다 돈많은 사람들에게도
아버지 자신에게도

—「VOGUE야」 전문

패션잡지인 VOGUE를 두고 "넌 잡지가 아냐"로 시작하는 앞 작품은 그것이 선정적인 섹스도 물질의 변환으로 세계를 이해하는 유물론도 아니고 선망조차도 아니라고 한다. 선망이 웬만큼 따라갈 가망성이 있는 상대자에 대한 시기심에서 비롯되는 것이라면 선망조차도 아니라는 것은 그것이 따라갈 가망성조차 없는 대단한 것이라는 말이다.

그것의 대단함은 2연에서 확연히 드러나는데, 밑바닥과 죽음의 표식만을 보아오고 빈곤에 마비된 눈에 '하늘을 가리켜주는 잡지'라고 한다. 일개 패션잡지를 두고 이루어지는 이와 같은 발화와 태도는 물론 아이러니이다. 이를 통하여 시인은 "자신의 문화를 넘어서는 미국적 문화의 매혹의 내러티브가 자식들에게는 훨씬 더 영향력이 있다는 것"254)을 드러내려는 것이다. 3연에서 화자는 신성을 지키는 시인의 자리 위에 또 하나의 넓은 자리가 있다는 것을 자식한테 가르쳐주지 않은 죄를 범했다고 한다. 곧 하늘을 가리켜주는 VOGUE의 세계에 스크린을 치고 아이들의 눈을 막았다는 것이다. 이쯤에서 독자들은 그렇다면 화자가 이제라도 자식에게 들려주고 보여주겠구나 라고 생각하게 된다.

하지만 4연에서 화자는 돌연 할 말이 있지만 안하겠다고, 모든 사람들에게, 또 자신에게도 안해야 한다고 생각했다고 말한다. 어떤 기대를 가졌던 독자들은 당혹하면서 아이러니를 느끼게 된다. 그리고 그 함의를 이해하려 노력하게 된다. 한편으로 이와 같은 시적 발화는 "내가 참말로 꾀하고 있는 것은 침묵이다. 이 침묵을 지키기 위해서라면 어떤 희생을 치르어도 좋다."(「詩作 노우트 ⑥」)255)나 "모든 시의 미학은 무의미의 ―크나큰 침묵의― 미학으로 통하는 것이다. 이것은 예술의 본질이며 숙명이다."(「변한 것과 변하지 않은 것」)256)와 같은 태도에서 비롯된다고 본다.

---

254) 김승희 편, 앞 책, 393쪽.
255) 전집2, 301쪽.

빌려드릴 수 없어. 작년하고도 또 틀려.
눈에 보여. 냉면집 간판 밑으로—육개장을 먹으러—
들어갔다가 나왔어—모밀국수 전문집으로 갔지—
매춘부 젊은애들, 때묻은 발을 꼬고 앉아서
유부우동을 먹고 있는 것을 보다가 생각한 것
아냐. 그때는 빌려드리려고 했어. 寬容의 미덕—
그걸 할 수 있었어. 그것도 눈에 보였어. 엔카운터
속의 이오네스꼬까지도 희생할 수 있었어. 그게
무어란 말이야. 나는 그 이전에 있었어. 내 몸. 빛나는
몸.

그렇게 매일 믿어왔어. 방을 이사를 했지. 내
방에는 아들놈이 가고 나는 식모아이가 쓰던 방으로
가고. 그런데 큰놈의 방에 같이 있는 가정교사가 내
기침소리를 싫어해. 내가 붓을 놓는 것까지
자리에서 일어나는 것까지 문을 여는 것까지 알고
防禦作戰을 써. 그래서 안방으로 다시 오고, 내가
있던 기침소리가 가정교사에게 들리는 방은 도로
식모아이한테 주었지. 그때까지도 의심하지 않았어.
책을 빌려드리겠다고. 나의 모든 프라이드를
재산을 연장을 내드리겠다고.

그렇게 매일 믿어왔는데, 갑자기 변했어.
왜 변했을까. 이게 문제야. 이게 내 고민야.
지금도 빌려줄 수 있어. 그렇지만 안 빌려줄 수도

---

256) 전집2, 245쪽.

있어. 그러나 너무 재촉하지 마라. 이 문제가 해결
되기까지 기다려봐. 지금은 안 빌려주기로 하고
있는 시간야. 그래서 시간을 알겠어. 나는 지금 시간
과 싸우고 있는 거야. 시간이 있었어. 안 빌려주
게 됐다. 시간야. 시간을 느꼈기 때문야. 시간이
좋았기 때문야.

시간은 내 목숨야. 어제하고는 틀려졌어. 틀려
졌다는 것을 알았어. 틀려져야겠다는 것을 알
았어. 그것을 당신한테 알릴 필요가 있어. 그것
이 책보다 더 중요하다는 걸 모르지. 그것을
이제부터 당신한테 알리면서 살아야겠어—그게
될까? 되면? 안되면? 당신! 당신이 빛난다.
우리들은 빛나지 않는다. 어제도 빛나지 않고,
오늘도 빛나지 않는다. 그 연관만이 빛난다.
시간만이 빛난다. 시간의 인식만이 빛난다.
빌려주지 않겠다. 빌려주겠다고 했지만
빌려주지 않겠다. 야한 선언을
하지 않고 우물쭈물 내일을 지내고
모레를 지내는 것은 내가 약한 탓이다.
야한 선언은 안해도 된다. 거짓말을 해도
된다.

안 빌려주어도 넉넉하다. 나도 넉넉하고,
당신도 넉넉하다. 이게 세상이다.

— 「엔카운터誌」 전문

김수영의 「밀물」이라는 글을 보면 엔카운터지는 그가 선진성을 받아들이는 한 통로였음을 추측할 수 있다.257) 우선 이 작품이 다소 난해하게 느껴지는 것은 자신 내면의식의 흐름을 거의 직접적으로 드러내는 듯한 발화태도에 있다. 이 작품에 대해 김수영은 "「엔카운터誌」한 편만으로도 나는 이병철이나 서갑호보다 더 큰 부자"258)라고 자부심을 보인다. 이 작품이 제 정신을 갖고 사는 사람으로서의 양심에 걸맞게 쓰여졌다는 것이다. 그의 말을 옮겨본다.

<제 정신>을 갖고 산다는 것은, 어떤 정지된 상태로서의 <남>을 생각할 수도 없고, 정지된 <나>를 생각할 수도 없는 일이다. 엄격히 말하자면 <제 정신을 갖고 사는> <남>도 그렇고 <나>도 그렇고, 그것이 <제 정신을 가진>비평의 객체나 주체가 되기 위해서는 창조생활(넓은 의미의 창조생활)을 한다는 전제가 필요하다. 그리고 이러한 모든 창조생활은 유동적이고 발전적인 것이다. 여기에는 순간을 다투는 어떤 윤리가 있다. 이것이 현대의 양심이다.259)

제 정신을 갖고 사는 사람으로서 비평의 객체나 주체가 되기 위해서는 유동적이고 발전적이어야 하는데, 거기에는 현대의 양

---

257) 전집2, 27쪽.
258) 전집2, 142쪽.
259) 전집2, 142쪽.

심으로서 순간을 다투는 어떤 윤리가 있다는 것이다.

이상의 언급을 따르면 앞 작품은 '순간을 다투는 어떤 윤리가' 발동되어 쓰여진 것이라 볼 수 있다. 화자는 책을 빌려주겠다는 약속을 했지만 어쩐 일인지 망설이고 있고, 상대자인 당신은 빌려 달라고 재촉한다. 화자는 자신이 빌려주지 않게 된 이유를 시간을 느꼈기 때문이라고 하고, 그것이 책보다 더 중요하며, 이와 같은 것을 당신한테 알릴 필요가 있다고 한다. 이것은 자신을 순간 속에 기투하는 가운데 터득한 자기인식, 즉 "어제하고는 틀려졌어. 틀려/ 졌다는 것을 알았어."를 수락하는 것이다. 이렇게 보면, 1 · 2연에 그려진 모습들은 매춘부 젊은애들이나 가정교사 등과 맞닥 뜨리는 현실 생활의 긴장 관계를 말하는 것이라 볼 수 있다. 생활 에서 부딪는 것들이 '소음'이라면, 그 소음이 그치는 것을 바라서 는 아니된다고 말하는[260] 것에서도 그와 같은 의미를 추출할 수 있다.

어제도 오늘도 빛나지 않고 시간의 인식만이 빛난다는 것은 "제 정신을 갖고 사는 사람이란 끊임없는 창조의 향상을 하면서 순간 속에 진리와 美의 全身의 이행을 위탁하는 사람이다. 다시 말해두지만 제 정신을 갖고 사는 사람이란 어느 특정된 인물이 될 수도 없고, 어떤 특정된 시간이 될 수도 없다."[261]를 통해 의미

---

260) 전집2, 308쪽.
261) 전집2, 142쪽.

를 알 수 있다. 창조가 끊임없이 향상하면서 순간 속에 진리와 미를 구현하는 것이라면 '순간' 같은 '시간의 인식'은 곧 다름 아닌 생활의 인식이다. 순간은 절대화된 개념이기보다 유동적이고 발전적인 창조생활의 공간이고, 소음으로서의 '시간의 인식'이 이루어지는 생활의 공간이다. 이러한 인식에 이르면 이제 화자가 엔카운터지를 당신에게 빌려주는가 아닌가는 중요한 것이 아니게 된다. 엔카운터지에는 매춘부 젊은애들이나 가정교사의 소음이 없고, 그들과 나와의 긴장관계가 없고, 가장 앞서는 순간에의 기투가 없기 때문이다. 그렇기에 이제 빌려주겠다고 했던 약속을 이행하지 않는 거짓말을 해도 된다.

작품의 끝에 이르러 대립 또는 갈등하던 것들이 하나로 모아진다.[262] 책의 죽음, 곧 엔카운터지의 죽음 또는 극복, 또 달리 말하면 순간과 생활의 발견을 통하여, 나와 당신은 넉넉해지는 세계를 발견하게 된 것이다.

> 욕망이여 입을 열어라 그 속에서
> 사랑을 발견하겠다 都市의 끝에
> 사그러져가는 라디오의 재갈거리는 소리가
> 사랑처럼 들리고 그 소리가 지워지는
> 강이 흐르고 그 강건너에 사랑하는
> 암흑이 있고 三월을 바라보는 마른나무들이

---

262) 김상환, "김수영과 책의 죽음" 김승희 편, 앞 책, 147쪽.

사랑의 봉오리를 준비하고 그 봉오리의
속삭임이 안개처럼 이는 저쪽의 쪽빛
산이

사랑의 기차가 지나갈 때마다 우리들의
슬픔처럼 자라나고 도야지우리의 밥찌끼
같은 서울의 등불을 무시한다
이제 가시밭, 덩쿨장미의 기나긴 가시가지
까지도 사랑이다

— 「사랑의 變奏曲」 부분

　김수영의 비극적 세계인식과 부끄러움과 반성, 그것의 간극에서 파생되는 아이러니적 인식이 몇 번의 지속적 변환 과정을 통하여 도달한 지점은 세계에 대한 사랑과 긍정이다. 이제 전통은 빛나는 것만이 아니라 진창과 우울한 시대와 더러운 역사가 빚어내는 역동성임을 깨달은 것이다. 그것을 추억으로 간직하는 한 인간과 사랑이 영원할 것이라고 생각하게 되는 것이다.

　삶에 대한 욕구와 사랑이 없으면 욕망도 없을지 모른다. 시인이 외면할 곳은 없다. 김수영은 아이러니적 인식 태도를 통하여 삶의 전체를 아우를 수 있는 시야를 얻은 것이다. 그때 「사랑의 變奏曲」에서처럼 그 동안 그의 시에 보이지 않던 강의 흐름과 삼월을 바라보는 마른 나무들이 준비하는 봉오리의 속삭임까지 보이게 된다. 휘황하던 서울의 등불을 넘어 덩굴장미의 가시에서 사랑을 간취하는 것이다.

김수영의 후반기 시는 4 · 19 체험을 거듭 숙고하면서 도달한 것으로 여겨지는 화해의 양상을 보인다. 그 과정에서의 갈등을 드러내면서 그의 아이러니적 인식은 비약적으로 확장된다. 개인적 삶의 범주에 머무르고 풍자적 관점에서 이루어지던 시적 형상화가 역사적 인식을 드러내면서 보다 드넓은 세계를 구상화한다.

이상에서 살펴본 김수영 시 아이러니의 특성과 시사적 의의로 다음과 같은 것들을 들 수 있다. 우선 그의 아이러니는 모더니즘의 영향하에 시작된다. 모더니즘은 전통에 대한 부정을 정신적 모토로 삼아 이루어졌고, 그에 따라 시적 형상화에 있어서도 실험성을 강하게 지녔다. 해방후 모더니즘에 바탕하여 시쓰기를 시작한 김수영도 실험성 짙은 작품을 창작하였고 그 과정에서 아이러니의 가능성을 보여주었다.

김수영 작품에 구현된 아이러니의 가장 큰 특징은 그것이 단순히 수사법 차원에서 구사된 것이 아니라 세계에 대한 시인의 이해를 바탕으로 쓰였다는 것이다. 이 경우 세계를 이해하는 시인의 관점, 곧 세계관으로서 아이러니가 구현되고 있다는 것을 뜻한다. 그리하여 김수영 작품에서 간취될 수 있는 아이러니는 그의 시력(詩歷) 전체를 통괄할 때 그 궤적이 보다 잘 드러난다. 김수영 시에 구현된 또 하나의 특성은 시쓰기가 진행될수록 아이러니가 확장되고 심화되었다는 점이다.

또한 그의 아이러니는 현실에 대한 지속적 응전의 과정에서 부
정의 형식으로 드러난다. 한국시사에서 아이러니를 구사했던 다
른 시인들에 비하여 김수영의 역사에 대한 시적 관심과 참여는
적극적이었다. 더구나 시인이 살았던 삶의 과정이 한국의 격변기
였던 만큼 그의 갈등과 응전, 그리고 화해롭고 자유로운 생활을
추구하는 열망도 강렬하였다. 그리고 열망이 강렬한 만큼 부정적
현실에 대한 아이러니적 응전도 확대되었다. 김수영은 그와 같은
태도를 통해 부정적 현실을 넘어 보다 큰 자유에 이르고자 하였
다.

V. 결론

    복잡다단한 현대에는 보다 중층적으로 구성된 작품이 사람 살이의 진실성을 담아내고 독자들의 상상력을 자극하는데 합당할 것으로 여겨진다. 따라서 오늘날은 시인에게 세계를 동시적으로 바라볼 수 있는 시점을 요청하게 된다. 일견 모순되는 것으로 보이는 세계를 총체적으로 바라보는 것이 생의 리얼리티를 보다 잘 구현할 것으로 기대되기 때문이다. 현실에서 이해한 원인에 따른 기대와 예상이 어긋나고 생각지 못한 결과를 맞게 될 때 사람들은 다양한 이면들을 통한 진실 찾기 노력을 하게 된다. 이때 상반되고 단절된 이질적 요소의 상충으로 발생하는 갈등의 측면들을 동시에 인식하고 의미를 탐색하려는 것이 아이러니적 태도이다.

    아이러니는 각각의 시대에서 그 의미나 용법이 부단히 변용되어 쓰였다. 고전적으로는 '의미하고자 하는 바와 상반되게 표현하는 것'을 뜻했고, 신비평가들은 모순으로 가득 차 있는 생체험을 지극히 높은 수준에서 긴장된 틀로 아우르는 것이라고 역설했다. 단순한 수사적 차원을 넘어 삶 자체를 아이러니로 확고하게 인식한 사람들은 낭만주의자들이었다. 그들은 세계를 절대와 상대, 이상과 현실, 유한과 무한 등의 모순으로 인식했고, 시인이란 이상을 지향하는 사람들이지만 결국 좌절할 수밖에 없는 존재로 파악하였다.

동일성 미학을 바탕으로 구성된 텍스트들이 의미론적 유연성을 포기하지 않는 데 비해, 오늘날의 아이러니적 텍스트는 그러한 유연성 자체를 파기함으로써 새로운 기호—의미의 체계를 세운다. 아이러니적 텍스트는 기의의 측면에서 상반성을 드러낼 뿐 아니라 기표의 측면에서 이산적(離散的)인 면을 드러내기도 한다. 그것은 의미를 구성하기보다 해체하는 데 주력한다. 그것은 그 자체로 고착되려는 존재성을 거듭 부정하면서 자신을 부단한 탐색의 도정에 놓는 것이다.

아이러니의 기능으로 먼저 포괄성을 들 수 있다. 그것이 전통적인 의미로 쓰였건 현대의 분열을 자체로 보여주건 그것들은 삶의 총합성에 접근하려는 일환이라고 볼 수 있다. 두 번째 아이러니의 기능으로 시적 형상화 과정에서 작가로 하여금 세계를 깊이 탐구하고 비판 정신을 발휘하게 하는 것을 들 수 있다. 그리고 그 자체가 미학적 방법이 되기도 하고 독자들로 하여금 긴장력 있는 탐색의 도정에 나서게 하는 등의 기능을 수행한다.

　필자는 이상(李箱)의 생과 글쓰기의 기본 구도가 아이러니로 점철되어 있다고 본다. 이상 시의 기저에는 거울을 통해 인지한 자아의 전도와 분열로 인한 숙명감이 자리하고 있다. 그것은 보다 직접적으로는 성장과정에서의 불안과 성장후의 결핵과 직결되는 것일 테고, 간접적으로는 근대의 운명을 비극적으로 감지하는 데서 비롯되는 것으로 볼 수 있다. 이와 같은 지점에서 발생하는 어찌할 수 없음은 인간의 한계를 극명하게 보여준다는 의미에서 운명의 아이러니로 형상화된다. 필자는 이상 시의 운명의 아이러니가 이르고 있는 최종점은 환각으로써의 죽음이라고 본다.

　또한 이상 시에서 가족은 구속과 억압의 표상으로 벗어버려야 할 대상으로 쓰인다. 아버지와 모조기독으로 표상되는 가족이 실재의 가족이었다고 읽을 수는 없지만 얼마간의 연관성을 부정할 수도 없다. 한편으로 그와 조금 다른 층위에서는 연민의 목소리로 가족의 가난과 그들을 돌보지 못하는 자신의 무능을 안타까워한다. 작가가 기본적으로 허구 세계의 창조를 통하여 현실에 응전하는 것임을 생각할 때, 이상은 현실세계 가족의 일원으로서의 책무감과 일탈에의 욕망을 작품을 통해 드러내고 있다. 이처럼 책무감과 일탈 욕망 사이에서 갈등하는 가운데 아이러니가 생성된다. 그리고 여성에 대해 상식으로는 이해하기 어려운 관계를 형상화하는 중에도 아이러니가 현상된다.

　이상은 19세기로 표상되는 가족주의와 봉건적 후진성을 벗어나고 싶었지만 그 반대항으로 설정한 20세기에 대해 철저하게 사고하지 못한 것으로 여겨진다. 식민지의 통치를 위한 제한된 것이지만, 그는 근대교육을 받고 근대도시로 급변하는 서울의 모습을 목도하였다. 그러면서 당시 급변하던 서울의 모습에서 얼마간 근대—20세기—의 모순을 직감하였고 그것들에 대한 비판적 글을 쓰기도 하기도 했다. 하지만 19세기를 벗어나고 싶은 열망이 커지는 만큼 20세기에 대한 동경이 강렬해지면서 근대의 양면을 철저하게 숙고하지 못함으로써 당시대 지식인들에게 근대의 중심으로 여겨지던 동경에 가서 극심한 환멸과 좌절을 겪게 된다. 이것은 그의 생애 자체로 완성에 근접하게 아이러니를 이루는 것이었다.

본서에서 필자는 김수영의 시세계를 4기로 나누어 고찰하였다. 제1시기로 구분한 6·25 이전 작품은 모두 8편인데 그 가운데 네 편을 들면서 아이러니적 관점에서 고찰하였다. 아이러니에 대한 시인의 인지와 의도 유무와는 상관없이 아이러니적 관점에서 제1시기의 작품들을 고찰한 바 아이러니적 의장의 가능성을 탐지할 수 있었으나 그것이 전면적으로 구현된 작품은 없다고 보았다.

제2시기인 6·25 이후 4·19 직전까지의 김수영 시작품의 가장 큰 특징은 생활과 현실을 발견하는 시선이고 부단히 앞을 향하는 정신이다. 즉 그는 생활의 버거움과 그에서 기인하는 비애감 자체를 시적 대상으로 삼아 아이러니를 구현한 것이다. 그것은 생활속으로 밀착하여 그 생활의 통념과 허위를 드러내려는 고도의 전략으로서의 아이러니적 태도였다.

김수영은 현실을 부단히 개혁하면서 자유롭게 영위하는 화해로운 생활을 꿈꾸었지만 현실의 변환이란 한 개인의 의지와 행동으로는 버거운 것일 수밖에 없었다. 제3기 김수영의 시에 구현된 아이러니는 이처럼 화해롭고 자유로운 생활을 살려는 바람과 그것을 지속적으로 방해하는 삶의 조건들과의 갈등에서 비롯된 것이다. 그럼에도 시인은 부단히 나아가고자 하는 모습을 보여준다. 그리고 그 나아감은 식구와 친구뿐만 아니라 온갖 적들까지, 적들의 적들까지 함께 하는 것으로 표명된다. 그것이 쉬운 것이 아님을 알기에 무한한 연습과 함께 말이다.

김수영의 후반기 시는 4 · 19 체험의 환희와 그 좌절 등 일련의 체험에 대한 깊은 숙고를 통해 지속적 변환을 보여준다. 그와 같은 지속적 변환의 바탕에는 끊임없는 부정을 행하는 아이러니적 인식이 자리하고 있다. 김수영이 거듭된 변환을 통하여 도달한 전통과 긍지는 빛나는 것만이 아니라 진창과 우울한 시대와 더러운 역사가 어우러져 빚어내는 역동적인 것이었다.

지금까지 살핀 이상과 김수영을 간단히 비교 정리하면 다음과 같다. 작품 미학적으로 다다와 초현실주의의 심대한 영향 하에 작품활동을 시작한 이상은 그 내적 세계에 있어 끝까지 자아 내적 범주를 벗어나지 못한 것으로 여겨진다. 당시의 식민지 현실에서 견실한 생활을 마련하지 못한 데다가 병약함까지 겹쳐서 자의식이 더욱 강화되었을 것으로 생각할 수 있다. 그렇다 하더라도 그것은 그의 한계일 수 있는데, 앞서 살폈던 바와 같이 그의 현실인식이 적극적이고 투철하지 못한 데서 기인하기도 한 것이다. 그리하여 그가 구현한 아이러니는 주로 운명 의식과 갈등에서 생성되는 것이었다.

반면 김수영은 모더니스트로서 출발했고 넓은 의미에서 끝까지 모더니즘의 범주에 머물렀지만 기법으로써의 모더니즘을 넘어서려는 노력을 부단히 보여주었다. 그는 생활과의 긴장을 견지하면서 끊임없이 자신을 변혁시켜 갔던 것이다. 그러한 과정을 통해 그는 비약적인 시적 확장을 보여준다. 이상이 동경에 가서 당혹하고 좌절에 빠진 것과는 달리 모더니즘의 기반인 도시의 피로에서 조용하지만 단단하게 내면을 휘돌아 감겨오는 궤적을 발견한 것이다.

지금까지 필자는 아이러니적 관점에서 한국의 대표적 모더니즘 시인인 이상과 김수영의 작품을 고찰하였다. 아이러니라는 특정한 관점을 도입함으로써 그간 탐구되지 못한 면모를 밝혀보려는 취지에서 시작된 연구지만, 한편으로는 그것이 작품들을 총체적으로 탐구하지 못한 결과를 초래하기도 한 것 같다. 두 시인의 작품 면모가 단순하게 일면적으로 파악될 수 없는 것임을 유념하면서 지속적으로 탐구하고자 한다.